reverie

MARIE NIEBLER

# not worth keeping

reverie

1. Auflage 2024
Originalausgabe
© 2024 by reverie in der
Verlagsgruppe HarperCollins Deutschland GmbH, Hamburg
Gesetzt aus der Adobe Garamond
von GGP Media GmbH, Pößneck
Druck und Bindung von GGP Media GmbH, Pößneck
Printed in Germany
ISBN 978-3-7457-0422-8
www.reverie.de

Liebe Leserinnen und Leser,

diese Reihe enthält potenziell triggernde Inhalte.
Deshalb findet ihr am Romanende eine Themenübersicht,
die demzufolge Spoiler enthalten kann.

Wir wünschen euch das bestmögliche Erlebnis
beim Lesen dieser Geschichte.

Euer Team von reverie

Für alle,
die immer noch Scherben aufsammeln.

# PLAYLIST

Cat Burns – *alone*
Tate McRae – *uh oh*
Omido, Silent Child – *Me & My Demons*
The Weeknd, Lily-Rose Depp, Ramsey – *Fill The Void*
BANKS – *27 Hours*
Halsey, SUGA – *Lilith*
Elley Duhé – *PIECES*
228k – *Stranger*
RY X, Felsmann + Tiley – *Crawl*
BANKS – *Godless*
Bea and her Business – *Never Ever Love a Liar*
228k – *Dead*
Winona Oak – *Jojo*
BANKS – *The Fall*
Flume, Vera Blue – *Rushing Back*
FLAVIA – *Blue*
Labrinth – *The Feels*
BANKS – *Lovesick*
Cassie Marin – *Take Care of Me, Pt. 1*
Britton – *if this is goodbye*
Bastille, The Chamber Orchestra of London – *Another Place*
Grace Davies – *testosterone*
Isabel LaRosa – *16 Candles*
Billie Eilish – *What Was I Made For?*

# noah

Ich komme nicht über ihr Lächeln hinweg.

Der leicht amüsierte Zug um Brookes Lippen bringt jedes Mal aufs Neue mein Herz zum Flattern. Sie schaut mich an, mit diesen graublauen Augen, die mich selbst im Schlaf verfolgen, und mein ganzer Körper setzt aus. Ihr goldener Nasenring glänzt im Licht der Abendsonne. Hinter ihr zeichnen sich die Klippen des Waihi Beachs ab. Der Wind weht ihr die roten Locken ins Gesicht.

Sie ist perfekt.

Zu perfekt für mich.

Und trotzdem schaffe ich es nicht, mich von ihr zu lösen. Bin weiterhin wie gebannt von dieser Frau. Hänge an ihren Lippen, meine Gedanken immer nur einen Moment der Unaufmerksamkeit von ihr entfernt. Ich weiß nicht mal, warum ich schon wieder so auf sie fokussiert bin. Warum ich es keine fünf Minuten schaffe, sie aus meinem Kopf zu verbannen.

Ich schätze, ich bin einfach ein hoffnungsloser Fall. Aber das wusste ich ja schon.

»Mr. Fleming!«

Die Stimme meines Profs lässt mich zusammenfahren. Erschrocken reiße ich den Blick von Brookes Profilbild los und schaue auf. Professor Lewis steht vor dem Whiteboard, auf dem eine Folie gezeigt wird, die mir nicht im Entferntesten bekannt vorkommt. Er funkelt mich durch den kleinen Seminarraum hinweg an.

»Würden Sie uns vielleicht auch die Ehre Ihrer Aufmerksamkeit erweisen?«, fragt er harsch. Er bedenkt mein Smartphone mit einem Naserümpfen und fährt dann damit fort, mich mit seinem Todesblick zu durchbohren. Irgendwie hatte ich ihn als entspannter eingeschätzt, als er vorhin hier reinkam. Er ist höchstens Mitte vierzig – ein Alter, in dem die Leute normalerweise noch etwas Verständnis für uns arme Studierende haben. Aber ich schätze, sein teurer Anzug und die Krawatte hätten mich eines Besseren belehren müssen.

»Verzeihung«, murmle ich und schalte eilig das Display aus.

»Kommt nicht wieder vor.« So was direkt im ersten Seminartermin zu bringen, ist auch reichlich unhöflich. Aber irgendwie konnte ich dem Stoff nicht so ganz folgen, dann wollte ich auf die Uhr schauen, und kaum dass ich michs versehe, ist Brookes Chat offen.

Professor Lewis schnaubt abfällig. »Das will ich hoffen, Mr. Fleming. Immerhin beanspruchen Sie einen Platz in *meinem* Kurs, für den es – wohlgemerkt – eine Warteliste gibt.« Er mustert mich, als wäre ich eine tote Qualle, die ihm das Meer vor die Füße gespült hat. Dann richtet er seine Krawatte, und ich werde das Gefühl nicht los, dass er mir damit etwas sagen will.

Ich spüre die Blicke meiner Mitstudierenden auf mir kleben, und Hitze steigt mir unter die Haut. Im Gegensatz zu den meisten anderen in diesem Raum trage ich kein sauber gebügeltes Hemd und erst recht keinen Anzug. Ich sitze in kurzer Jogginghose und T-Shirt an meinem Tisch und habe mein Basecap vor mir über meine Wasserflasche gehängt.

Der Kleidungsstil meiner Kommilitonen hat mir längst deutlich zu verstehen gegeben, dass ich in Professor Lewis' Seminar falsch bin. Aber auch das ist nichts Neues. Ich bin in diesem ganzen Studiengang falsch …

»Verzeihung«, sage ich wieder und stecke das Handy zur Versöhnung in meinen Rucksack. Der Chat mit Brooke bleibt leer. Unverändert. Seit Wochen prangen dort dieselben irrelevanten Nachrichten von … *vorher*. Und seit Wochen lese ich sie mir trotzdem immer wieder durch. Suhle mich in den Erinnerungen an das, was wir hatten. Oder eher das, wovon ich mir eingeredet habe, dass wir es haben könnten.

»Möchten Sie dann vielleicht die Aufgabe lösen, Mr. Fleming?«, drangsaliert Professor Lewis mich weiter.

O Mann, offenbar habe ich seinen Stolz verletzt. Ich wusste nicht, dass sein beschissenes Seminar so begehrt ist. Ich habe mich einfach für irgendwas eingetragen, das machbar klang. Offenbar habe ich dabei genau die falsche Wahl getroffen, denn schon jetzt weiß ich, dass dieser Kerl mir das Semester zur Hölle machen wird.

»Klar«, sage ich trotzdem, um ihn nicht noch weiter zu beleidigen. Ich mustere die Präsentation auf dem Whiteboard und verziehe ratlos den Mund. Zahlen. Und nun? Widerwillig schaue ich zurück zu Professor Lewis. »Könnten Sie vielleicht …?«

»Die Aufgabe wiederholen?«, faucht er, sein Gesichtsausdruck auf einmal wutverzerrt, und ich glaube fast zu sehen, wie dabei ein paar Spucketropfen durch den Seminarraum fliegen. »Wissen Sie was, *Mr. Fleming*?«

Aus seinem Mund klingt mein Name wie eine Beleidigung. Gute Voraussetzungen.

»Nein. Das kann ich nicht. Wenn Sie möchten, dass ich Ihnen etwas beibringe, hören Sie mir gefälligst zu, und verschwenden Sie nicht unser aller wertvolle Zeit. Mr. Turner.« Er wendet sich einem Kerl einen Platz weiter zu, der schon übereifrig seine Hand gehoben hat. »Erlösen Sie uns bitte.«

Als ich die WG betrete, schlägt mir der Duft von frisch gebrühtem Kaffee entgegen. Bis vor Kurzem war dieser Geruch positiv behaftet. Jetzt legt sich sofort ein schwerer Stein in meine Magengrube.

Grey ist zu Hause. Und ich komme unmöglich unbemerkt an ihm vorbei. Erst recht nicht mit unserer neuen Alarmanlage …

Noch bevor ich die Wohnungstür ganz hinter mir geschlossen habe, ertönt ein Kläffen und ein zotteliger weißgrauer Blitz kommt um die Ecke gerauscht. Ich werde angesprungen und stolpere rückwärts gegen die Tür, wodurch sie ins Schloss fällt. Die Klinke drückt sich schmerzhaft in meine Hüfte, aber ich bin zu sehr damit beschäftigt, Columbos Zunge von mir fernzuhalten, um mich groß darum zu scheren. Er hat sich auf die Hinterläufe gestellt, lehnt sich mit seinem vollen Gewicht gegen mich und versucht, mein Kinn abzulecken.

»Ganz ruhig, Kumpel.« Ich tätschle ihm den Kopf und schiebe ihn dabei von mir. Man sollte meinen, bei so viel Fell bleibt nicht viel Gewicht übrig. Aber seine vierzig Kilo haben dann doch eine ganz schöne Wucht, wenn er sich ungebremst auf einen stürzt.

Als Grey vor zwei Wochen aus Hāwera zurückkam, hat er Columbo mitgebracht. Sein Vater ist zwar nach der Reha wieder auf den Beinen und zurück auf dem Hof, aber sich um den Clown hier zu kümmern, wäre in seiner Verfassung trotzdem zu viel gewesen. Also wohnt Columbo jetzt für ein paar Wochen bei uns. Allerdings merkt man ihm an, dass er sein Zuhause vermisst. Den Auslauf, die Hühner, die Abwechslung. Und wenn wir in der Uni sind, langweilt er sich zu Tode, weshalb er bei unserer Rückkehr jedes bisschen Aufmerksamkeit einfordert, das er kriegen kann.

»Ist ja gut«, beschwichtige ich ihn. »Ich bin wieder da. Mach Sitz. Ich kann ja nicht mal meinen Rucksack absetzen, du Held.«

»Columbo, runter.« Greys Stimme hallt durch unseren kleinen Flur. Er steht im Türrahmen zur Küche und beobachtet das Geschehen mit harter Miene.

Auf ihn hört Columbo sofort. Er lässt von mir ab, reibt noch mal den Kopf an meinem Bein und trottet dann an Grey vorbei in die Küche.

»Du darfst ihn nicht streicheln, wenn er das macht«, belehrt dieser mich jetzt.

»Sorry«, murmle ich und reibe mir den Nacken.

Grey antwortet nicht mehr. Er verzieht nur leicht die Lippen, wendet sich ab und lässt mich allein im Flur zurück.

Was für eine herzliche Begrüßung …

Ich ziehe meine Schuhe aus und spiele mit dem Gedanken, mich direkt in mein Zimmer zu verziehen. In den letzten zwei Wochen bin ich Greysen so gut wie möglich aus dem Weg gegangen. Ich habe noch nicht den Mut aufgebracht, mich seiner Wut zu stellen. Werde es vielleicht auch nicht mehr tun. Jedes Mal, wenn ich ihn anschaue, muss ich wieder daran denken, wie er Brooke und mich im Bett erwischt hat. An den Ausdruck auf seinem Gesicht, diese Mischung aus Entsetzen, Hass und Verletztheit. Ich habe ihn verraten. Und trotzdem habe ich die nicht sterben wollende Hoffnung, dass Grey vielleicht doch mal normal mit mir redet. So tut, als wäre nichts. Mir eine Tür zurück zu unserer Freundschaft aufhält, die ich gar nicht verdient habe.

Zögerlich folge ich ihm in die Küche.

Er steht mit dem Rücken zu mir vor der Kaffeemaschine und hantiert mit dem Milchaufschäumer. Columbo liegt neben ihm auf dem Boden und beobachtet resigniert, wie ich reinkomme und mir ein Glas aus dem Schrank nehme.

»Wie war die Uni?«, frage ich und schenke mir ein Wasser ein.

Grey schaut nicht mal zu mir rüber. Und das Gewicht auf meiner Brust wird sekündlich schwerer.

Immer wenn ich denke, der Schmerz müsste endlich besser werden, schnürt er mir noch unerbittlicher die Luft ab.

»Kurse sind vielversprechend«, antwortet er knapp. »Ich denke, es klappt mit dem Abschluss dieses Jahr.«

»Das freut mich.«

Grey nickt abwesend, macht seinen Kaffee fertig und setzt sich damit an den kleinen Esstisch, wo er seine Uniunterlagen ausgebreitet hat. Columbo trottet zu mir rüber und schmiegt sich winselnd an mein Bein. Ich kraule ihn hinter den Ohren und trinke in Zeitlupe mein Wasser.

Doch Grey fragt nicht, wie mein Tag war. Entweder interessiert ihn wirklich nicht mehr, was bei mir los ist, oder er ist einfach noch zu wütend, um normal mit mir zu reden.

Ich kann nicht mehr zählen, wie oft ich in den letzten Wochen versucht habe, mich bei ihm zu entschuldigen. Er wollte es nicht hören. Dabei ist es ja nicht mal so, als würde ich erwarten, dass er mir verzeiht. Ich will nur, dass er vielleicht aufhört, mich zu hassen. Ich will mich nicht mehr wie diese verdammte Enttäuschung fühlen, die ich schon mein ganzes Leben bin.

»Heute Abend hab ich noch eine WG-Besichtigung«, lasse ich ihn wissen.

Vielleicht lockert wenigstens das seine Stimmung. Die Tatsache, dass ich immer noch hier wohne, gefällt uns beiden nicht besonders. Ihm nicht, weil er mich loshaben will, und mir nicht, weil ich das weiß. Aber es ist fast unmöglich, bei meinem Budget zum Semesterstart etwas Neues zu finden. Der Andrang ist riesig. Die Einzelwohnungen sind zu teuer, und die WGs entscheiden sich lieber für jemanden in ihrem Alter. Oder zumindest rede ich mir ein, dass das der Grund für die vielen Absagen ist. Vielleicht stimmt mit mir auch einfach irgendwas nicht.

»Alles klar«, brummt er nur. »Viel Glück.«

Okay. Ich gebe auf. Dieses Gespräch. Alles.

»Soll ich mit Columbo raus?«, schlage ich vor.

Hauptsache weg von hier.

Weg von dieser Schuld, die Grey mich täglich spüren lässt.

Weg von der Reue darüber, meinen einzigen Freund verloren zu haben.

Weg von dem Wissen, dass ich endgültig allein bin, sobald ich hier ausziehe.

»Klingt gut«, sagt Grey nur, und ich atme tief durch.

»Na dann. Ich zieh mir noch eben meine Laufsachen an«, verkünde ich. Dabei war ich heute Morgen erst Sport machen. Aber zusammen mit dem Schlagzeugspielen ist es gerade das Einzige, was mich von meinem Leben ablenkt, also nutze ich jede Gelegenheit, die ich kriege. Eine abendliche Joggingrunde mit Columbo am Strand wird uns beiden guttun.

# brooke

Ein Koffer, zwei Kisten.

Schon merkwürdig, wie wenig man braucht, um ein ganzes Leben zu verschieben. Von einer Wohnung in die nächste. Von einem Zuhause ins Unbekannte.

Leah stellt ihren Karton auf meinem winzigen Küchentisch ab und streicht sich erschöpft die langen dunklen Haare aus dem Gesicht. Ich habe sie letztes Semester in meinem Mathekurs kennengelernt und den letzten Monat auf dem Sofa ihrer WG verbracht. Auch wenn wir uns noch nicht lang und auch nicht unbedingt gut kennen, ist sie hier in Auckland meine engste Freundin. Und obwohl ich diese Freundschaft in den vergangenen Wochen sicher schon überstrapaziert habe, war sie so lieb, mir beim Umzug zu helfen und mit mir gemeinsam den Rest meiner Sachen aus Mums Wohnung zu holen.

Mum selbst war nicht da. Die Kartons standen fertig gepackt im Flur vor ihrer Wohnungstür, wo sie jeder hätte mitnehmen können. Deutlicher hätte sie nicht sagen können, wie dringend sie mich und jede Erinnerung an meine Existenz loshaben will. Und als wäre das nicht schlimm genug, mussten wir die Sachen anschließend mit den Öffis durch die halbe Stadt transportieren. Ein krönender Abschluss für die beschissenen zweieinhalb Jahre, die ich bei meiner Mutter gelebt habe. Oder sollte ich eher sagen: die sie mich *geduldet* hat.

»Danke«, murmle ich und reibe mir die schmerzenden Arme. »Du hast mich echt gerettet, Leah.«

»Keine Ursache.« Sie lächelt mich an, aber ich weiß, dass auch sie ein bisschen froh ist, mich los zu sein. In der ersten Woche nach meiner Rückkehr nach Auckland war das Zusammenleben noch kein Problem, aber dann kam Leahs Mitbewohnerin aus den Semesterferien zurück, und es hat sich schnell gezeigt, dass die winzige Wohnung nicht für drei gedacht ist. Noch dazu ist meine Laune seit der Sache mit Grey und Noah furchtbar. Ich war also keine gute Gesellschaft.

»Wie lang kannst du hier noch mal bleiben?«, will Leah wissen und schaut sich in der Wohnung um.

Ich habe das Apartment von einer Kommilitonin, die ein Austauschsemester macht, zur Zwischenmiete übernommen, weshalb es auch etwas günstiger ist als die anderen Wohnungen in der Stadt. So bleibt die Miete innerhalb des Budgets, das Dad mir netterweise zur Verfügung stellt, seit Grey ihm von der Sache mit Mum erzählt hat. Und ich brauche keine Möbel, weil alles schon da ist.

»Bis Ende des Semesters«, antworte ich. »Bis dahin hab ich bestimmt was Neues gefunden.«

»Bestimmt«, bestätigt Leah hoffnungsvoll. »Brauchst du Hilfe beim Einräumen?«

Ich schüttle den Kopf. »Nein danke. Ist ja nicht viel.«

»Okay. Dann sehen wir uns morgen, oder?«

»Auf jeden Fall.«

Morgen Abend findet die Party zum Start des neuen Semesters statt. Das größte Wohnheim der Uni verwandelt sich dabei in eine XXL-Hausparty. Alle, die dort leben und Lust haben, lassen ihre Türen offen, sodass man nach Belieben durch die kleinen Wohnungen streunen und sich betrinken kann.

Es ist der perfekte Abend, um endlich den Sommer hinter mir zu lassen und mich wieder auf die Zukunft zu konzentrieren. Um wieder ich selbst zu werden. Denn seit einigen Wochen fühle ich mich völlig losgelöst von der Person, die ich eigentlich sein will. Die

Zeit in Hāwera hat alte Wunden wieder aufgerissen, und Noah hat ein paar neue hinterlassen. Weil ich mich nicht an meine eigenen Regeln gehalten habe. Kaum zu glauben, wie tief ich die letzten Wochen in Selbstmitleid versunken bin – alles wegen irgendeines dahergelaufenen Kerls. Das muss aufhören. Ich habe mir damals geschworen, dass nie wieder irgendein Mann Macht über mich haben wird. Und die Tatsache, dass ich seit Wochen nur noch an Noah und seine beschissenen grünen Augen denke, ist definitiv schon mehr, als ich je zulassen wollte.

Wenn er nicht aus meinem Kopf rauswill, muss ihn eben jemand rauswerfen. So einfach ist das. Nur müsste dieser Jemand wohl ziemlich gut gebaut sein, wenn er es mit Noah aufnehmen will …

»Brooke? Hallooo?«

Ich blinzle erschrocken und drehe mich zu Leah um, die bereits zur Tür gegangen ist. Sie mustert mich mit einem fast schon resignierten Blick – vermutlich, weil sie es mittlerweile von mir gewohnt ist, dass ich mitten in der Unterhaltung wegtrete. Leider hatte ich bis heute nicht mal die Kraft, ihr zu erklären, warum.

»Sorry, was hast du gesagt?«, frage ich deshalb nur.

»Ob es passt, wenn wir uns um sieben treffen?«

»Ja«, erwidere ich hastig. »Klar. Ich bring den Wein mit, du das Bier?«

»Klingt gut. Dann frohes Einräumen.« Sie lächelt mich an und lässt mich allein.

Seufzend lasse ich den Blick durch die kleine Wohnung schweifen. Neben mir befindet sich eine schmale weiße Küchenzeile, nur ein paar Meter weiter stehen vor dem Fenster ein Sofa und ein Fernseher. Ein kleiner runder Esstisch trennt den Wohnbereich von der Küche. Auf der rechten Seite des Raumes führt ein kurzer Flur zum Schlafzimmer und dem gegenüberliegenden Bad.

Meine Vormieterin, oder wohl eher *Ver*mieterin, hat all ihre Sachen ausgeräumt und nur die Möbel und Küchenutensilien zurückgelassen. Dadurch wirkt die Wohnung ziemlich leer, aber mit einer Lichterkette und einer Pflanze wird es hier sicher gleich viel wohnlicher. Hoffe ich zumindest. Ich habe kein Geld, um mir großartig Deko zu kaufen, und außerdem keine Lust, beim nächsten Umzug die doppelte Menge Kisten zu transportieren.

Ich atme tief durch und öffne einen der Kartons, die Mum für mich gepackt hat. Entgegen meiner Erwartung hat sie nicht einfach alles reingeschmissen, sondern die Sachen ordentlich zusammengelegt. Vermutlich wollte sie nicht noch mehr Umzugskartons besorgen müssen.

Unter einer Schicht Klamotten finde ich einige meiner Unisachen, den Schuhkarton, der unter meinem Bett stand und den sie hoffentlich nicht geöffnet hat, sowie einigen Krimskrams aus meinen Schreibtischschubladen. Außerdem hat Mum meine Wände abgehängt, denn ganz am Boden liegt das *Batman*-Filmposter mit Robert Pattinson, das im letzten Jahr über meinem Bett hing. Dann muss auch irgendwo meine Lichterkette sein.

Im zweiten Karton werde ich fündig. Und es ist nicht nur die Lichterkette darin, sondern auch das gerahmte Bild von Columbo, das immer auf meinem Schreibtisch stand.

Sein Anblick sticht. Eigentlich hatte ich mich längst daran gewöhnt, ihn zu vermissen, immerhin hatte ich ihn über zwei Jahre lang nicht gesehen. Aber jetzt ist auch diese Wunde wieder frisch, und noch dazu erinnert er mich an den Sommer auf dem Hof. An Grey, an Dad, an Kaia. Und vor allem an Noah.

Einen Moment lang starre ich das Bild an und sehe stattdessen ihn.

*Mach's nicht*, versuche ich, mir selbst zu sagen, doch irgendwie hat mein Unterbewusstsein sich schon anders entschieden.

Ich ziehe mein Handy aus der Hosentasche und scrolle durch meine Chatliste, bis mein Daumen neben einem nur allzu vertrauten Gesicht liegen bleibt. Ich tippe nicht darauf. Trotzdem kann ich es vor meinem inneren Auge sehen – weil ich es nächtelang angestarrt habe.

Er hat es nicht geändert, seit ich ihn kenne. Der Ausschnitt ist klein gewählt, aber man kann erkennen, dass Noah lässig auf einer

Art Sofa sitzt, ein Lächeln auf den Lippen. Seine Haare fallen ihm leicht in die Stirn, und sein Blick geht direkt in die Kamera. Direkt in mein beschissenes Herz.

Ich kann das Gefühl nicht beschreiben, das mich jetzt schon wieder überkommt. Es ist irgendwo zwischen Wut, Enttäuschung und bitterem Vermissen. Aber allem voran ist es schmerzhaft. Und wie schon so oft in den vergangenen Wochen frage ich mich, ob ich ihm nicht doch schreiben sollte. Irgendwas. Und sei es nur, dass ich ihn dafür hasse, dass er mich nicht liebt.

Plötzlich verschwindet Noahs Gesicht von meinem Display. An seiner Stelle taucht der Anrufbildschirm auf, und ich lasse erschrocken das Handy fallen. Es landet klappernd auf dem Küchentisch, wo es dank des Vibrationsmodus einen furchtbaren Lärm veranstaltet. Jedes Surren dringt mir bis in die Knochen. Ich starre auf die Telefonnummer, die dort aufleuchtet, und versuche vergeblich, mein rasendes Herz zu beruhigen.

Mittlerweile kann ich sie auswendig. Seit diesem ersten Mal kurz nach meiner Abreise aus Hāwera, als ich nichts ahnend drangegangen bin. Seit ich anschließend gut eine halbe Stunde lang zitternd auf das Display gestarrt habe, auf dem immer und immer wieder ein neuer Anruf angekündigt wurde. Seit Talons Stimme am anderen Ende der Leitung erklang und meine pseudoheile Welt noch weiter zerschlagen hat.

Ich frage mich, wann er damit aufhören wird.

Vielleicht, wenn alles endgültig in Trümmern liegt. Wenn ich nicht mehr die Kraft habe, die Anrufe abzulehnen oder zu ignorieren. Wenn er endlich seinen verdammten Willen bekommt und ich wieder ihm gehöre.

Ich schätze, ich werde es herausfinden. Er lässt mir ja gar keine andere Wahl. Ich habe sofort aufgelegt, als sein tiefes »Hey« aus meinem Handy drang. Trotzdem belästigt er mich seitdem nonstop. Ein paar Tage lang habe ich mich gefragt, woher er meine Nummer hat. Dann wurde mir klar, dass es noch dieselbe ist wie früher. Ich habe damals nur seine damalige Nummer blockiert, meine jedoch nie geändert. Rückblickend war das naiv von mir. Aber vielleicht hat ein Teil von mir damals schon gewusst, dass ich ihm ohnehin nicht entkommen kann. Vielleicht ist das der Grund dafür, dass ich seine neue Nummer immer noch nicht blockiert habe. Oder vielleicht bin ich auch einfach kaputter, als ich dachte, und nicht annähernd so stark wie erhofft.

Endlich hört das Vibrieren auf. Doch mein Herz rast weiter. Wie jedes Mal dauert es nicht lang, bis ein kurzes Surren eine Nachricht ankündigt. Dann kehrt Ruhe ein.

Ich brauche noch ein paar Minuten, um mich zu sammeln. Dann nehme ich mit zitternden Fingern wieder mein Handy auf.

Wie bereits die Male zuvor ziehe ich das Benachrichtigungsfenster herunter und wische Talons Nachrichten dann weg, ohne sie zu lesen. Zurück bleibt wieder meine Chatliste. Noahs Bild. Und diesmal tippe ich darauf. Schaue in sein vertrautes Gesicht und versuche, meine Atmung zu beruhigen.

Verdammt, warum lasse ich das mit mir machen? Warum lasse ich zu, dass er mich weiter belästigt? Warum hat die alte Brooke auf einmal wieder so viel Macht über mich?

Das. Muss. Aufhören.

Ich schlucke, öffne meine Anrufübersicht und wähle Talons Nummer aus. Dann blockiere ich sie auf alle erdenklichen Weisen, bevor ich sowohl die Anrufhistorie als auch seine ungelesenen Nachrichten lösche.

Er soll dahin zurück, wo er hingehört. In meine Vergangenheit. Zu Mum. Zu Greysen. Und auch zu Noah.

Der Gedanke, dass die beiden sich jetzt diese Gemeinsamkeit teilen, treibt mir Tränen in die Augen, doch ich blinzle sie weg.

Keiner von ihnen wird mich je wieder zum Weinen bringen. Das schwöre ich mir.

Ich durchquere den Raum, stecke mein Handy ans Ladekabel und wühle dann in den Umzugskisten nach dem Rest meiner kleinen Make-up-Sammlung.

Es wird wohl nicht schwierig sein, morgen Abend jemanden abzuschleppen. Mich abzulenken. Meine alten Muster aufleben zu lassen, die Mauern neu hochzuziehen.

Vielleicht fühle ich mich danach endlich wieder wie ich selbst.

# noah

»Es ist ein bisschen was zu tun«, meint Mr. Wilson ungerührt. Er lässt es klingen, als ginge es nur darum, eine Wand zu streichen und ein paar Bohrlöcher in den Wänden zuzuspachteln, während wir in Wahrheit in einer völligen Bruchbude stehen. Direkt vor mir an der Wand zeichnet sich ein übler Wasserschaden ab. Der Linoleumboden sieht aus, als wäre jemand darauf gestorben. Überall sind Macken und komische Flecken, es riecht muffig, die Türen sind verzogen, das Badezimmer ist ein Gesundheitsrisiko.

Dreißig Quadratmeter hat die Wohnung. Die Lage ist nicht die schönste, aber die Anbindung an die Uni ist gut. Eigentlich also ideal für Studierende mit schmalem Budget. Ich hätte wissen müssen, dass es einen Haken gibt. Einen ziemlich großen, denn gefühlt wird der Wasserschaden an der Wand größer, je länger ich ihn anstarre.

»Und ab wann könnte ich einziehen …?«, frage ich widerwillig.

»Sobald du willst. Ist alles fertig.«

Fertig … Wenn man es so nennen will.

»Kannst dich hier voll austoben«, fügt Mr. Wilson hinzu. »Wenn du gern 'nen anderen Boden hättest oder so. Ist alles in Ordnung.«

Klar. Als ob jemand, der ernsthaft darüber nachdenkt, in dieses Drecksloch zu ziehen, Geld für einen neuen Fußboden hätte. Aber ich war schon auf so vielen Besichtigungen, dass mir allmählich die Hoffnung ausgeht, jemals irgendwas Passendes zu finden. Und jeden Tag Greys Wut zu ertragen, macht mich langsam, aber sicher kaputt.

Etwas unentschlossen schaue ich mich erneut in dem Zimmer um. Das Fenster blickt auf ein Hochhaus, und ich glaube, jede Gefängniszelle wäre gemütlicher. Aber wenn ich alles streiche und einen Teppich kaufe ...

*Von welchem Geld denn, Noah?*

Vielleicht kann ich mich ja auch so damit arrangieren. Ich sollte ohnehin mehr Zeit in der Uni verbringen. Irgendwie dieses Semester bestehen.

»Gibt's noch andere Bewerber?«, frage ich deshalb. Ich habe die Anzeige auf einer eher unbekannten Seite entdeckt, wo sie schon seit Wochen online ist.

»Grade nicht. Wenn du sie willst, gehört sie dir. Kaution sind zwei Wochenmieten.«

»Ah ...« Fuck, davon stand aber nichts auf der Seite. »Kann ich mir das noch ein paar Tage überlegen?«

Mr. Wilson zuckt mit den Schultern. »Klar. Solang sie noch frei ist. Nummer hast du ja. Willst du noch irgendwas sehen? Noch was wissen?«

Ich schüttle den Kopf. Davor, das Bad noch mal zu betreten, graust es mir ehrlich gesagt. »Nein, danke. Ich melde mich dann noch mal.«

»Alles klar.«

Mr. Wilson führt mich durch das Treppenhaus nach draußen. Vor dem Gebäude verabschieden wir uns. Er schüttelt mir die Hand und steigt in seinen Wagen, der am Straßenrand parkt. Ich mache mich zu Fuß auf den Weg nach Hause. Es ist nicht weit. Das Wetter ist gut, die Luft angenehm warm. Und dieser Stadtteil von Wellington hat mit seinen überwiegend niedrigen, altmodischen Gebäuden, bunten Fassaden und Werbeschildern einen eigenen Charme. Nicht so grau und trostlos wie einige der anderen Viertel, dafür angenehm ruhig. Am Straßenrand wachsen große Laubbäume, und mir kommen einige gut gelaunte Passanten entgegen. In dieser Gegend zu leben, wäre sicher schön. Die Wohnung jedoch ...

Seufzend ziehe ich mein Smartphone aus der Hosentasche und öffne im Laufen meine Banking-App. Zwei Wochenmieten … Das ist bei der geringen Miete zwar nicht viel, aber trotzdem deutlich mehr, als ich auf dem Konto habe. Wenn mein monatlicher Unterhalt kommt und ich die Miete für den ganzen Monat davon abziehen würde, würde es immer noch nicht reichen. Mal ganz abgesehen davon, dass ich auch noch irgendetwas essen muss.

Es war schon längere Zeit knapp mit dem Geld. Aber ich hatte zumindest ein kleines Sicherheitspolster. Das ging allerdings drauf, als ich allein von Hāwera zurück nach Wellington musste, statt mit Greysen zu fahren. Und dass ein Umzug ansteht, war auch nicht eingeplant. Grey und ich hatten eigentlich vor, die WG noch mindestens bis zu unserem Abschluss bestehen zu lassen – vielleicht sogar länger …

Es führt wohl kein Weg daran vorbei, mir einen Job zu suchen. Auch wenn ich so schon überfordert mit der Uni bin. Billiger als diese Absteige hier wird es einfach nicht mehr, und Greys Freundschaft habe ich nachhaltig verspielt.

Ich bin wieder auf mich allein gestellt.

Diesmal endgültig.

Denn der vergangene Sommer hat mir mal wieder deutlich gezeigt, dass ich nicht dafür gemacht bin, irgendjemandem nahezustehen.

Ich dachte, Grey wäre meine Ausnahme. Die eine Person, die ich nicht enttäusche. Dabei steuerten wir die ganze Zeit nur auf eine umso größere Katastrophe zu.

# damals

Ich habe das Gefühl, als hätte ich mich verlaufen. Als wäre ich irgendwann im Verlauf der letzten Wochen falsch abgebogen, ohne es zu merken – und nun finde ich mich an einem Ort wieder, an den ich gar nicht hingehöre. Nicht, dass das etwas Neues wäre. Das Fremdkörpergefühl ist allgegenwärtig, war es auch schon, während ich meinen Schulabschluss nachgeholt habe. Aber hier ist es noch tausendmal schlimmer. Ich stehe mitten in der Mensa, ein Tablett mit Essen in der Hand, vor mir ein brechend voller Speisesaal voller Studierender, die mit Sicherheit ihr Leben besser im Griff haben als ich. Die alle irgendwie erfolgreicher, disziplinierter, glücklicher sind als ich.

Gelächter dringt zu mir durch. Stimmengewirr. Der Geruch von Essen hängt schwer in der Luft. Unsicher lasse ich den Blick über die Tische schweifen. An jedem von ihnen sitzen bereits Leute. Selbst die neuen Studierenden haben sich in den ersten Veranstaltungen heute Morgen schon in Grüppchen zusammengefunden, die nun gemeinsam die Uni erkunden. Nur ich bin außen vor geblieben. Und vielleicht ist es besser, wenn das so bleibt.

Am liebsten würde ich wieder gehen. Wäre da nicht die ungeöffnete Nachricht auf meinem Smartphone, in der Ellie mich gefragt hat, wie der erste Tag läuft. Und die Tatsache, dass David und sie Geld dafür bezahlen, dass ich hier herumstehe und mein Leben hinterfrage.

Seufzend trete ich auf einen der Tische zu, der zumindest ein kleines bisschen leerer ist. Ganz am Rand sitzt ein Typ allein und isst. Er hat dasselbe bestellt wie ich: irgendeine Art Nudelauflauf mit Brokkoli. Der Platz gegenüber von ihm ist frei.

»Sorry?«, spreche ich ihn an, und er schaut zu mir hoch. Graue Augen, braune kurze Haare, glatt rasierte Wangen. Ich schätze ihn auf ein bisschen jünger als mich. »Kann ich mich dazusetzen, oder wartest du no…«

»Klar«, antwortet er bereits, und ich lasse den Rest des Satzes verklingen. Der Fremde deutet auf den leeren Stuhl, und ich stelle zögerlich mein Tablett ab, lasse mich auf den Platz sinken.

»Danke«, murmle ich und widme mich meinem Essen, um ihn nicht weiter zu stören. Doch ich habe kaum die Gabel aufgenommen, da schiebt er ein kleines Tablett mit einem Salz- und Pfefferstreuer in mein Sichtfeld. Verwirrt hebe ich den Blick.

»Falls du brauchst«, sagt er. »Mich persönlich überzeugt der Auflauf noch nicht.«

Ich probiere einen Bissen und nicke verstehend. »Hm«, mache ich und greife nach dem Salzstreuer. »Luft nach oben, ja. Sind die anderen Gerichte denn besser?«

»Hatte gehofft, du könntest mir das sagen. Oder bist du auch neu hier?« Er spießt ein Stück ziemlich zerkochten Brokkolis auf seine Gabel und mustert mich interessiert.

»Erster Tag«, verkünde ich. »Sorry. Deiner also auch?«

»Jap. Was studierst du?«

»Wirtschaft. Und du?«

»Security and Defence.« Er grinst und wirkt dabei ziemlich stolz. »Ich will zur Polizei.«

Ich atme tief durch und spüre, wie ein Teil meiner Anspannung von mir abfällt. Er studiert zwar etwas völlig anderes als ich und hat dementsprechend sicher auch ganz andere Kurse, aber wenigstens muss ich nicht allein essen. »Klingt, als hättest du schon sehr konkrete Pläne«, stelle ich fest.

»Ach«, macht er und zwinkert mir zu. »Erst seit ich drei bin. Ich bin übrigens Greysen. Und du?«

KAPITEL 4

# brooke

»Könnt ihr endlich mal was treffen?«, johle ich, als der Pingpongball, den Hemi eben geworfen hat, schon wieder unsere Becher verfehlt. Ich fange ihn, werfe ihn zurück, und er landet zielsicher im dritt-letzten gegnerischen Becher. Mein Kommilitone stöhnt auf, streicht sich die langen schwarzen Haare zurück und ext ihn. Das gesamte Zimmer feuert ihn dabei an. Leah steht hinter ihm und klopft ihm aufmunternd auf die Schulter.

»Dürfen wir auch einfach so trinken?«, fragt Marc neben mir. »Ich krieg langsam Durst.«

»Das wird sonst auch keine faire Runde mehr«, stelle ich fest und nehme zwei unserer Becher vom Tisch. »Hier.« Ich reiche Marc ei-nen davon und stoße mit ihm an. »Auf das beste Beerpong-Team.«

Während wir das Bier exen, höre ich, wie der Ball auf der Tisch-platte aufkommt und dann in einem der übrigen Becher landet.

»Ha!«, ruft Leah triumphal. »Fast Gleichstand!«

Ich wische mir mit dem Handrücken den Mund ab und drehe mich wieder zu ihr um. »Du warst gar nicht dran!«, lache ich.

Marc legt mir unterdessen einen Arm um die Taille, stapelt seinen leeren Becher in meinen und greift dann nach dem, den Leah eben getroffen hat. Er fischt den Ball heraus, wirft ihn ziemlich schief zurück und trinkt.

Ich lehne mich an seine Seite und lasse zu, dass er die Hand an meiner Hüfte in meine vordere Hosentasche schiebt. Ich schätze, es ist sehr offensichtlich, wo das hier heute noch endet. Aber ich lasse mich mehr bitten als sonst. Normalerweise bin ich gerne diejenige, die erste Schritte macht. Heute muss ich mich an jede verdammte Berührung erst gewöhnen. Dabei will ich doch Sex haben. Und Marc ist mehr als geeignet, um mich heute Nacht abzulenken und mir die verdammten Gedanken an Noah aus dem Kopf zu vögeln. Das hat er mir schon letzten Winter bewiesen, als wir uns auf einer Hausparty kennengelernt haben. Dass er mir heute direkt in die Arme gelaufen ist, als ich das Gebäude betreten habe, sehe ich als Zeichen.

Hemi fängt den Ball, den Marc so großartig versemmelt hat, wirft ihn zurück und trifft. »Gleichstand!«, johlt Leah, hüpft freudig auf und ab und zieht das Gesicht ihres Freundes zu sich herunter, um ihn abzuknutschen. Wieder werden sie dabei von den Umstehenden angefeuert. Unsere Beerpong-Partie hat einige Zuschauer, von denen der Großteil vermutlich darauf wartet, selbst spielen zu dürfen. Die Wohnung hier ist eine der wenigen im Wohnheim, die offenbar kein Problem damit haben, wenn die Leute literweise Bier verschütten.

Ich spüre Marcs Blick auf mir und schaue zu ihm hoch. Er nickt in Richtung von Leah und Hemi, die das Spiel für den Moment offenbar vergessen haben. »Willst du nachziehen?«, fragt er und nimmt mir die leeren Becher ab. Er stellt sie auf den Tisch, und seine Hand findet an meinen Ellbogen, bevor er sie langsam zu meiner Taille wandern lässt.

Ich wende mich ihm ganz zu und lege meine Hände auf seine Brust. »Womit genau?«, frage ich frech und grinse ihn an.

»Du bist dran mit Trinken«, stellt er fest. »Aber ich würde mich vielleicht überreden lassen, das für dich zu übernehmen.«

Er zieht mich näher an sich. Ein Schauder läuft durch meinen Körper, aber ich schiebe es darauf, dass das Fenster offen ist und ich seit Monaten niemanden mehr abgeschleppt habe. Zumindest niemanden, der nicht Noah ist.

Sein verdammter Name in meinem Kopf frustriert mich so sehr, dass ich kurzerhand die Hände in Marcs Nacken lege und mich auf die Zehenspitzen stelle. Ich spüre seinen gesamten Körper an meinem. Sein Atem riecht nach Bier, und als er sich zu mir herunterbeugt, zieht sich etwas in mir zusammen, doch ich schließe einfach nur die Augen. Marcs Lippen streifen meine und …

»Brooke!«

Leahs Stimme lässt mich zusammenzucken, und Marc unterbricht den Kuss, bevor es überhaupt einer werden kann. Genervt drehe ich den Kopf. »Was?«

Sie steht am anderen Ende des Tisches und hält mein Smartphone hoch, das sie in ihrer Handtasche hatte. »Jemand ruft dich an.«

In mir gefriert alles zu Eis.

»Wer denn?«, will ich wissen und kralle meine Hände wohl etwas zu fest in Marcs Nacken.

»Keine Ahnung, irgend so eine Nummer«, meint sie. »Vier, sieben ganz hinten. Soll ich range…«

»Lehn ab«, unterbreche ich sie. Ich hatte ihn doch blockiert. Wie kann er schon wieder …

»Ex-Freund?«, will Marc wissen, und ich verziehe das Gesicht.

»Und wenn?«, frage ich ihn, meine Stimme schärfer als beabsichtigt.

Er zuckt mit den Schultern. »Nichts. Juckt mich nicht. Ich stehe auch gerne für Racheaktionen zur Verfügung.« Er zwinkert mir zu, mit seinen blauen Augen, die das genaue Gegenteil von Talons sind, und auf einmal beginnt es in meiner Brust zu lodern. Da ist so viel Wut. So viel Hass. Wird er mich einfach mit neuen Nummern bedrängen, bis ich daran zerbreche?

Das kann er vergessen.

»Leah?«, frage ich.

Sie war gerade dabei, mein Handy wieder wegzupacken. »Ja?«

»Film mal bitte.«

Sie runzelt die Stirn, hebt aber doch mein Smartphone und richtet es auf mich. »Okay? Soll ich schon?«

»Ja.« Ich drehe mich wieder zu Marc um, ziehe sein Gesicht zu mir heran und küsse ihn. Er stockt erst, doch dann scheint er sich an seine eigenen Worte eben zu erinnern. Und zu meiner Erleichterung hat er sie wohl ernst gemeint, denn er verschlingt mich förmlich, zieht mich enger an sich und schiebt seine Hände dabei in die hinteren Hosentaschen meiner Jeans. Ohne meine Lippen von seinen zu lösen, strecke ich einen Arm aus und zeige der Kamera den Mittelfinger.

Die anderen Studierenden im Zimmer johlen.

Mein Puls rast. Adrenalin und eine seltsame Euphorie rauschen mit einem Mal durch meine Adern. Oder vielleicht ist es auch der Alkohol, der endlich seine Wirkung zeigt und mich alles verdrängen lässt, was mir die letzten Wochen im Hinterkopf saß.

Ich löse mich von Marc, grinse ihn an und wende mich dann Leah zu. Sie hat bereits aufgehört zu filmen und hält mir mit gehobenen Brauen und einem leicht amüsierten Zug um die Mundwinkel das Smartphone hin. Das Johlen ist in ein Anfeuern übergegangen. Das halbe Wohnheim fordert mich unter rhythmischem Klatschen dazu auf, das Video abzuschicken.

Mit zitternden Fingern öffne ich den Chat mit der Nummer, die mich eben angerufen hat. Es ist tatsächlich Talon. Das beweist die Nachricht, die er mir vor zwei Minuten geschickt hat.

Du kannst mich nicht ignorieren, Brooke.

*Watch me.*

Ich tippe auf das kleine Icon, das die Galerie öffnet. Zwanzig Sekunden Video. Marc und ich sind mittig im Bild, und die kurze Vorschau zeigt mir, dass Leah den perfekten Zeitpunkt erwischt hat, um die Aufnahme zu starten. Ich ziehe gerade Marcs Gesicht zu mir heran. Alles, was danach kommt, sehe ich nicht mehr, weil ich die Nachricht bereits abschicke.

Es lädt. Und in der Sekunde, in der es fertig ist, blockiere ich auch diese neue Nummer.

Erst in den Messengern, dann für Anrufe.

Hinter mir ertönt ein Pfeifen. Ich drehe mich um und bemerke Marc, der mir offenbar über die Schulter geschaut hat. »Dem hast du's gezeigt«, meint er.

»War das Noah?«, will Leah mit großen Augen wissen.

Der Name schnürt mir aufs Neue die Kehle zu. »Geht dich nichts an«, entwischt es mir, und sie stutzt.

»Hey«, mischt sich jetzt auch Hemi ein. »Bleib mal locker, Brooke. Du musst außerdem noch dein Bier trinken.«

Schnaubend wirble ich zu den Bechern herum, exe einen davon und packe Marcs Hand.

Die Enge in meiner Brust wird mit jeder Sekunde schlimmer. Ich stecke mein Smartphone in meine Hosentasche und ziehe Marc kurzerhand weg von dem Beerpong-Tisch. Weg von Leah und Hemi. Weg von den Erinnerungen, die eben wieder in mir hochkamen und jetzt versuchen, mich zu ersticken.

Marc folgt mir bereitwillig. Erst als wir die Wohnung verlassen haben und damit auch den Großteil der neugierigen Blicke, drehe ich mich zu ihm um und schiebe meine Hände wieder in seinen Nacken. »Du wohnst hier, oder?«, frage ich atemlos und lasse zu, dass er mich mit seinem Körper gegen die Wand des Flurs drückt.

»Dritter Stock«, raunt er.

»Bist du noch offen für Racheaktionen?«, flüstere ich und lasse meine Hände über seine Brust nach unten wandern.

Ihm entweicht ein leises Lachen. »Komm mit«, fordert er dann, und diesmal ist er es, der meine Hand nimmt und mich durch das Wohnheim zieht. Wir bahnen uns unseren Weg zwischen betrunkenen Studierenden hindurch, bis wir ein Stockwerk weiter oben vor einer geschlossenen Tür ankommen. Marc zieht einen Schlüssel aus seiner Hosentasche und sperrt sie auf. Drinnen macht er das Licht an und offenbart ein kleines Gemeinschaftswohnzimmer. Bis auf uns ist es leer und vergleichsweise still. Nur der Bass eines der angrenzenden Zimmer wummert noch durch die dünnen Wände, dazu vereinzeltes Johlen und schiefer, besoffener Gesang.

Marc legt die Hände an meine Taille, lehnt seine Stirn an meine und schiebt mich rückwärts zu einer weiteren Tür.

Sein Schlafzimmer.

»Mein Mitbewohner ist unten saufen«, erklärt er mir atemlos, während er mich ins Zimmer drängt. Der Lichtschein aus dem Wohnzimmer erhellt ein schmales Wohnheimbett und einen ordentlichen Schreibtisch. Ich kralle die Finger in den Stoff von Marcs Shirts. Er senkt unterdessen den Kopf, seine Nasenspitze streift meinen Hals, sein Duft hüllt mich ein.

Er riecht fremd.

Gut, irgendwie.

Aber nicht so gut wie Noah.

Wieder ein Stich in meiner Brust. Ich lege den Kopf in den Nacken, während Marc meinen Hals küsst, und hake meine Finger in seinen Gürtel, um ihn noch näher an mich zu ziehen. Seine Hände an meiner Taille schieben mein Top hoch. Ich spüre seine rauen Finger auf meiner nackten Haut, doch da ist keinerlei Erregung. Aus der Euphorie, die eben noch durch meinen Körper geströmt ist, ist bittere Frustration geworden. Ein stechender Schmerz.

Das darf alles nicht wahr sein.

»Küss mich«, stoße ich aus, und Marc kommt der Aufforderung nach. Er legt seine Lippen auf meine, schiebt seine Zunge in meinen Mund, und ich erwidere es. Drängend. Verzweifelt. Weil sich mein Herz mit jeder Sekunde, die ich hier verbringe, mehr zusammenzieht. Und ich will jetzt verdammt noch mal nicht aufhören.

Ich will es genießen. Ich will, dass es sich gut anfühlt, nicht falsch. Ich will, dass er mich vergessen lässt, dass mich eben mein toxischer Ex angerufen hat, während sich der Typ, den ich liebe, seit Wochen nicht mal meldet.

Aber gerade sind wir leider weit weg vom Vergessen. Vielleicht sollten wir gleich zum Sex übergehen. Das hier ist furchtbar.

Es ist nicht so, als würde Marc nicht gut küssen.

Nur nicht so gut wie Noah.

Seine Lippen sind nicht so weich. Seine Arme halten mich nicht so, wie sie sollten. Seine Haare sind zu lang, sein Kinn zu kantig, sein Atem geht in der falschen Frequenz, und nichts hieran fühlt sich richtig an.

Ich blinzle eine unerwartete Träne weg und lege noch mehr gespielte Leidenschaft in den Kuss. Mit brennendem Herzen schiebe ich Marc rückwärts in Richtung des Bettes. Er lässt es mit sich machen, setzt sich auf die Bettkante, zieht mich auf seinen Schoß. Ich knie über ihm, küsse ihn weiter, während er meine Hose öffnet. Und auf einmal entweicht mir ein Schluchzen.

Marc hält inne. Ich versuche, den Kuss zu vertiefen, doch mit einem Mal schmecken seine Lippen salzig. Ich kriege keine Luft mehr und muss schniefen, was in einem weiteren erstickten Schluchzer resultiert. Marc lehnt sich zurück, entzieht sich mir, und ich löse mich endgültig auf. Ich heule. Und ich kann nichts dagegen tun.

»Ähm … Alles okay?«, will er irritiert wissen und zieht mein verrutschtes Top wieder zurecht. Meine Hände liegen auf seinen Schultern. Ich klammere mich an ihm fest, während immer neue Tränen über meine Wangen rollen und von meinem Kinn tropfen. Völlig überfordert starre ich in die Dunkelheit von Marcs Zimmer. Sehe dort Noahs Gesicht. Höre sein Lachen in meinen Ohren, spüre seine Finger auf meinem Rücken.

Und ich dachte ernsthaft, ich könnte mich nicht verlieben.

»Hab ich was falsch gemacht?«, will Marc überfordert wissen und lässt mich nun ganz los.

Wieder entkommt mir ein Schluchzen. »Nein«, bringe ich heraus, reibe mir über die Augen und stehe hektisch von seinem Schoß auf. Der Raum dreht sich dabei ein bisschen. Klar. *Jetzt* wirkt der Alkohol natürlich erst recht.

Aber dass das hier keinen Sinn hat, ist mir selbst in meinem betrunkenen Zustand klar. Denn ich kann nicht mit Marc schlafen, wenn Talon mich bereits mental völlig auseinandergenommen hat und alles, woran ich noch denken kann, Noah ist.

Schniefend taste ich nach der Türklinke. »Aber ich muss gehen. Sorry.« Der Raum dreht sich immer noch gefährlich, doch ich finde die Tür und stolpere aus dem Apartment. Auf dem Flur scheint mich niemand zu beachten. Mit gesenktem Kopf und brennenden Augen bahne ich mir meinen Weg durch die Menge bis raus auf die Straße. Wut und Trauer haben meine Brust eingenommen und bohren mit jedem Schritt tiefere Splitter in mein Herz.

Es ist nicht fair, dass es so wehtut.

Nicht fair, dass Noah mir fehlt.

Nicht fair, dass er gegangen ist.

Nicht fair, dass ich nun wieder allein mit Talon bin, wo ich doch dachte, ich hätte endlich jemanden gefunden, dem ich mit der Wahrheit vertrauen kann.

Ich taumle ein paar Schritte die Straße entlang, bevor ich aufgebe und mich gegen die Hauswand sinken lasse. Meine Sicht ist so verschwommen, dass ich mir nicht mal sicher bin, ob ich in die richtige Richtung laufe. Von der frischen Nachtluft bekomme ich zwar einen klareren Kopf, aber sie tut nichts gegen den Schmerz des Vermissens. Und unter meine Traurigkeit mischt sich nun neue Wut.

Es ist nicht fair, denke ich wieder.

Dass er mich nicht liebt.

Dass der eine gute Mensch in meinem Leben mich genauso wenig will wie der Rest.

Dass er sich nicht mal verabschiedet hat. Mich behandelt hat wie Dreck. Mich betrogen hat, weil er doch offensichtlich nicht der Mann ist, für den ich ihn hielt.

Bevor ich es mir anders überlegen kann, habe ich bereits mein Smartphone in der Hand und Noahs Chat geöffnet. Sein Profilbild bringt mich noch mehr zum Heulen, aber es facht auch meine Wut weiter an. Bringt all die Gefühle an die Oberfläche, die ich in den Wochen seit seinem Verschwinden unterdrückt hatte, weil ich dachte, sie wären es nicht wert, gefühlt zu werden. Jetzt sind sie wieder völlig präsent. Und das sollte sein beschissenes Problem sein, nicht meines.

Ich brauche zwei Versuche, um mit meinem Daumen den Audio-Button zu drücken. Dann nimmt das Handy endlich auf.

»Ich hasse dich«, stoße ich aus.

Die Worte gehen irgendwo in meinem Schluchzen unter. Es ist mir egal.

»Du bist ein blödes Arschloch, Noah«, fahre ich heulend fort und wische mir dabei mit der freien Hand unbeholfen die Tränen von einer Wange. »Warum bist du so feige? Du hättest wenigstens Tschüss sagen können. Du hättest wenigstens sagen können, dass du mich angelogen hast. Ich dachte, du magst mich. Du hast gesagt, wir sind Freunde. Du ...« Wieder schüttelt ein Schluchzer meinen Körper. Mein Handy nimmt alles auf, aber es ist mir egal. Soll er doch hören, wie schlecht es mir seinetwegen geht. Soll er hören, dass er mir mein längst gebrochenes Herz auf brutalste Weise herausgerissen hat.

Ich dachte wirklich, er wäre anders.

Ich dachte, er wäre besser.

Ich dachte ...

Die Tränen laufen unaufhaltsam.

Ich heule und heule und kann nicht aufhören, weil die Realität, die ich so lang nicht wahrhaben wollte, plötzlich sogar bis in mein vernebeltes Hirn vordringt.

»Ich dachte, du wärst für immer«, schluchze ich und umklammere das Handy fester. Der Schmerz zerreißt mich. All meine ungesagten Worte brennen mir auf der Zunge, und der Gedanke daran, was hätte sein können, setzt sich bitter in meinem Mund fest. Vielleicht wäre ich mit ihm wieder glücklich geworden. Wieder *Brooke* geworden.

Aber ich schätze, diese Hoffnung ist mit Noahs Verschwinden gestorben.

»Warum liebst du mich nicht?«

Es ist nur noch ein Flüstern.

Ich blinzle gegen die Tränen an. Spüre, wie sie von meinem Kinn tropfen und ein paar auf meinem Unterarm landen.

Die Sprachnachricht läuft weiter.

Die Sekunden ticken dahin, und ich starre noch einen Moment länger auf mein Display, versuche, Worte zu finden, die etwas hieran ändern.

Vergeblich.

Also schicke ich die Nachricht ab.

Sie ploppt in unserem Chat auf. Ein kleines *Heute* markiert, dass es ein *Früher* gab. Und dass dieses jetzt offiziell vorbei ist.

Ein paar Sekunden lang fixiere ich Noahs Namen und warte darauf, dass er online kommt. Doch ein Blick auf die Uhr sagt mir, dass er ziemlich sicher schläft. Es ist drei Uhr nachts. Und selbst wenn er sie anhört …

Was soll er sagen?

*Warum liebst du mich nicht?*

O Gott.

Ich reibe mir energisch die Augen und atme tief durch. Frische Luft flutet meine Lungen, und allmählich lassen die Schluchzer nach. Die Benommenheit verebbt ein bisschen, fast als hätte ich meinen Rausch einfach ausgeweint. Und unterdessen sickert die Realisation darüber ein, was ich soeben getan habe.

Das habe ich nicht ernsthaft gemacht, oder?

Wie in Trance drücke ich auf den Abspiel-Button, und meine eigene lallende Stimme tönt mir entgegen.

»Ich hasse dich«, verkündet die Brooke von vor zwei Minuten, und in mir zieht sich alles zusammen. »Du bist …«

Ich stoppe die Voice.

*Fuck.*

*Fuck, fuck, fuck!*

Meine Finger zittern, aber irgendwie schaffe ich es, die Nachricht zu löschen. Sie verschwindet aus dem Chat, lässt keine Beweise zurück.

Nur mein Herz rast weiter, meine Kehle brennt vom Heulen, und meine Brust schmerzt immer noch. Wird es wohl auch noch lange tun.

Weil ich Noah eben trotzdem noch liebe.

Auch wenn er das nie erfahren wird.

## KAPITEL 5

# noah

Noch bevor ich die Augen öffne, weiß ich, dass es zu früh am Morgen ist. Die Müdigkeit sitzt mir förmlich in den Knochen, drückt mich bleiern in die Matratze. Mein Schädel dröhnt, als hätte ich zu viel getrunken. Mein Mund ist trocken. Und trotzdem werde ich nicht mehr schlafen können.

Das ist fast täglich so, seit ich aus Hāwera zurück bin. Meine kreisenden Gedanken halten mich abends wach und reißen mich morgens aus den wenigen Stunden Schlaf, die ich bis dahin hatte. Wenn ich nach sechs Uhr aufwache, verbuche ich das mittlerweile schon als Erfolg. Doch als ich nun das halbdunkle Zimmer erblicke, weiß ich, dass heute keiner dieser Tage ist.

*Scheiße.*

Als wäre der Sonntag nicht so schon lang genug.

Ich werfe einen Blick auf den Wecker und vergrabe stöhnend das Gesicht im Kissen. Vier Uhr dreißig. Ein neuer Rekord. Ich ziehe mir die Bettdecke über den Kopf und schließe die Augen wieder. Vielleicht schaffe ich es ja doch, noch mal ein bisschen zu schlafen. Nach einer halben Stunde, in der mein Kopf stattdessen in Endlosschleife berechnet, wie viele Stunden ich arbeiten müsste, um die Kaution für die Horrorwohnung zu bezahlen, halte ich es allerdings nicht mehr aus und gebe auf.

Resigniert schäle ich mich aus dem Bett und öffne das Fenster für ein bisschen frische Luft. Es wird allmählich hell draußen, und das Wetter ist gut. Vielleicht gehe ich einfach joggen, kurz bevor Grey aufsteht, und verschanze mich dann den Rest des Tages zum Lernen und Schlagzeugspielen in meinem Zimmer. Mit dem elektronischen Drumkit macht es zwar nicht halb so viel Spaß wie auf einem echten, aber ich kann mir die Gebühr für die Übungsräume aktuell nicht mehr leisten. Da hilft nur, die Kopfhörer auf volle Lautstärke zu drehen.

In der Küche hole ich mir ein Glas Wasser. Dabei wecke ich offenbar Columbo, der im Wohnzimmer auf dem Sofa geschlafen hat. Er erbettelt sich von mir ein wenig Futter und folgt mir dann zurück in mein Zimmer. Sofort macht er es sich in meinem Bett bequem und schaut mich erwartungsvoll an.

Ob er weiß, wie mies es mir geht? Hängt er mir deswegen so oft an den Fersen und kuschelt sich zu mir, wann immer er eine Gelegenheit dazu findet? Oder braucht er einfach nur selbst Aufmerksamkeit?

Wie auch immer – ich bin dankbar für die Gesellschaft. Ich stelle mein Wasser auf dem Nachttisch ab, hole mein Handy von der Ladestation auf meinem Schreibtisch und lege mich wieder ins Bett. Columbo macht es sich in meiner Armbeuge gemütlich, und ich drehe mich mit ihm auf die Seite. So kann ich ihn gleichzeitig kraulen und mir irgendein belangloses Video auf YouTube reinziehen.

Ich entsperre das Smartphone und will gerade die App öffnen, als ich stocke. Stand da …?

Ich ziehe die Benachrichtigungsleiste runter und starre sie an.

Halluziniere ich? Das kann nicht sein. Doch je länger ich sie anstarre, desto deutlicher werden die Buchstaben auf meinem Display.

**02:47– Brooke hat dir eine Sprachnachricht gesendet.**

Mein Herz beginnt zu rasen. Meine Hände werden schwitzig.

Sie hat sich tatsächlich gemeldet. Obwohl ich so ein Arsch war. So ein Feigling. So … Noah.

Auf einmal fühle ich alles gleichzeitig. Es ist mir fast egal, was

Brooke mir in dieser Voice zu sagen hat. Ob sie mit mir reden will oder mich doch bloß beleidigt. Ich will einfach nur ihre Stimme hören. Ich will diesen letzten Stoß, den ich brauche, um ihr zu antworten. Ihr zu sagen, was ich empfinde. Wie leid es mir tut. Wie scheiße sehr ich sie vermisse. Jeden verdammten Tag.

Ich atme tief durch.

*Jetzt, Noah,* schwöre ich mir selbst. *Was auch immer sie sagt, du antwortest. Sie hat es verdient, dass du mit ihr redest. Dich entschuldigst. Dich wenigstens verabschiedest.*

Verabschieden ...

Ja.

Genau das wird es wohl werden. Denn sind wir mal ehrlich ... Etwas anderes als ein Ende wird es für uns nicht mehr geben. Weil ich eben trotz allem noch Noah bin.

Fuck ...

Mit zitternden Fingern tippe ich auf die Benachrichtigung. Brookes Chat öffnet sich. Doch darin ...

Nichts.

Irritiert reibe ich mir die Augen, aber da stehen nach wie vor nur unsere letzten Nachrichten aus Hāwera. Ich schließe den Chat und öffne ihn wieder. Immer noch keine Sprachnachricht. Also ziehe ich die Benachrichtigungsliste noch mal herunter, doch auch da ist jetzt nichts mehr zu finden. Natürlich nicht, ich habe ja auch draufgetippt. Oder hab ich mir das ernsthaft eingebildet? Ist der Schlafmangel so schlimm, dass ich schon nicht mehr unterscheiden kann, wann ich wach bin und wann ich träume? Oder hat Brooke mir etwas geschickt und es dann gelöscht?

Ich bin mir sicher, dass ich die Benachrichtigung gesehen habe. Soll ich also nachfragen? Aber was, wenn da doch gar nichts war? Oder sie mir versehentlich etwas geschickt hat, das eigentlich an jemand anders gehen sollte?

Je länger ich darüber nachdenke, desto mehr zweifle ich.

Hätte Brooke mir wirklich schreiben wollen, hätte sie es doch nicht gelöscht. Dann wäre die Nachricht noch da. Also muss es ein

Versehen gewesen sein. Und ein deutliches Zeichen, dass sie keinen Kontakt mehr will.

Enttäuschung durchfährt mich, noch bleierner als die Müdigkeit. Dabei ist es ja keine Überraschung. Genau das habe ich doch die letzten Wochen angenommen. Vielleicht wird es Zeit, das auch zu akzeptieren.

Frustriert tippe ich auf Brookes Profilbild. Es hat sich über Nacht geändert. Jetzt zeigt es sie zusammen mit einer dunkelhaarigen Freundin und einem Bier in der Hand. Beide lächeln in die Kamera. Hinter ihnen hängt eine große Pinnwand voller Zettel, von denen teilweise schon Nummern abgerissen wurden. Sieht fast aus, als stünden sie im Gang einer Uni oder eines Wohnheims. Vermutlich Letzteres, wenn man das Bier bedenkt.

Brooke sieht gut aus.

Nicht glücklich, irgendwie, aber vermutlich will ich das nur glauben. Weil ich das Gefühl haben will, sie würde mich brauchen. Weil mein Kopf nicht mit der Wahrheit klarkommt – nämlich der, dass sie nichts für mich empfindet und ohne mich besser dran ist. Und wer weiß. Vielleicht hat sie genau das ja auch gemerkt, nachdem sie mir heute Nacht diese Sprachnachricht geschickt hat, und sie deshalb wieder gelöscht.

Ich schätze, ich werde es niemals erfahren.

Doch gerade als ich ihr Profilbild und ihren Chat wieder schließen will, fällt mir etwas auf. Ein winziges Detail, das halb im Kragen von Brookes Top verschwindet.

Ich zoome näher hin, und mein Herz setzt ein paar Schläge aus.

Brooke trägt die Kette.

Die, die ich ihr geschenkt habe. Und das muss doch heißen, dass …

*Reiß dich zusammen, Noah. Das hat nichts zu bedeuten. Wahrscheinlich fand sie sie einfach nur schön.*

Ja, das muss es sein.

Oder …?

Verdammt.

Ich kehre zum Chat zurück und starre auf die Stelle, wo eigentlich Brookes Sprachnachricht stehen sollte. Die Sprachnachricht, die sie gelöscht hat – vermute ich. Und jetzt will ich doch wissen, wieso. Ich könnte sie fragen. Wäre denn so viel dabei? Was ist das Schlimmste, was passieren könnte?

*Sie könnte dich ignorieren.*

Aber wäre das schlimmer, als es gar nicht versucht zu haben?

*Sie könnte dir sagen, dass sie nie wieder von dir hören will.*

Aber wenn ich doch ohnehin keinen Kontakt mehr zu ihr habe …

Ich schlucke schwer.

Dann tippe ich eine Nachricht.

> War was?

Noch bevor ich die Worte absenden kann, lösche ich sie wieder. Wie unhöflich klingt das? Als hätte sie mich mit ihrer Nachricht gestört oder so.

Könnte sie nie.

> Alles okay?

Auch diese Worte lösche ich wieder, bevor sie überhaupt in den Chat finden. Warum sollte sie nicht okay sein? Was geht es mich an?

Mir jucken noch tausend andere Sätze in den Fingern, aber keinen davon wird sie hören wollen.

*Ich vermisse dich.*

*Ich muss ständig an dich denken.*

*Ich wünschte, du wärst hier.*

*Es tut mir leid.*

Letzteren hätte sie verdient. Das weiß ich.

Aber ich bin zu feige, um ihn zu schreiben. Ich bin zu feige, um *irgendetwas* abzuschicken.

44

Weil ich Angst davor habe, dass Brooke mir verzeiht.

Angst davor, mich noch mehr in ihr zu verlieren.

Und am meisten Angst habe ich davor, dass Brooke mir irgendwelche Gefühle gesteht. Denn das würde bedeuten, dass ich sie wirklich verletzt habe. Und genau das wollte ich doch von Anfang an vermeiden.

KAPITEL 6

# **brooke**

*Lächeln. Atmen. Irgendwie den Kopf hochhalten.* Immer wieder sage ich mir die Worte innerlich vor. Als wären sie ein Mantra.

Ich habe mich auf dem Unicampus noch nie sonderlich wohlgefühlt, aber heute ist es besonders schlimm. Meine Motivation habe ich wohl Samstagnacht irgendwo im Wohnheim liegen gelassen. Vermutlich hat einer der Besoffenen draufgekotzt und sie dann in die nächste Mülltonne gekehrt. Ich selbst sehe jedenfalls keine Spur mehr von ihr.

Nach meinem Absturz auf der Party habe ich den gestrigen Sonntag mit einer furchtbaren Mischung aus Kater und Liebeskummer verbracht. Ich lag den ganzen Tag im Bett, habe Nudeln mit Ketchup gegessen, weil ich in der neuen Wohnung noch nicht wirklich einkaufen war, und habe mir die Zeit abwechselnd mit *Gilmore Girls* und Heulen vertrieben. Ein neuer Tiefpunkt, so viel steht fest. Aber ich hatte die naive Hoffnung, es würde mir vielleicht besser gehen, wenn die ganze Traurigkeit einmal draußen ist.

Tja. Großer Trugschluss. Offenbar gibt es irgendwo in mir einen unendlichen Vorrat davon, und statt erträglicher zu werden, wird mein Liebeskummer nur noch schlimmer. Da hilft es auch nicht gerade, dass ich heute gezwungen war, für die Uni mein Bett zu verlassen, und mir deutlich anzusehen ist, dass ich das halbe Wochenende durchgeheult habe. Zumindest war es mir anzusehen. Mittlerweile bin ich so stark geschminkt, dass ich das Gefühl habe, ich würde nur von Kaffee und Make-up zusammengehalten. Meine Tasche hängt viel zu schwer über meiner Schulter, und nicht mal der Schokomuffin, den ich mir auf dem Weg zur Uni gekauft habe, kann meinen Appetit anregen. Mir ist schlecht, und ich will nach Hause. Wo auch immer das sein soll.

»Du sagst so wenig«, beschwert sich Kaias Stimme an meinem Ohr. »Alles okay?«

Sie hat mich angerufen, als ich gerade aus dem Haus bin, um mir von ihrem Wochenende zu erzählen. Es war deutlich besser als meins, das ist schon mal sicher. Statt bei einer Party war sie mit Kommilitoninnen in einer Bar, wo sie sich versehentlich einem Junggesellinnenabschied angeschlossen haben. Das Ganze endete in einem Stripclub. Dass ich dieses Wort mal aus Kaias Mund hören würde, hätte ich während unserer Schulzeit auch nicht erwartet. Erst recht nicht mit so viel Begeisterung.

»Sorry«, murmle ich. »Ich glaub, ich hab noch 'nen Kater.«

»Immer noch?«, fragt sie besorgt. »Wie viel hast du denn getrunken?«

Kaia weiß nichts von meinem Heul-Debakel. Oder generell von meiner Noah-Vermissung. Ich habe es die letzten Wochen totgeschwiegen und meine Abreise aus Hāwera auf Greysen geschoben. Als Kaia gestern telefonieren wollte, habe ich den Alkohol vorgeschoben, und wirklich gelogen war das ja nicht. Nur eben auch nicht so ganz wahr.

»Weiß ich nicht mehr. Viel Bier. Wein. Ein paar Shots …«

»Okay … Vielleicht einfach zu viel durcheinander?«

»Mhm«, mache ich eintönig und höre Kaia am anderen Ende der Leitung seufzen.

»Sicher, dass alles okay ist?«, hakt sie nach.

»Klar«, erwidere ich erschöpft. »Warum sollte es das nicht sein?«

»Du hast in Hāwera so gut wie gar nichts getrunken. Und jetzt auf einmal schießt du dich so ab?«

»Ich hatte eben Lust darauf«, verteidige ich mich.

»Hm«, macht sie nur.

Ich seufze innerlich. Natürlich gibt sie sich mit dieser Antwort nicht zufrieden. Sie wäre wohl auch eine schlechte Freundin, wenn sie mich so leicht mit meinen Problemen davonkommen lassen würde. »Was hm?«, wage ich zu fragen. Ganz ausschließen will ich sie nicht. Immerhin ist sie meine engste Freundin – trotz der Jahre, die wir keinen Kontakt hatten.

»Ich mach mir nur Sorgen«, gesteht sie. »Du wirkst anders, seit du wieder in Auckland bist. Geht's dir wirklich gut?«

»Ich hab einfach keine Lust auf Uni«, rede ich mich raus.

»Versteh ich. Aber ich hab das Gefühl, dass deine Stimmung vielleicht auch was damit zu tun hat, was passiert ist? Mit Grey und Noah …?«

»Was soll es damit zu tun haben? Das war doch zu erwarten, Kaia. Ich war drauf vorbereitet.«

»Na ja, aber trotzdem …«

»Nichts trotzdem. Ich habe mir keine Hoffnungen gemacht.« Lüge. Dicke, fette Lüge. Trotzdem rede ich weiter. »Ich wusste, dass Grey irgendwann wieder zum Arsch mutiert. Und das mit Noah war nie was Ernstes.«

Ihr entweicht ein Schnauben.

»Was?«, zische ich.

»Irgendwie glaub ich dir das nicht. Ihr habt die ganze Zeit so vertraut gewirkt. Und als du bei mir ankamst, nachdem er weg war, sahst du …«

»Es war nichts Ernstes«, unterbreche ich sie. Die Worte sind diesmal ungewollt scharf, und sofort bekomme ich ein schlechtes Gewissen. Warum maule ich meine Freundinnen so an? Erst Leah, jetzt sie …

Aber Kaia muss aufhören, deswegen nachzubohren. Ich will nicht darüber reden. Den Wink mit dem Zaunpfahl muss sie doch mal sehen.

»Na gut«, erwidert sie zögerlich. »Wenn du das sagst …«

»Ja. Ich sage schon Bescheid, falls ich über irgendwas reden muss, okay?«

»Okay.« Sie klingt ernüchtert, aber immerhin nicht sauer.»Ich muss jetzt ins Seminar. Wir schreiben, okay?«

»Klar.« Ich bemühe mich um einen lockeren Tonfall.»Viel Spaß mit deinem heißen Dozenten.«

»Pscht!«, macht Kaia und lacht leise.»Sag so was nicht. Ich muss mich konzentrieren.«

»Du hast selbst gesagt, dass er heiß ist«, ziehe ich sie auf.

»Ja, aber hör auf, mich daran zu erinnern!«

»Treibst du es für mich auf dem Pult?«, scherze ich.»Steht noch auf meiner Bucketlist, aber ich hab hier keine geeigneten Kandidaten dafür.«

Ich kann förmlich hören, wie sie belustigt die Augen verdreht.»Sorry, dafür bin ich noch zu ehrgeizig. Mein Abschluss ist mir wichtiger als deine Liste.«

»Schade«, erwidere ich und bringe doch tatsächlich ein ehrliches Lächeln über die Lippen.»Aber ich wette, du stellst es dir gleich vor. Bis später!« Und bevor Kaia protestieren kann, lege ich auf.

Ich weiß, dass sie es nur gut meint. Aber sie soll lieber über sich selbst nachdenken statt über mich. Denn wenn Kaia so viele Fragen stellt, muss ich mich ebenfalls mit dem Thema auseinandersetzen. Und das kann ich nach wie vor nicht.

Seufzend stecke ich im Gehen mein Handy in meine Jackentasche und zupfe ein Stück von dem Muffin ab. Mein Blick schweift über den Campus, der in lebhaftem Grün erstrahlt und damit einen krassen Kontrast zum Grau der Innenstadt bildet. Es ist schon Herbstwetter – strahlend blauer Himmel und Sonnenschein. Nur in der Umgebung sieht man die Veränderung noch nicht.

Ich sehne mich regelrecht danach, dass sich die Bäume endlich bunt verfärben und Laub die gepflasterten Wege zu den Vorlesungen säumt. Denn das würde bedeuten, dass der Sommer endgültig vorbei ist. Und wenn mein Kopf diesen Fakt nicht mehr leugnen kann, versteht mein Herz vielleicht auch endlich, dass die Zeit mit Noah Geschichte ist.

Ich kaue auf dem Stück Muffin herum und versuche, mich auf meine bevorstehende Vorlesung zu konzentrieren. Sie und das zugehörige Seminar starten eine Woche später als die anderen Veranstaltungen, weil Mrs. Clark noch irgendwo auf Studienreise war. Leider bin ich deshalb nicht besser vorbereitet. In den Semesterferien habe ich natürlich keine Minute gelernt, obwohl ich klaren Nachholbedarf gehabt hätte. Bleibt nur zu hoffen, dass ich trotzdem halbwegs mitkomme und nicht schon nach zwei Wochen hinterherhinke.

»Brooke!«

Eine vertraute Stimme lässt mich innehalten. Ich schaue mich um und sehe Leah über die Wiese auf mich zueilen. Sie hat sich die Hälfte ihrer Uniunterlagen unter den Arm geklemmt, während sie mit dem anderen versucht, in den Ärmel ihrer Jacke zu kommen. Ihre Tasche rutscht ihr dabei von der Schulter und bleibt an ihrem Block hängen, den sie nur umso fester umklammert. »Mist!«, flucht sie, bleibt stehen und rückt den Träger zurecht.

Ich komme auf sie zu und nehme ihr die Unterlagen ab, bevor alles im feuchten Gras landen kann. Nachdem ich sie auf der Party so angemacht habe, weiß ich nicht ganz, wie ich mit ihr umgehen soll. Aber Leah wirkt völlig unberührt, als wäre nie was gewesen. Vielleicht war sie einfach schon zu betrunken, um sich an meinen Ausrutscher zu erinnern. »Hast du wieder verschlafen?«, frage ich.

»Und wie! Ich hatte nicht mal mehr Zeit für eine Scheibe Toast!« Leah schafft es endlich in den Ärmel ihrer Jacke und schaut sehnsüchtig auf den übrigen Muffin in meiner Hand. »Sag mal …«

»Hier«, verkünde ich bereits und reiche ihn ihr. Ob sie sich nun erinnert oder nicht, ein Friedensangebot kann nicht schaden. »Ich bin schon satt.«

Okay, genau genommen ist das vermutlich nicht dasselbe wie eine stress- und liebeskummerbedingte Appetitlosigkeit, aber der Übergang ist sicher fließend.

»Du bist die Beste«, nuschelt Leah, die bereits den Mund voll Muffin hat, und schlägt wieder den Weg zu einem der weißen Unigebäude mit den roten Dächern ein. »Mhhh.« Sie schluckt runter.

»Hast du dir eigentlich die Vorbereitungsmaterialien angeschaut, die online hochgeladen wurden?«

»Es gab Vorbereitungsmaterial?«, stöhne ich.

»Ja, aber ging erst Samstag online. Da kann man doch nicht erwarten, dass sich das noch einer anschaut! Am Wochenende! Als ich das gestern Abend gesehen habe, war ich schon im Halbschlaf.« Sie widmet sich wieder dem Muffin.

»Dass du überhaupt noch mal reingeschaut hast, ist schon bewundernswert«, erwidere ich.

»Mhm.« Es dauert kurz, bis ihr Mund wieder leer genug ist, um eine vollwertige Antwort zu artikulieren. »Und auch nur, weil ich nachschauen wollte, wo die Vorlesung noch mal stattfindet. Sonst hätte ich ja noch früher aufstehen müssen, um den Raum zu suchen.«

»*Noch* früher?«, wiederhole ich belustigt, während wir durch einen der vielen Rundbogen treten, die sich kurz vor dem Eingang befinden. Mittlerweile sind wir mitten im Getümmel. Wir betreten das Gebäude gemeinsam mit einer regelrechten Flut an Studierenden, die sich nun im Foyer auf die einzelnen Säle verteilt.

»Jede Minute zählt«, nuschelt Leah, die sich eben den letzten Rest des Muffins in den Mund geschoben hat und das Papier im Mülleimer neben der Tür entsorgt. »Saal 6 ist sicher der da hinten, wo die ganzen Nerds drin verschwinden, oder?« Sie steuert einen der Hörsäle an, und ich will ihr gerade folgen, als mein Blick auf jemanden fällt, der neben dem Eingang steht.

Groß gewachsen. Bullige Statur. Dunkle Haare und noch dunklere Augen, deren Blick sich in meinen brennt.

Ich erstarre. Mein Atem setzt aus.

Talon steht regungslos da, die Arme verschränkt, den Rücken gegen die Wand neben meinem Hörsaal gelehnt. Als würde er darauf warten, dass ich zu ihm komme. Er die Falle zuschnappen lassen kann. Aber das kann nicht stimmen, oder? Er kann gar nicht hier sein. Es ergibt keinen Sinn.

Ich blinzle, in der Hoffnung, er würde verschwinden.

Doch als ich erneut hinsehe, steht Talon immer noch dort und beobachtet mich. Dass er so ruhig ist, macht mir mit Abstand am meisten Angst. Denn nach seiner Ruhe folgte immer ein schmerzhafter Sturm.

Ich muss wieder an das Video denken, das ich ihm geschickt habe, und mein Herz beginnt zu rasen. Ich hätte wissen müssen, dass es ihn provozieren würde.

Hätte ahnen sollen, dass seine Nachrichten erst der Anfang waren.

»Brooke?«

Ich reiße den Kopf zu Leah herum, die ein paar Schritte weiter stehen geblieben ist und mich fragend anschaut.

»Kommst du?«

»Ich …« Mein Blick huscht wieder zu Talon, und entsetzt stelle ich fest, dass er nicht mehr an der Wand lehnt. Stattdessen kommt er auf mich zu. In aller Seelenruhe. So als wüsste er, dass ich ihm ohnehin nicht entkommen kann.

Panik setzt sich in mir fest. Ich weiß nicht mehr, ob ich stehen bleiben oder rennen soll. Also starre ich ihn einfach nur an. Sehe zu, wie er sich seinen Weg durch die Menge bahnt.

Leah folgt irritiert meinem Blick, scheint Talon in dem Gedränge jedoch nicht zu bemerken. Wie auch? Für sie ist er nur einer von vielen Studenten. Sie weiß nicht, dass er nicht hierhergehört. Dass er nicht hier sein dürfte.

Sie weiß nicht, was er hier will.

Ich hingegen weiß es nur zu gut. Und ich darf es auf keinen Fall zulassen.

»Ich muss noch mal heim«, platze ich heraus, stolpere auf Leah zu und drücke ihr die Uniunterlagen in die Hand, die ich ihr vorhin abgenommen habe.

Sie runzelt die Stirn. »Jetzt? Was ist mit der Vorlesung?«

»Hab was vergessen«, stammle ich. »Sorry, ist dringend. Bis später!« Bevor sie antworten kann, wirble ich bereits herum und stürme wieder aus dem Gebäude. Ich kämpfe mich durch den Strom aus Studierenden, der mir entgegenkommt und mich zurück zu Talon drängen will, spüre seinen Blick in meinem Nacken, seine Nähe in jeder Faser meines Körpers.

Die Panik ist überwältigend. Ich kriege keine Luft mehr, meine Kehle ist wie zugeschnürt, alles tut plötzlich weh.

Als ich endlich aus der Menge entkomme, beginne ich zu rennen, so schnell ich kann. Ich schaue mich nicht mehr um, denn ich will nicht wissen, ob er mir folgt.

Und ich will ihn auch nicht noch einmal sehen.

Ich will mir einreden, dass das eben Einbildung war und keine Realität.

Denn lieber habe ich irgendwelche Wahnvorstellungen, als dass Talon ernsthaft hier ist. In Auckland. An meiner Uni. Über vierhundert Kilometer von dem Ort entfernt, an dem ich damals glaubte, ihm endlich zu entkommen.

# noah

Ich weiß nicht, wie ich dieses Semester überstehen soll. Das dachte ich mir schon letzte Woche, und der Montag gibt mir nicht gerade neue Hoffnung.

Gestern Nachmittag habe ich haufenweise E-Mails verschickt, in denen ich mich um Nebenjobs beworben habe, und heute Morgen direkt einen Anruf bekommen. Ein Café in der Nähe der Uni. Ich solle doch gleich nach meinen Kursen mal zum Probearbeiten vorbeikommen. Genau das habe ich auch gemacht. Und es war ein Desaster.

In meiner Verzweiflung habe ich die Arbeit im Repair-Café von Brookes und Greysens Dad als Referenz angegeben. Natürlich ohne zu erwähnen, dass ich dort weder Kaffee gekocht noch Kunden bedient oder gar Tabletts getragen habe. Dementsprechend angepisst war der Manager vorhin, als ich mich bei allen Aufgaben, die er mir gegeben hat, furchtbar angestellt habe. Und dementsprechend schlecht stehen wohl auch meine Chancen, diesen Job zu bekommen.

Whatever. Es war nur die erste Chance von vielen. Sicher wird sich bald was finden, womit ich die Kaution bezahlen kann, bevor die Wohnung weg ist. Aber egal, wie sehr ich mir das einrede – es muntert mich nicht auf. Ich bin nach diesem Tag so durch, dass ich am liebsten alles hinschmeißen würde. Die Uni, die Jobsuche, die Wohnungssuche. Die Kurse waren heute ebenso überfordernd wie letzte Woche. Auch wenn mich diesmal kein Professor mit gekränktem Ego auf dem Kieker hatte. Die Arbeit hat mir dann das letzte bisschen Kraft geraubt. Und das Wissen, dass ich all das hier tue, nur um in diesem Drecksloch von Wohnung einziehen zu können und dort den Rest meines Lebens allein zu verbringen, muntert mich auch nicht auf. Im Gegenteil.

Als ich die Tür unserer WG aufsperre, kommt mir zu meiner Enttäuschung nicht mal Columbo entgegen. Es ist still in der Wohnung, und Greys Schuhe stehen nicht wie sonst neben der Tür. Vermutlich sind sie Gassi, oder er hat den Hund zu irgendeinem Termin mitgenommen. Auch gut. Ich habe Columbos Trost nicht verdient. Diese Scheiße habe ich mir schließlich selbst eingebrockt.

Ich schmiere mir in der Küche zwei Scheiben Toast mit Nutella, um meinem Körper wenigstens einen halben Grund zu liefern, ein paar Endorphine auszuschütten. Ich will gerade den ersten Bissen nehmen, als mein Handy vibriert.

Seufzend ziehe ich es aus meiner Hosentasche. Vermutlich ist es eine weitere Antwort auf meine Bewerbungen gestern. Doch als ich den Anrufer sehe, zieht sich mein Herz schmerzhaft zusammen.

David. Mein Ziehvater. Der Mann, dem ich es zu verdanken habe, dass ich überhaupt studieren darf. Dass ich meinen Schulabschluss nachholen konnte. Dass ich Geld für Miete und Essen habe.

David und Ellie waren die ersten Menschen in meinem Leben, die wirklich an mich geglaubt haben. Die mich nicht aufgegeben haben, als es mal schwierig wurde. Die einfach geblieben sind, obwohl ihnen mein sechzehnjähriges Ich jeden Grund gab zu gehen.

Allein dafür werde ich ihnen auf ewig dankbar sein. Und genau diese Dankbarkeit treibt mich dazu, das Gespräch anzunehmen, obwohl alles in mir sich dagegen wehrt.

»Hey, David«, grüße ich ihn und lasse mich auf einen der Küchenstühle sinken. Auf dem Tisch liegen Greys Uniunterlagen und erinnern mich daran, dass das hier seine Wohnung ist, nicht meine.

»Noah«, grüßt er mich herzlich. »Wie schön, dass ich dich erwische. Alles in Ordnung bei dir? Wir haben schon länger nichts mehr von dir gehört.«

Sofort habe ich ein schlechtes Gewissen. Um genau zu sein, habe ich mich seit Neujahr nicht gemeldet. Ich hatte einfach nicht den Kopf dafür. Oder den Mut. Immerhin gibt es so einige Dinge in meinem Leben, die ich den beiden gerade lieber nicht gestehen würde. Und wenn es nicht sein muss, vermeide ich den Kontakt weitestgehend. Sind wir mal ehrlich – das macht es uns allen einfacher.

»Ja, alles bestens«, lüge ich. »Momentan ist nur viel los. Mit dem Semesterstart und allem …«

David brummt zustimmend. »Ah, verstehe. Ja, die Uni geht natürlich vor. Wir wollten uns auch gar nicht beschweren. Ellie hat sich nur Sorgen gemacht. Wir beide, ehrlich gesagt. Da dachte ich, ich rufe mal an, um nach dir zu sehen.«

Meine Kehle wird eng.

Ich komme mir undankbar vor, weil ich sie so behandle. Weil ich nie etwas zurückgebe. Sie immerzu auf Abstand halte, während sie Kontakt suchen. Aber gleichzeitig habe ich das Gefühl, als würde ich noch mehr nehmen, wenn ich mehr ihrer Zeit beanspruche. Als würde mir das alles ohnehin nicht zustehen und als wäre es besser, es abzulehnen.

Lieber halte ich mich im Hintergrund. Melde mich so selten wie möglich, um ja niemandem mit meiner Verkorkstheit zur Last zu fallen.

»Und wie geht's euch?«, frage ich jetzt trotzdem. Unhöflich will ich nicht sein. Das ist die Grenze. »Habt ihr euch einen Hund gekauft?«

Als ich zu Beginn der Semesterferien mit Greysen in Hāwera ankam, habe ich David und Ellie ein paar Bilder von Columbo geschickt. Sie wollten wissen, wo ich den Sommer verbringe, und Hundebilder schienen mir eine sichere Ablenkungsstrategie, die nicht allzu viel Raum für Nachfragen lässt. Tatsächlich ist meine Strategie aufgegangen. Und Ellie fand Columbo so niedlich, dass sie anschließend versucht hat, David von einem eigenen Hund zu überzeugen. Als wir an Neujahr telefoniert haben, war er allerdings noch dagegen.

»Nein«, meint er. »Aber ich hab mich breitschlagen lassen. Wir stehen bei ein paar Tierheimen auf den Wartelisten. Es kann also jederzeit passieren. Ellie geht's dementsprechend großartig. Ich persönlich versuche noch, mich an den Gedanken zu gewöhnen, bald Hundekot in Tüten zu sammeln.«

Ich muss lachen. »Vielleicht solltest du dich eher auf die schönen Seiten konzentrieren.«

Er lacht leise. »Ja, vielleicht. Aber ich freue mich tatsächlich auch ein bisschen. So ein kleiner Frechdachs wird uns guttun, denke ich.«

»Bestimmt«, bestätige ich.

David seufzt leise, und einen Moment lang tritt Stille ein. »Wie läuft denn die Uni?«, will er dann wissen. »Kommst du zurecht?«

Ich verziehe das Gesicht. »Ja … wie immer eben.«

Und damit meine ich: genauso furchtbar wie immer. Oder vielleicht sogar noch schlimmer als die letzten Semester. Aber das muss David nicht wissen. Ich komme irgendwie durch, das ist die Hauptsache.

Abschluss machen. Job finden. Geld verdienen und ihnen zumindest ansatzweise das zurückzahlen, was sie mir ausgelegt haben. Simpler Plan. Steinige Umsetzung.

»Und das Geld reicht dir?«, versichert er sich.

Ich schlucke. Denke an den Job, der mich überfordert, und die Wohnung, die ich nicht kriege. Wenn er es doch schon anbietet …

Aber nein.

Ich kann nicht noch mehr annehmen. Kann ihnen nicht noch mehr zur Last fallen.

»Ja, danke«, lüge ich. »Es ist alles super.«

David zögert kurz, als wäre er sich nicht sicher, ob er mir das wirklich glauben soll. Dann lenkt er ein. »Gut. Aber falls du etwas brauchst, sagst du Bescheid, ja? Ellie und ich stehen hinter dir. Übrigens liebe Grüße von ihr. Sie hat dich an Weihnachten vermisst, hab ich das schon gesagt?«

Mein Herz zieht sich noch weiter zusammen. »Ich euch auch«, sage ich ehrlich. Es war kein akutes Vermissen. Brooke, Noah und das ganze Weihnachtsdrama waren Ablenkung genug, und durch den Abstand, den ich wahre, halten sich solche Gefühle meist in Grenzen. Aber manchmal vermisse ich das, was David und Ellie für mich sein könnten.

Schon von Anfang an haben sie klargemacht, dass sie für mich nicht nur eine weitere Station auf dem Weg des einsamen Waisenkinds sein wollen. Sie waren immer bereit, mir alles zu geben. Nicht nur Geld, nicht nur ein Dach über dem Kopf, sondern eine Familie. Obwohl sie mich nicht kannten, wollten sie meine Eltern sein. Wollen es immer noch.

Aber das ändert nichts daran, dass ich es nicht verdiene, sie Mum und Dad zu nennen. Und sie sollten nicht die Bürde tragen müssen, mich als Sohn zu bezeichnen.

»Warum feierst du nicht nächstes Mal mit uns?«, schlägt David zögerlich vor.

Langsam, aber sicher schnürt Panik mir die Luft ab. »Ich weiß noch nicht …«, weiche ich aus.

»Klar. Ist ja auch noch ewig hin«, lenkt er ein. »Aber du kannst ja mal wieder vorbeikommen, wenn die Uni dich lässt. Wir würden uns freuen, dich wiederzusehen. Hier steht auch noch dein Weihnachtsgeschenk …«

Ich atme tief durch. »Ja, gerne. Ich melde mich, wenn der Stress sich ein bisschen gelegt hat, okay?«

Wann ich das tun werde, ist nur die Frage. Vermutlich in einer Ewigkeit. Wenn ich das Gefühl habe, dass ihre Hoffnungen auf eine Happy Family nicht mehr so groß sind. Wenn es sich weniger schmerzhaft anfühlt, diese zu zerschlagen. Wenn es mir wieder okay vorkommt, ihnen vorzugaukeln, ich würde diese Familie nicht wollen.

Und wenn ich selbst auch wieder besser damit zurechtkomme, dass ich sie niemals haben kann.

Grade als ich mich verabschiede und auflege, geht die Wohnungstür auf. Columbo kommt als Erster hereingestürmt und rauscht binnen Sekunden zu mir in die Küche. Er drängt sich freudig hechelnd an mein Bein und lässt sich von mir den Kopf kraulen. Unterdessen höre ich, wie Grey sich im Flur die Schuhe auszieht und seine Schritte näher kommen. Mein Toast steht noch unberührt auf der Arbeitsplatte. Ich schätze, den esse ich dann wohl in meinem Zimmer.

Ich tätschle Columbo den Kopf, stehe auf und schnappe mir meinen Teller. Grey hat allerdings bereits die Küchentür erreicht. Unsere Blicke treffen sich, und wir halten beide zögerlich inne.

»Hey«, murmelt er und widmet sich dem Kühlschrank. Unentschlossen bleibe ich stehen. Eigentlich habe ich es längst aufgegeben, ihm eine Entschuldigung aufdrängen zu wollen. Er will sie nicht hören. Und ich sollte das akzeptieren. Trotzdem sträubt sich etwas in mir dagegen, einfach die Klappe zu halten.

»Brauchst du den Tisch?«, fragt Greysen über seine Schulter. »Ich kann die Sachen wegräumen, bin sowieso fast durch für heute.«

»Nein, alles gut«, versichere ich ihm. »Ich hab nur kurz telefoniert.«

»Ach so …«

Tief atme ich durch. »Wenn alles gut läuft, hab ich bald eine Wohnung«, lasse ich ihn wissen. »Hab gestern eine angeschaut, die ich vermutlich bekomme.«

Grey stockt. Einen Moment lang steht er wie versteinert vor dem offenen Kühlschrank. Dann schließt er grob die Tür. »Okay. Freut mich.«

Autsch …

»Sagst du mir rechtzeitig Bescheid? Dann kann ich dein Zimmer ausschreiben.«

Falls er vorhatte, mir mit den Worten ein Messer in die Brust zu rammen, war er mehr als erfolgreich. Ich kann kaum noch atmen.

»Mach ich«, bringe ich hervor und gehe mit meinem Teller zur Tür. Fuck, wie kann das immer noch so wehtun?

»Noah?«

Widerwillig bleibe ich stehen und drehe mich noch mal zu Grey um. Er mustert mich mit finsterem Gesicht und verzieht leicht den Mund.

»Ja?«

»Kann ich dich was fragen?«

Sofort beschleunigt sich mein Herzschlag. Ein nervöses Kribbeln macht sich in meinen Fingerspitzen breit und kriecht mir langsam über die Arme.

Will er reden? Gibt er mir doch noch eine Chance?

»Klar?«, höre ich mich sagen, doch meine eigene Stimme kommt mir fremd vor. Ich fühle mich seltsam losgelöst von meinem Körper. Bin wie erstarrt, weil die Angst davor, Greysen endgültig zu verlieren, wieder so präsent ist, dass sie alles einnimmt.

Ich halte die Luft an und stelle mich Greys Musterung. Es dauert eine gefühlte Ewigkeit, bis er endlich spricht.

»Hast du von ihr gehört?«, will er schließlich wissen.

Ich blinzle irritiert. »Von … Brooke?«

»Von wem sonst?«, fragt er zerknirscht.

Meine Kehle schnürt sich noch mehr zu. Widerwillig schüttle ich den Kopf. »Nein …« Zumindest nicht wirklich, oder?

Grey verzieht das Gesicht noch weiter, macht aber keine Anstalten, sich abzuwenden. Er lässt die Arme sinken und vergräbt die Hände in seinen Hosentaschen. »Hast du ihr mal geschrieben?«

Mir entweicht ein verzweifeltes Schnauben. »Nein.«

»Warum nicht?«

»Ich bezweifle, dass sie das möchte.«

Er runzelt die Stirn. »Warum?«

Hilflos zucke ich mit den Schultern. Mir fallen viele Gründe ein. Weil ich abgehauen bin. Weil ich ein Arschloch war. Weil wir ohnehin ausgemacht hatten, dass das zwischen uns nichts Ernstes ist und wir nach dem Sommer nicht mehr daran zurückdenken. Und weil sie vermutlich trotzdem enttäuscht von mir ist.

Grey mustert mich weiterhin, als wäre ich ein besonders kompliziertes Rätsel, das es zu lösen gilt. »Was genau war das zwischen euch?«, will er wissen.

»Ich weiß es nicht«, gestehe ich ihm.

Eine halbe Lüge. Denn was es für mich war, ist mir mehr als bewusst.

Als hätte er meine Gedanken gehört, legt er nach. »Und was war es für dich?«

Ich schlucke.

Es war alles.

Und gleichzeitig nichts.

»Macht doch keinen Unterschied«, bringe ich hervor.

»Hm.« Sichtlich unzufrieden wendet er sich ab und holt eine Dose Hundefutter für Columbo aus dem Schrank.

»Warum fragst du …?«

Grey zuckt mit den Schultern. »Ich dachte nur, sie hätte dir bestimmt geschrieben. Nach allem, was sie gesagt hat.«

Mir wird heiß. »Was hat sie gesagt?«

Er wirft mir über seine Schulter hinweg einen Blick zu. »Musst du sie schon selbst fragen. Ich habe ja angeblich schon genug zerstört. Ich wollte nur wissen, ob sie noch lebt, das ist alles. Aber ich rufe später sowieso Dad an, der weiß bestimmt mehr.«

Mein Herz schlägt mir offiziell bis zum Hals. Was soll Grey zerstört haben? Was hat sie ihm über mich gesagt?

Ich würde gerne nachhaken. Aber er wird es mir nicht verraten, dessen bin ich mir sicher. Und spielt es überhaupt eine Rolle?

»Vielleicht solltest du ihr einfach schreiben«, platzt es aus mir heraus, und Grey dreht sich doch noch einmal zu mir um. Skeptisch hebt er eine Braue.

»Und dann?«

»Keine Ahnung«, gestehe ich. »Aber es wird nicht besser, wenn ihr nicht miteinander redet.« Und ich wünsche den beiden, dass sie wieder miteinander klarkommen. Sie haben sich einfach so aus den Augen verloren, dass sie gar nicht mehr wissen, wo sie anfangen sollen, sich wieder anzunähern. Einer von ihnen muss den ersten Schritt machen. Und nach allem, was Greysen ihr im vergangenen Sommer an den Kopf geknallt hat, sollte es meiner Meinung nach nicht Brooke sein. Wobei ich das wohl nicht beurteilen kann, ohne zu wissen, was sie damals für Fehler gemacht hat.

»Und was soll reden bringen, wenn sie die Schuld für alles, was passiert, auf mich abwälzt?«, erwidert er aufgebracht.

Ich atme tief durch. »Ich glaube nicht, dass das ihre Absicht ist. Ich denke eher, ihr versteht beide nicht, was der jeweils andere zu sagen versucht. Und ihr könnt euch auch gar nicht verstehen, weil ihr beide nicht genug über den anderen wisst«, versuche ich es anders.

Grey mustert mich finster. »Und was weißt du über sie, was ich nicht weiß?«

Ich zögere. Und offenbar ist das Antwort genug.

»Viel also«, schließt er. »Und ich dachte ernsthaft, wir hätten keine Geheimnisse voreinander.«

»Du hast mir auch nie erzählt, was zwischen dir und Brooke war«, erinnere ich ihn.

»Weil ich es euch nicht schwerer machen wollte, miteinander klarzukommen. Hätte ich geahnt, dass du dich an sie ranmachst …«

»So war das nicht«, unterbreche ich ihn.

»Dann eben andersrum. Wen juckt's, Noah? Du hast es hinter meinem Rücken getan.«

»Grey, es tut mir …«

»Ich muss noch fertig lernen«, fällt er mir ins Wort. »Muss heute früh ins Bett und morgen um vier raus. Also …« Er nickt zur Tür.

Deutlicher hätte der Rausschmiss nicht sein können.

Frustriert wende ich mich ab und verlasse die Küche. Columbo begleitet mich in mein Zimmer, aber er sollte sich lieber nicht zu sehr an meine Anwesenheit gewöhnen. Sobald ich das Geld für die Kaution zusammengekratzt habe, bin ich weg. Das hier hat wirklich keinen Sinn mehr.

# damals

»Geschafft«, verkündet Greysen zufrieden und lässt sich rücklings auf mein frisch zusammengebautes Bett fallen. Er streckt sich und gähnt herzhaft. »Umzüge sind so anstrengend. Ein Glück haben wir die nächsten Jahre Ruhe davor.«

Zögerlich lasse ich mich neben ihn sinken. Ich war bisher erst einmal in Greys Wohnung – als er sie mir gezeigt hat, um zu fragen, ob ich sein Mitbewohner werden will. Das ist jetzt gerade mal eine Woche her, und ich kann immer noch nicht ganz glauben, dass er es ernst gemeint hat. Aber hier sitze ich. In meinem neuen Zimmer voller neuer Möbel, neben mir mein neuer Freund.

David und Ellie haben heute meine Sachen hergebracht, sie mit uns aufgebaut und die Wohnung geputzt. Grey hatte auch noch einen Schrank, der zusammengeschraubt werden musste, und so haben wir den gesamten Nachmittag damit verbracht, alles herzurichten. Erst vor ein paar Minuten sind sie wieder gefahren, mit je einer festen Umarmung zum Abschied. Und obwohl auch sie nur eine Pflegefamilie von vielen waren, fühlt es sich sehr merkwürdig an, sie jetzt hinter mir zu lassen. Ehrlich gesagt fühlt sich momentan alles merkwürdig an.

»Was meinst du, sollen wir Pizza bestellen und noch einen Film schauen?«, schlägt Grey vor. »Ich sterbe vor Hunger.«

»Klar«, willige ich ein. Und gleichzeitig frage ich mich, was hier gerade passiert. Er will echt den Abend mit mir verbringen? Schon wieder? Denn Grey hat mich in den vergangenen zwei Wochen zu sämtlichen Erstsemester-Veranstaltungen geschleppt, und ehrlich gesagt warte ich nach wie vor darauf, dass ich ihm zu langweilig werde. Doch gleichzeitig hoffe ich auch, dass das nicht passiert. Und ich merke, wie ich mir immer mehr Mühe gebe, mich ihm gegenüber von meiner besten Seite zu zeigen. Normalerweise halte ich Abstand zu anderen Leuten. Aber die neue Situation in der Uni hat meine Mauern einstürzen lassen. Und jetzt, wo ich einen Vorgeschmack darauf hatte, was aus dieser Freundschaft werden könnte, bringe ich es nicht mehr über mich, sie aufzugeben. Im Gegenteil. Ich will, dass es funktioniert. Nur deswegen habe ich Ja gesagt, als Grey gefragt hat, ob ich einziehe. Weil ich die Einsamkeit nicht mehr ertrage.

»Was willst du schauen?«, frage ich, während mein Blick über die Möbel im Zimmer wandert. Ein neuer Schrank, weil der alte aus Davids und Ellies Gästezimmer zu massiv war, um ihn herzutransportieren. Mein Schreibtisch, an dem ich schon für meinen Abschluss gebüffelt habe. Und das elektrische Drumset, das sie mir letztes Jahr zum Geburtstag geschenkt haben. Womit ich das verdient habe, weiß ich immer noch nicht.

»Kennst du *Taxi Driver*?«, will Grey wissen und setzt sich schwerfällig auf.

»Nur vom Namen her.«

»Ist mein Lieblingsfilm. Also falls du auf Actionfilme stehst …«

»Klingt gut«, sage ich schnell. Denn so macht man Freunde, oder? Man schaut sich mit ihnen ihre Lieblingsfilme an, verbringt den Abend zusammen auf der Couch und … redet. Zugegeben, der letzte Teil fällt mir schwer. Aber den Rest kriege ich hin.

Grey steht vom Bett auf und greift in seine Hosentasche. »Ich glaub, mein Handy ist irgendwo im Wohnzimmer«, stellt er fest. »Ich hol es eben, dann können wir bestellen. Aber bevor ich's wieder vergesse …« Er hält mir einen Schlüssel entgegen, den er eben aus seiner Tasche gezogen haben muss. »Das ist deiner.«

Ich schlucke. Beinahe ehrfürchtig nehme ich ihn entgegen.

Grey lächelt mich an. »Willkommen zu Hause, Noah.«

Mir entweicht ein Schnauben. Zu Hause ... Scheiße, ich habe diesen Spruch schon so oft gehört. Nur wahr angefühlt hat er sich nie. Weil keiner der Orte zuvor je wirklich mein Zuhause war. Nicht mal bei David und Ellie hat das Wort wirklich zugetroffen, denn selbst dort habe ich mich immer mehr gefühlt wie ein Durchreisender. Auch wenn sie bei Weitem die besten Eltern waren, die ich je hatte. Die besten, die ich mir wünschen könnte.

Aber jetzt ...

Jetzt höre ich *zu Hause* und habe das Gefühl, als könnte es wirklich stimmen. Als könnte das hier der Neuanfang werden, den ich mir gewünscht habe. Als würde ich hier wirklich hergehören, weil ich endlich genau das sein darf, was ich bin: kein Sohn, der alles richtig macht, sondern ein junger Student ohne Plan vom Leben. Und Grey wird mich dafür nicht verurteilen.

# KAPITEL 8

# **brooke**

Der Tag wird einfach immer schlimmer. Auf meiner Flucht vor Talon bin ich durch halb Auckland gerannt, weil ich mich nicht getraut habe, am Campus in den Bus zu steigen, und kam völlig durchgeschwitzt zu Hause an. Mein rasender Puls hat sich auch nach einer heißen Dusche und zwei Stunden, in denen ich wie gelähmt auf dem Sofa lag, nicht beruhigt. Und zu allem Überfluss habe ich am Nachmittag dann eine Mail von Professor Clark bekommen, dass mein Platz in ihrem Seminar wegen unentschuldigtem Fehlen anderweitig vergeben wurde.

Danach war gar nicht mehr daran zu denken, mich zu irgendetwas aufzuraffen. Ich habe eine Weile wie in Trance aus dem Fenster gestarrt, bin dabei weggenickt und erst aufgewacht, als es längst dunkel war.

Leider war das Seminar eine der wenigen Veranstaltungen, auf die ich mich dieses Semester gefreut habe. Was bedeutet, dass ich die nächsten Wochen noch weniger Anreiz haben werde, diese Wohnung zu verlassen. Keine Ahnung, wie ich es morgen früh durch diese Tür schaffen soll. Talons Anblick hängt mir noch nach, und allein der Gedanke daran, den Campus zu betreten, versetzt mich in Panik.

Ich bin mir immer noch nicht sicher, ob Talon wirklich dort war oder ob ich ihn mir nur eingebildet habe. Vielleicht spielt mir mein Kopf jetzt Streiche, weil ich einem Gespräch mit ihm ausgewichen bin und dann auch noch so leichtsinnig mit dem Feuer spielen musste. Die Angst vor ihm und dem, wozu er fähig ist, sitzt noch tief. Und vermutlich ist es ein Wunder, dass er mir damals nicht hierhergefolgt ist, als ich weggezogen bin. Obwohl ... kann ich das überhaupt mit Sicherheit sagen? Vielleicht hat er mich nur einfach nicht gefunden. Schulen gibt es unzählige in Auckland, und meine Familie wird ihm wohl kaum gesagt haben, wo genau ich wohne. Jetzt sieht das alles anders aus.

Nach meinem unfreiwilligen Mittagsschlaf habe ich mich selbst gegoogelt und wurde erschreckend schnell fündig. Mein Name steht auf der Website der Uni in einem Artikel über ein Forschungsprojekt, an dem ich letztes Semester beteiligt war. Mein Studiengang sowie das Semester, in dem ich studiere, werden dort erwähnt. Und ab da ist es nicht mehr schwer, herauszufinden, welche Vorlesungen für mich Pflicht sind. Der Studienkatalog ist frei einsehbar. Und das bedeutet, er könnte auch bei jeder meiner anderen Veranstaltungen aufkreuzen. Wird er sicher auch.

Ja ... Vielleicht verlasse ich die Wohnung wirklich nicht mehr. Aber was dann? Wie soll ich das hier aussitzen? Ich bin mir nicht sicher, ob er diesmal lockerlassen wird. Ich könnte natürlich darauf spekulieren, dass er irgendwann zurück nach Hāwera muss. Aber die Arbeit im Baumarkt ist nicht unbedingt etwas, das ihn bindet. Er könnte kündigen, sich hier einen Job suchen, darauf warten, dass ich mich wieder blicken lasse. Ich weiß nicht, was sein Ziel ist. Vielleicht will er mich zurück. Vielleicht will er mich bestrafen. Ehrlich gesagt möchte ich es gar nicht so genau wissen, sondern einfach vergessen, dass Talon existiert.

Wenn das nur so einfach wäre ...

Wenigstens meine Adresse findet er nicht im Internet. Ich habe eine Stunde lang online alles durchforstet, was mit mir in Verbindung steht, und sonst keine brauchbaren Infos gefunden. Die Tatsache, dass ich hier gerade erst eingezogen bin und die Wohnung offiziell nicht meine ist, hilft sicher auch. Aber irgendwie ist das wenig beruhigend. Nicht zu wissen, wo er ist und was er als Nächstes plant, ist fast genauso schlimm, wie ihn vor mir stehen zu sehen. Ich schlinge meine Arme um meine nackten Beine, lege das Kinn auf meinen Knien ab und drehe mein Handy zwischen den Fingern. Vor einer halben Stunde habe ich eine Pizza bestellt. Seitdem sitze ich in einem übergroßen Pullover und meinen Schlafshorts auf dem Sofa und starre ins Nichts.

*Noahs* Pullover.

Er lag noch in meinem Zimmer, als Noah aus Hāwera abgereist ist. Er hat ihn beim Packen vergessen, und aus irgendeinem Grund habe ich ihn mitgenommen, statt ihn Grey dazulassen. Vielleicht, weil ein Teil von mir wusste, dass das Ding irgendwann mein einziger Trost sein würde. Denn gerade fühle ich mich so verdammt hilflos und einsam wie noch nie in meinem Leben. Selbst als ich noch mit Talon zusammen war, wusste ich wenigstens, dass Grey und Dad irgendwie da sind. Wenn auch nur halb. Aber jetzt?

Hier gibt es niemanden, dem ich vertraue. Niemanden, bei dem ich mich sicher fühle. Ich hasse diese Stadt.

Ich knibble an der Hülle meines Handys herum und spiele schon wieder mit dem Gedanken, Noah zu schreiben. Er ist der Einzige, der wirklich weiß, was mit Talon war. Der meine Angst versteht und sie ernst nimmt, genauso wie meinen Schmerz.

Er ist der Einzige, dem ich mich je anvertraut habe. Und obwohl ich zuvor schon so lange allein mit diesem Geheimnis war, fühlt sich das erneute Alleinsein so viel schlimmer an, seit ich Noah hatte. Weil es immerzu mit einem Verlustgefühl einhergeht. Mit einem schmerzhaften Vermissen und einem Was-wäre-wenn.

Ich wünschte wirklich, ich könnte ihm jetzt schreiben. Aber mein Stolz lässt es nicht zu. Ebenso wie er mich daran hindert, irgendwem sonst von Talon zu erzählen. Davon, wie schwach ich war. Wie leicht er mich kleinhalten konnte und es immer noch tut …

Dabei wäre es gut, wenn Grey und Dad davon wüssten. Dann würden sie vielleicht endlich mal verstehen, was damals mit mir los war. Oder auch nicht …

Zögerlich öffne ich den Chat mit meinem Bruder. Auch er hat mir seit unserem letzten Streit in Hāwera nicht mehr geschrieben. Und wenn ich jetzt so an diesen Streit zurückdenke, ist das auch besser so. Er würde es ja doch nicht verstehen, selbst wenn er alles wüsste. Und ich will nicht den Fehler machen, mich noch einmal auf ihn zu verlassen.

Es klingelt an der Tür. Das muss die Pizza sein. Seufzend schiebe ich das Smartphone in die Bauchtasche meines Hoodies, hieve mich vom Sofa hoch und gehe rüber zur Gegensprechanlage. »Dritter Stock«, erkläre ich, drücke den Summer und öffne meine Wohnungstür schon mal ein Stück.

Während ich darauf warte, dass der Pizzabote das Treppenhaus erklimmt, wühle ich in meinem Unirucksack nach meinem Geldbeutel. Die Pizza habe ich zwar schon online bezahlt, aber Trinkgeld gebe ich immer bar, weil ich die Funktion beim Bestellen nie finde. Außerdem habe ich das Gefühl, dass die Leute netter sind, wenn sie sich noch Geld erhoffen. Keine Ahnung, ob das stimmt. Wäre eigentlich mal eine Studie wert.

Draußen auf dem Gang kommen Schritte näher, und ich schaffe es endlich, den Geldbeutel unter meinem halb geknickten Collegeblock hervorzukramen. Die Tür knarzt, als sie geöffnet wird.

»Hi«, grüße ich und drehe mich um. »Danke fürs …«

Ich stocke. Der Geldbeutel fällt mir aus der Hand, ein paar Münzen rollen klimpernd über den Boden. Und die verdammte Panik erschlägt mich schon wieder, diesmal mit neuer Wucht.

Talons breite Statur füllt meinen Türrahmen, und die Wohnung schrumpft, bis es sich anfühlt, als hätte sie die Größe eines Hamsterkäfigs. Seine dunklen Augen fixieren mich, und ein Hauch seines Aftershaves weht mir um die Nase.

Dasselbe wie damals.

Eine regelrechte Flut an Erinnerungsfetzen bricht über mich herein. An seine Hände auf meiner Haut, seine Finger, die ungeduldig auf die Tischplatte trommeln, seinen finsteren Blick, während er immer wieder Rechtfertigungen von mir verlangte.

Ich glaube, ich muss mich übergeben.

Er ist hier.

Er hat mich gefunden.

Blanke Panik ergreift von mir Besitz. Meine Hände werden schwitzig. Mein Herz beginnt zu rasen. Und trotzdem kann ich mich keinen Millimeter rühren.

Diesmal wüsste ich auch gar nicht, wo ich hinfliehen soll. Er steht so gut wie in meiner Wohnung. Versperrt mir den einzigen Fluchtweg.

Ich bin ihm hilflos ausgeliefert.

Genau wie damals.

»Ganz ruhig«, beschwört er mich und hebt langsam die Hände, als müsste er ein verschrecktes Tier beruhigen.

Ich starre auf seine kräftigen Finger, weil ich es nicht über mich bringe, ihm ins Gesicht zu schauen. Spüre sie wieder um meinen Oberarm, sehe wieder, wie er Grey schlägt.

»Wir müssen reden.«

Ich schüttle den Kopf. Talon macht einen Schritt auf mich zu, und mein Körper weicht von ganz allein einen zurück. »Hau ab«, flüstere ich. Alles in mir zieht sich zusammen.

»Sicher nicht, Brooke. Du denkst nicht ernsthaft, dass ich dir den Mist mit dem Video durchgehen lasse?«

Nein. Nicht schon wieder. Er sagt mir nicht ernsthaft, dass es *meine* Schuld ist, dass er hier steht? Dass er mich stalkt? Hier praktisch einbricht? Das ist nicht sein beschissenes Recht!

»Raus aus meiner Wohnung!«, sage ich lauter. Meine Kehle ist wie zugeschnürt, doch die Worte sind trotzdem überraschend deutlich.

Talon lässt die Hände sinken, und jetzt schaue ich ihm doch ins Gesicht. Er wirkt irritiert. Vielleicht auch verärgert. Die Tür hinter ihm ist noch offen. Er ist noch nicht weit genug reingekommen, um sie zu schließen. Doch jetzt greift er nach der Klinke, und sobald er sie ins Schloss zieht, habe ich verloren. Adrenalin rauscht durch meine Adern. Kämpft gegen die Starre an, die die Panik verursacht hat.

Talon funkelt mich an. »Du setzt dich jetzt hin und …«

»Ich sagte, du sollst verschwinden!«, schreie ich aus voller Kehle, und obwohl sich alles in mir dagegen sträubt, mich ihm zu nähern, gehe ich auf ihn los. Ich stoße Talon mit aller Kraft vor die Brust und versuche, ihn so zurück auf den Gang zu bugsieren. Damit hat er offensichtlich nicht gerechnet, denn er stolpert verdattert einen Schritt rückwärts.

»Raus hier!«, brülle ich ihm direkt ins Gesicht, so laut ich kann. »Hau ab! Ich will nicht mit dir reden, also lass mich verdammt noch mal in Ruhe!«

Wieder hole ich aus, doch Talon umfasst meine Handgelenke und hält mich so davon ab, ihn noch mal zu stoßen. »Beruhig dich gefälligst!«, fährt er mich an, doch ich zerre wie wild an seinem Griff, werfe mich gegen seinen Körper, wehre mich mit allem, was ich habe.

»Lass mich los!«, schreie ich weiter. »Ich will das nicht, raffst du das? Geh weg!«

»Halt verdammt noch mal die Klappe!«, zischt er, doch genau in diesem Moment wird auf dem Flur eine Wohnungstür geöffnet.

Ich sehe nicht, welche es ist, aber Talon dreht den Kopf und verzieht missmutig das Gesicht.

»Lass mich los!«, fordere ich wieder.

»Gibt's ein Problem?«, ertönt eine Männerstimme, und ich fange vor Erleichterung beinahe an zu heulen.

»Nein«, behauptet Talon, doch im selben Moment werfe ich mich wieder gegen ihn.

»Ich hab gesagt, du sollst mich loslassen!«, schreie ich. »Verpiss dich!«

Er funkelt mich an. »Ich will nur reden, okay?«

»Warum hältst du sie dann fest?«, fragt eine wütende Frauenstimme.

Eine Hand legt sich auf Talons Schulter. Jemand zieht ihn weg von mir, raus auf den Flur, und endlich lässt er mein Handgelenk los. Ich erkenne einen meiner Nachbarn hinter ihm. Eine Frau steht in der Tür der Wohnung links und hält ihr Handy umklammert, als wäre sie bereit, jeden Moment die Polizei zu rufen.

»Vielleicht gehst du jetzt besser, Kumpel«, schlägt mein Nachbar vor und schiebt Talon noch ein wenig weiter in Richtung der Treppe. Er funkelt die beiden an, dann fährt er wieder zu mir herum. »*Brooke*.« Seine Stimme gleicht einem Befehl. Und früher hätte das funktioniert. Früher hätte ich bei diesem Tonfall meinen eigenen Willen hinter mir gelassen und mich ihm gebeugt, weil ich zu große Angst vor den Konsequenzen hatte.

Aber jetzt habe ich noch viel mehr Angst davor, wieder zu seiner Marionette zu werden. Talon wieder Macht zu geben. Mich wieder selbst zu verlieren. Trotzdem bringe ich keinen Ton mehr heraus. Meine Überzeugung von eben ist verflogen, und nun spüre ich, wie ich mich mit jeder Sekunde, die vergeht, weiter aufzulösen drohe.

»Sie hat gesagt, dass du gehen sollst«, erinnert mein Nachbar ihn hart. »Ich geb dir noch dreißig Sekunden, bevor wir die Polizei rufen.«

Die Frau hebt wie zur Bestätigung ihr Smartphone.

Talon schnaubt und fixiert weiterhin mich. Er funkelt mich unter dunklen Brauen an, doch sein Tonfall wandelt sich. Wird fast sanft. »Brooke«, sagt er erneut. Erwartungsvoll. Als würde er ernsthaft glauben, dass ich nachgebe. Und vielleicht ist das gar nicht so furchtbar unwahrscheinlich.

Ich schlucke, trete einen Schritt zurück und umklammere die Türklinke, die eben noch er in der Hand hatte. Einen Moment lang zögere ich noch, doch die Frau nickt mir aufmunternd zu, und ich sehe es als Erlaubnis, ihnen die Situation zu überlassen. Ohne Talon noch eines Blickes zu würdigen, schließe ich die Tür.

Ich höre, wie er draußen wieder laut wird. Wie er mich verflucht. Doch die Stimme meiner Retter halten dagegen, und es dauert nicht lang, bis Stille einkehrt und sich Schritte entfernen.

Sie bringen ihn raus.

Nur, dass das nicht helfen wird.

Zitternd sinke ich an der Tür zu Boden und ziehe meine Beine an die Brust. Ich atme stur ein und aus. Blinzle gegen die Tränen an, die schon wieder kommen – noch heftiger als Samstag. Heftiger als an Silvester. Vielleicht heftiger als jemals.

Gefühlt vergehen nur Sekunden, bis es an meiner Tür klopft. Ich antworte nicht, doch von draußen ertönt die Stimme der Frau von eben.

»Wir haben ihn rausgebracht«, teilt sie mir mit. »Bist du okay dadrin?«

»Ja«, erwidere ich erstickt.

»Brauchst du irgendwas? Sollen wir die Polizei rufen?«

Ich atme zitternd aus. »Nein, danke ...«

»Okay ... Wir sind in Wohnung 3.4, falls irgendwas ist. Melde dich, ja? Du kannst immer klingeln.«

»Danke«, bringe ich heraus, aber es geht bereits in einem halben Schluchzen unter.

Kurz scheint sie noch zu zögern. Dann entfernen sich ihre Schritte. Eine Wohnungstür fällt zu.

Stille kehrt ein.

Ich sitze weiter auf dem Boden, regungslos, und die Tränen beginnen zu laufen. Irgendwann klingelt es. Vermutlich ist es die Pizza, aber ich traue mich nicht mehr aufzumachen. Es klingelt wieder und wieder, bis die Person draußen irgendwann aufgibt. Und die ganze Zeit über lässt dieser Druck auf meinem Brustkorb nicht nach. Diese Panik. Dieses Gefühl des Kontrollverlusts. Die Angst, der Schmerz, die *Erinnerungen*.

Ich kann das alles nicht mehr. Ich halte es nicht mehr aus.

Mit zitternden Fingern hole ich mein Smartphone aus meiner Bauchtasche. Durch den Tränenschleier kann ich mein Display kaum erkennen. Trotzdem finde ich den Kontakt. Drücke auf *Anrufen*, obwohl sich mein Stolz weiterhin dagegen sträubt.

Es klingelt dreimal. Eine verdammte Ewigkeit. Ich glaube schon, er geht gar nicht mehr ran, doch dann ist da seine Stimme am anderen Ende, mein Name von seinen Lippen, und ich kann nicht mehr an mich halten.

Ein Schluchzen entkommt mir. Ich krümme mich vor Schmerzen, rolle mich auf dem Boden zusammen, presse mir das Handy ans Ohr.

»Brooke?«, fragt er wieder.

Er klingt so besorgt. Und ich weiß nicht mal, warum ich ihn anrufe. Was soll er denn machen, aus sechshundertfünfzig Kilometern Entfernung? Aber allein seine Stimme zu hören, tut irgendwie gut.

»Noah«, schluchze ich und heule nur noch mehr. »Tut m-mir … leid.«

Ich bringe keinen vollständigen Satz heraus. Ich kann kaum noch atmen, so fest hat mich die Panik im Griff.

»Was ist los?«, fragt er alarmiert. »Brooke, rede mit mir. Warum weinst du?«

»Talon«, flüstere ich erstickt. Ich versuche, Luft zu holen, was in einem ziemlich verrotzt klingenden Geräusch resultiert. Den Rest des Satzes bringe ich trotzdem nicht mehr über die Lippen.

Doch offenbar muss ich das auch gar nicht. Ich höre, wie es bei Noah rumpelt. »Ich bin auf dem Weg«, verkündet er kurzerhand.

Und es ist dieser Satz, der mich endgültig auseinandernimmt.

KAPITEL 9

# noah

Ich habe keine Ahnung, was los ist. Aber Brooke hat mich angerufen. Sie weint. Sie redet von Talon. Und das ist wirklich alles, was ich wissen muss.

»Wo bist du?«, frage ich, während ich meinen Laptop aufklappe und die Website des Flughafens von Wellington öffne. Der nächste Flug geht in eineinhalb Stunden. Das schaffe ich. Allerdings ist er sackteuer. Last minute und noch dazu *Air New Zealand* statt einem der Billigflieger. So viel habe ich gar nicht auf dem Konto. Fuck ...

»In meiner ... Wohnung«, schluchzt Brooke.

»Und ist Talon auch da?« Ich wüsste zwar nicht, wie er nach Auckland kommen sollte, aber ...

»Nicht mehr«, kommt es abgehackt zurück, und in mir zieht sich alles zusammen. Okay, scheiß auf das Geld. Er ist ihr nicht ernsthaft gefolgt?

»Wo wohnst du?«, frage ich, während ich aufstehe und mit meinem Laptop auf dem Arm mein Zimmer verlasse. »Kannst du mir die Adresse schreiben?«

Im Flur ist es dunkel. Grey schläft schon, weil er morgen so früh rausmuss. Kurz halte ich vor seiner Tür inne und überlege, ihn zu wecken. Doch dann besinne ich mich eines Besseren. Brooke wird nicht wollen, dass ich ihm davon erzähle. Und ich habe auch keine Zeit für eine verdammte Diskussion.

»Mhm«, macht Brooke schniefend, und ich höre ein leises Klappern.

»Bist du jetzt allein?«, frage ich weiter und eile in die Küche. Als ich am Wohnzimmer vorbeikomme, sehe ich Columbo aus dem Augenwinkel interessiert den Kopf heben. Doch ausnahmsweise schenke ich ihm keine Beachtung.

»Ja«, kommt es erstickt von Brooke. »Er ist draußen.«

»Hast du abgeschlossen?«

Greys Portemonnaie liegt wie so oft auf der Küchentheke direkt unter dem Lichtschalter. Ich wähle den Flug aus, gebe meine Daten ein und suche dann seine Kreditkarte heraus. Er wird mich hierfür hassen, aber es ist mir gerade egal.

Ich höre es in der Leitung klacken, als Brooke anscheinend ihre Tür absperrt. Doppelt.

»Ich bin in ein paar Stunden da«, verspreche ich ihr. »Mein Flug landet um halb eins, dann nehme ich ein Taxi zu dir.«

Taxi … Bargeld. Widerwillig nehme ich mir auch noch fünfzig Dollar aus Greys Portemonnaie. Wenn ich ihn schon beklaue, kommt es darauf wohl auch nicht mehr an.

»Du musst nicht …« Sie bringt den Satz nicht zu Ende. Ein Schluchzen unterbricht sie.

»Um eins bin ich bei dir«, verspreche ich, auch wenn ich keine Ahnung habe, wie weit weg vom Flughafen sie wohnt. »Wenn es später wird, schreibe ich dir.«

Kann gut sein, dass Greysen mich hierfür anzeigt. Trotzdem gebe ich seine Karteninformationen bei der Bezahlung an, ziehe anschließend das Ticket auf mein Handy und lege seinen Geldbeutel demonstrativ auf meinen geschlossenen Laptop. Ich werde ihm später schreiben, dass ich ihm das Geld so schnell wie möglich zurückzahle. Irgendeine Ausrede fällt mir sicher auch ein. Jetzt muss ich erst mal packen.

»Okay«, flüstert Brooke. »Kannst du bitte nicht auflegen?«

Ich werfe einen prüfenden Blick auf meinen Akkustand. Sechzig Prozent. Das Handy lag bis eben schon kurz auf der Ladestation. Hoffentlich reicht das. Nein. Es *muss* reichen.

»Ich bleib dran«, verspreche ich. »Ich hör dich, okay? Ich bin da. Ich muss nur nebenbei packen.«

»Ja«, bringt Brooke heraus und schnieft.

Ich eile zurück in mein Zimmer und zerre meine Reisetasche vom Schrank. Dann fange ich an, wahllos Klamotten hineinzuwerfen. Mir egal, ob das Zeug zusammen Sinn ergibt. Irgendwie wird schon ein vollständiges Outfit zustande kommen. Hauptsache, ich erwische diesen Flieger.

# brooke

Mein ganzer Körper schmerzt. Mir ist kalt. Mein Magen knurrt.

Trotzdem sitze ich immer noch vor der Wohnungstür auf dem Boden. Eine Stunde lang habe ich gelauscht, wie Noah gepackt hat und zum Flughafen gefahren ist. Dann musste er auflegen. Und ich habe weiterhin das Handy umklammert und auf das schwarze Display gestarrt, während ich darauf gewartet habe, dass er sich wieder meldet. Vor zwanzig Minuten kam eine Nachricht.

> Bin im Taxi, aber mein Akku ist fast leer. Ich klingel zweimal, wenn ich da bin, okay?

> Der Taxifahrer sagt, wir brauchen maximal eine halbe Stunde.

> Okay.

Zum hundertsten Mal lese ich Noahs Worte durch und kann doch noch nicht ganz glauben, was passiert ist. Ist er wirklich hergekommen? Geht das so einfach? Ich rufe ihn an, und er lässt alles stehen und liegen, obwohl wir zuvor über einen Monat lang kein Wort miteinander geredet haben?

Vielleicht halluziniere ich. Vielleicht ist dieser gesamte beschissene Tag ein Albtraum. Das würde wenigstens bedeuten, dass ich mir auch Talon eingebildet habe. Doch gerade als ich erneut meine Anrufliste checken will, um zu sehen, ob der Anruf mit Noah dort eingetragen ist, klingelt es.

Zweimal.

Beim Geräusch der Klingel verfällt mein Körper in eine Art Schockstarre. Ich sehe wieder Talon vor mir, höre seine Stimme durch den Flur donnern. Es dauert einen Moment, bis ich mich vom Boden aufraffen kann und mein Zittern genug unter Kontrolle kriege, um den Knopf der Gegensprechanlage zu drücken und den Hörer abzunehmen.

»Wer ist da?«, frage ich mit rauer Stimme. Ich klinge wie eine Kettenraucherin. Vom Schreien vorhin tut mein Hals weh. Und falls es doch wieder Talon ist …

»Ich bin's«, kommt eine vertraute Stimme zurück. »Noah.«

Mir entweicht ein Schluchzen. Schon wieder beginnen die Tränen zu laufen. Mit verschwommener Sicht drücke ich den Summer und lasse ihn rein. Meine Hände zittern so heftig, dass ich es fast nicht schaffe, meine Wohnungstür wieder zu entriegeln. Als ich sie endlich aufkriege, höre ich im Treppenhaus bereits eilige Schritte.

Noahs zerzauster dunkler Haarschopf ist das Erste, was ich sehe. Er sprintet die Treppe hoch und schaut sich dabei auf dem Flur um. Als er mich entdeckt, zieht er besorgt die Brauen zusammen.

»Hey«, sagt er sanft, und meine Knie geben endgültig unter mir nach.

Sofort ist er bei mir. Er lässt seine Tasche fallen, zieht mich in seine Arme, und ich schlinge meine um seinen Hals, so fest ich kann, klammere mich an ihn, vergrabe das Gesicht an seiner Brust. Noahs vertrauter Duft hüllt mich ein. Und schon wieder heule ich hemmungslos. Nicht mehr nur wegen Talon. Sondern auch, weil *er* jetzt hier ist. Weil ich ihn so scheiße vermisst habe. Und weil ich mich schlecht fühle, dass er meinetwegen den ganzen Weg hierhergeflogen ist.

»Tut mir leid«, bringe ich schniefend hervor. »Ich wollte nicht …«

»Hey.« Noah streicht mir über den Hinterkopf. »Dir muss nichts leidtun.«

»Aber … der Flug. Und deine Uni …«

»Das ist mir so egal, Brooke«, murmelt er und drückt mich noch etwas fester an sich.

Ich höre, wie links von mir eine Wohnungstür geöffnet wird, aber ich schaffe es nicht, den Kopf zu heben.

»Alles okay?«, fragt eine Männerstimme. Sie kommt mir vage bekannt vor, doch die Erinnerung an vorhin ist ein einziges weißes Rauschen. Ich weiß kaum mehr, wie die beiden Nachbarn, die mich vor Talon gerettet haben, aussahen, und die Wohnungsnummer, die sie mir genannt haben, ist mir auch entfallen.

Widerwillig löse ich mein Gesicht aus Noahs Pullover und drehe den Kopf. Ja, es ist wirklich der Mann von vorhin. Er steht im Türrahmen seiner Wohnung und mustert uns besorgt. Seine Freundin schaut ihm neugierig über die Schulter.

Ich nicke mühsam.

»Okay«, meint er. »Sag Bescheid, falls es ein Problem gibt.« Er wirft Noah einen warnenden Blick zu, dann lässt er uns wieder auf dem Flur allein.

»Freunde von dir?«, fragt Noah leise.

Ich schüttle den Kopf. »Sie haben vorhin Talon rausgeschmissen.« Noah atmet tief durch. »Okay. Sollen wir reingehen?«, schlägt er vor. »Du bist ganz kalt.«

Das liegt vermutlich daran, dass ich die letzten drei Stunden auf dem Boden vor meiner Wohnungstür lag. Aber das sage ich ihm besser nicht. Ich will nicht, dass er Mitleid mit mir hat. Ich will nicht, dass er mich derart zerstört sehen muss, obwohl es dafür wohl längst zu spät ist. Stattdessen lasse ich mich von Noah zurück in meine Wohnung führen und verriegle die Tür hinter uns doppelt. Dann stehen wir uns unbeholfen gegenüber. Er mit seiner Reisetasche, ich verheult und völlig durch den Wind.

Er ist ernsthaft hier.

Und mir wird erst jetzt klar, dass ich keine Ahnung habe, wie ich mit ihm umgehen soll.

»Willst du ein Wasser?«, frage ich überfordert und wische mir mit meinem Ärmel die Tränen von den Wangen. Noahs Blick bleibt an dem Pullover hängen, und ich stocke. Fuck, daran habe ich nicht mehr gedacht. Seine Brauen heben sich für den Bruchteil einer Sekunde, als er begreift, was ich da anhabe. »Ich hab leider nichts anderes da«, rede ich schnell weiter. »Auch nichts zu essen. Außer so eine Packung Instant-Nudeln ...«

Hitze schießt mir in die ohnehin schon brennenden Wangen. Wie erbärmlich. Er sieht doch, dass ich ihm nachtrauere. Erst der Anruf, jetzt trage ich seine Klamotten. Und wer weiß, vielleicht hat er sogar die Sprachnachricht gehört, weil ich sie nicht schnell genug gelöscht habe. Vielleicht ist er nur hier, weil er ein schlechtes Gewissen hat ...

»Hast du denn Hunger?«, will Noah jetzt wissen. Er kommentiert den Pullover nicht. Tut einfach, als wäre gar nichts.

»Ich hab noch nichts gegessen«, weiche ich der Frage aus. Hunger müsste ich eigentlich haben, aber Appetit? Fehlanzeige.

»Wie wär's, wenn ich uns eine Pizza bestelle?«, schlägt er vor.

Ich nicke, und Noah geht rüber zum Sofa, um sich zu setzen. Ich schenke ihm ein Glas Wasser ein und tue es ihm dann nach. Nun, da er hier ist, sträubt sich etwas in mir dagegen, in der Nähe der Tür stehen zu bleiben. Vorhin war sie noch mein Schutzschild. Das Schloss hat Talon davon abgehalten, noch mal reinzukommen, und ich war bereit, mich dagegenzustemmen, hätte er versucht, die Tür aufzukriegen.

Jetzt ist Noah mein Schutzschild. Strahlt wie schon in Hāwera eine allumfassende Sicherheit aus. Und es zieht mich zu ihm wie zu einem Magnet. Trotzdem lasse ich gut dreißig Zentimeter Abstand zwischen uns, als ich mich zu ihm aufs Sofa setze.

»Irgendwas, was du empfehlen kannst?«, fragt er. Er scrollt bereits durch die Lieferapps.

»*Giovanni's*«, sage ich leise. »Der hat auch die halbe Nacht offen. Es kann aber sein, dass sie die Bestellung ablehnen oder so ...«

Fragend schaut er mich an. »Warum?«

»Ich hab vorhin nicht aufgemacht.« Meine Kehle wird wieder eng. Doch Noah zu erzählen, was passiert ist, ist erstaunlich einfach, wenn er neben mir sitzt. »Talon war kurz vorher da.« Ich muss seinen Namen förmlich hervorwürgen. »Ich dachte, er wäre der Pizzabote, und hab ihn deswegen reingelassen.«

»Er ist ernsthaft einfach so hier aufgetaucht?« Ich merke Noah an, dass er seine Stimme ruhig halten will, aber es schwingt deutlicher Ärger in ihr mit. »Woher hatte er deine Adresse?«

»Keine Ahnung«, flüstere ich. »Er hat mich in letzter Zeit ständig angerufen. Und heute Morgen war er dann bei meiner Uni.« Ich ziehe meine Beine zu mir auf die Sitzfläche des Sofas und schlinge die Arme um sie. »Er hat vor meinem Vorlesungssaal auf mich gewartet. Vielleicht ist er mir bis nach Hause gefolgt, ohne dass ich es bemerkt habe.«

Noah presst die Lippen zusammen, sagt aber einen Moment lang nichts. Stattdessen nimmt er sich die Decke von der Sofalehne und legt sie mir um die Schultern. Dann widmet er sich wieder seinem Smartphone. Ich sehe, wie er *Giovanni's* auswählt und zwei Pizzen, Eis, ein Tiramisu und Softdrinks in den Warenkorb packt. Schließlich tippt er meine Adresse ein. Irgendwie beeindruckend, dass er sie schon auswendig kann.

Ich ziehe mir die Decke seufzend enger um die Schultern und vergrabe einen Moment lang das Gesicht in dem weichen Stoff. Erst als ich aus dem Augenwinkel bemerke, dass Noah sich mir zuwendet, hebe ich den Kopf wieder. Er mustert mich. Sein Gesicht ist ernst, doch der Blick aus seinen grünen Augen bleibt weich.

»Sicher, dass du nicht die Polizei rufen willst?«, fragt er. »Deine Nachbarn könnten aussagen, oder nicht?«

Ich schlucke. Der Gedanke ist berechtigt. Aber letztendlich hat er mir ja nichts getan. Und wenn ich ihn anzeige, muss ich mich zwangsläufig noch mehr mit Talon auseinandersetzen. Dabei will ich ihn einfach nur vergessen. Und allein der Gedanke daran, der Polizei von meiner Situation erzählen zu müssen, überfordert mich.

Also schüttle ich den Kopf.

Noah atmet wieder tief durch. Kurz glaube ich, er wäre genervt. Doch seine Stimme klingt immer noch bedingungslos verständnisvoll. »Okay«, sagt er sanft. »Ich werde dich nicht dazu drängen. Aber ich will, dass du sicher bist. Also können wir uns vielleicht auf einen Kompromiss einigen?«

»Was für einen denn?«, frage ich zögerlich.

»Falls er noch mal hier auftaucht, rufen wir sofort bei der Polizei an, damit sie Hilfe schicken.«

Ich atme tief durch.

»Das gilt als Hausfriedensbruch. Und ich traue ihm zu, dass er gewalttätig wird. Das ist nichts, was wir allein klären sollten.«

»Okay«, gebe ich nach. Er hat ja recht. Der Punkt, bis zu dem Talons Verhalten tolerierbar war, ist schon lange überschritten.

»Danke.« Noah tastet unter der Decke nach meinen Füßen und drückt sie sanft. »Du bist immer noch kalt«, stellt er fest. »Soll ich dir einen Tee kochen?«

Ich schüttle den Kopf. Sofort ist da wieder Panik. Er soll nicht aufstehen. Ich brauche ihn in meiner Nähe. Selbst die paar Meter bis zur Küchenzeile sind zu viel Distanz. Und ich glaube, müsste Noah jetzt auf die Toilette, wäre es gut möglich, dass ich mich wieder auflöse.

»Okay.« Er scheint meine Angst zu bemerken, denn er drückt meinen Fuß ein wenig fester. »Kann ich irgendwas anderes tun?«

Mein Herz schlägt mir bis zum Hals. Und ich weiß nicht mehr, ob es noch Panik ist oder doch an ihm liegt. An seiner Anwesenheit. Seiner Nähe. Seiner Berührung.

*Jetzt, Brooke.*

*Sag es.*

Ich schlucke.

»Kannst du mich vielleicht noch mal in den Arm nehmen?«, flüstere ich.

Noah schnaubt leise. »Wenn du das möchtest?«, fragt er und hebt leicht unsicher den Arm für mich.

»Es kann sein, dass ich dich nicht mehr loslasse«, gestehe ich erstickt.

Ein schwaches Lächeln breitet sich auf seinen Lippen aus. »Das ist okay für mich.«

Zögerlich rutsche ich näher und lehne mich an ihn. Noah zieht mich enger an sich und schließt beide Arme um mich.

»Ich halte dich die ganze Nacht, wenn du das willst«, murmelt er auf mein Haar. Und ich wünsche mir, dass er das ernst meint. Weil ich mir trotz allem, was zwischen uns war, nichts Schöneres vorstellen kann als das. Und weil ich heute vermutlich wirklich nicht ohne ihn schlafen kann.

# noah

Brooke ist ein totales Nervenbündel. Die letzten Male, als sie Talon begegnet ist, hat sie sich relativ schnell davon erholt. Jetzt hingegen wirkt sie selbst Stunden später noch völlig fertig, und ihre Schluchzer vom Anruf vorhin haben sich nachhaltig in mein Gehirn gebrannt. Wenn ich daran denke, dass sie allein mit ihm war, ohne jeglichen Schutz vor dem Kerl, wird mir schlecht. Ich kenne Talon nicht, aber das bisschen, was ich über ihn weiß, reicht mir, um ihn einzuschätzen.

Er ist gefährlich.

Und er hat nichts in Brookes Nähe zu suchen.

Ein Hoch auf ihre Nachbarn, die nicht einfach weggeschaut haben. Wer weiß, was passiert wäre, hätte niemand reagiert. Ich will es mir nicht vorstellen und male es mir trotzdem ständig aus.

Mittlerweile liegen wir auf dem Sofa, Brooke eng an meine Seite gekuschelt. Ich glaube, sie ist wach, aber sie hat sich schon länger nicht mehr gerührt und sagt auch nichts. Ihre Atmung hat sich in den letzten zwanzig Minuten beruhigt, doch ihr Herz schlägt immer noch verdammt schnell. Ich spüre es an meiner Brust.

Mein Handy klingelt, und obwohl ich den Ton ganz leise gestellt habe, schreckt Brooke hoch. Ich streiche ihr beruhigend über den Rücken und richte mich auf.

»Das ist die Pizza«, lasse ich sie wissen und befreie mich vorsichtig aus ihrer Umarmung.

Brooke reibt sich das Gesicht und kauert sich wieder ganz klein auf dem Sofa zusammen, während ich zur Tür gehe. »Seit wann rufen die an?«, murmelt sie.

Ich zucke nur mit den Schultern und nehme den Anruf entgegen. Keine Ahnung, warum ich ihr die Frage nicht ehrlich beantworte. Primär, weil ich sie nicht an Talon erinnern will. Ich habe bei der Bestellung extra angegeben, dass nicht geklingelt werden soll. Das Geräusch hätte Brooke sicher noch viel mehr erschreckt als mein Handyklingelton. Vor allem, wenn man bedenkt, dass sie es jetzt vermutlich mit Talon assoziiert.

Daran hätte ich schon denken sollen, als ich hier angekommen bin. Stattdessen habe ich gleich zweimal geklingelt, damit sie weiß, dass ich es bin. Das hat es sicher nicht besser gemacht.

Ich erkläre dem Pizzaboten, in welches Stockwerk er muss, lasse ihn über den Türsummer rein und lege auf. Mein Handy hat jetzt noch fünf Prozent, aber ich schätze, ich brauche es heute nicht mehr. Mein Ladekabel ist irgendwo in den Untiefen meiner vollgestopften Tasche, und ich will keine Zeit darauf verschwenden, es zu suchen.

Ich nehme das Essen an der Tür entgegen, gebe ein mickriges Trinkgeld, weil schon die Bestellung selbst meinen Kontostand ausreizt, und bringe alles zu Brooke an den Couchtisch. Auf einmal steht sie wieder unter Strom. Ich glaube, der Pizzabote hat sie nervös gemacht. Und soeben wird mir klar, dass ich die Tür nicht mehr verriegelt habe, also gehe ich noch mal rüber und sperre gleich doppelt ab.

»Danke«, kommt es leise von Brooke.

Ich schaue zu ihr und weiß nicht, was ich sagen soll. Ich bin überhaupt nicht hilfreich. Egal, was ich tue, es macht die Situation nicht besser. Ich fühle mich so verdammt nutzlos …

»Soll das Eis ins Gefrierfach?«, frage ich.

Sie nickt knapp, und ich nehme die Aufgabe dankbar an. In der kleinen Küche bleibe ich stehen und öffne einen der Schränke. »Brauchen wir Teller? Gläser? Besteck?«

Verdammt, hier sind nur Töpfe und Pfannen drin. Ich öffne den nächsten Schrank. Geschirr. Sehr gut. Was braucht man noch für ein Abendessen nachts um eins? »Servietten oder so?«, frage ich über meine Schulter. »Tabasco?« Brooke isst ihre Pizza nie mit Tabasco. Das ist Greysens Ding. Keine Ahnung, warum ich dann jetzt den Kühlschrank öffne. »Soll ich die Getränke kalt stellen oder ...«

»Noah?«, unterbricht sie mich leise.

Ich halte inne und drehe mich fragend zu ihr um. Brooke sitzt vor den geschlossenen Pizzakartons und sieht – ganz ehrlich gesagt – elendig aus.

»Kannst du einfach wieder herkommen?«, fragt sie kaum hörbar.

Mein Herz zieht sich zusammen. Eine seltsame Mischung aus Reue, Mitleid und Zuneigung sammelt sich in meiner Brust.

»Sorry«, sage ich, schließe die Schränke und setze mich wieder zu ihr auf die Couch. Ich öffne den oberen der Kartons und seufze ungewollt, als ich sehe, dass die Pizza schon geschnitten ist.

»Was ist?«, will sie leise wissen.

»Ich fühle mich ziemlich nutzlos gerade«, gestehe ich ihr.

Brooke lehnt sich wie als Antwort gegen meine Schulter. Einen Moment lang schweigt sie. »Ohne dich würde ich immer noch auf dem Küchenboden liegen«, flüstert sie schließlich.

Auf dem Küchenboden? Scheiße. »Warst du deswegen so kalt?«, schlussfolgere ich. Wie lang lag sie da? Drei Stunden? Und sie hat den ganzen Abend nichts gegessen oder getrunken?

»Hier«, sage ich, bevor Brooke meine Frage beantworten kann, und halte ihr den Pizzakarton unter die Nase. »Also ... falls du was essen willst. Du musst nicht.«

Zögerlich greift sie sich ein Stück und beißt hinein. Ich beobachte sie dabei, irgendwie zu überfordert, um selbst etwas zu essen.

Vor zwei Stunden war ich noch in Wellington. Jetzt sitze ich plötzlich am anderen Ende der Nordinsel, neben der Frau, von der ich dachte, dass sie mich nie wiedersehen will. Warum hat sie mich angerufen? Ausgerechnet ...

Mir kommt ihre Sprachnachricht wieder in den Sinn. Die Kette. Mein Blick wandert wie von selbst zu Brookes Hals, und tatsächlich – unter dem Kragen ihres Pullovers blitzt etwas Goldenes hervor. *Meines* Pullovers.

Mir war nicht bewusst, dass sie ihn hat. Ihn sogar trägt. Offensichtlich hasst Brooke mich nicht, und diese Realisation ist hochgradig überfordernd.

»Noah«, sagt sie schon wieder, und jedes Mal, wenn mein Name über ihre viel zu vertrauten Lippen kommt, zieht sich etwas tief in meiner Brust fast schon schmerzhaft zusammen.

»Hm?«, mache ich und schaue ihr wieder ins Gesicht.

»Du machst mich nervös«, gesteht sie leise. Es klingt nicht anklagend. Auch nicht frech, wie ich es sonst von ihr gewohnt bin. Eher ein bisschen schüchtern, und das ist tatsächlich so wenig *Brooke*, dass es mich noch weiter aus dem Konzept bringt.

Ich räuspere mich und nehme mir ein Stück Pizza. »Sorry.«

»Sollen wir vielleicht noch eine Serie schauen?«, schlägt sie vor.

»Klar.« Ich lehne mich zurück und schaue verstohlen zu ihr rüber. Kurz überlege ich, den Arm für sie zu heben, damit sie sich wieder anlehnt.

Dann traue ich mich doch nicht.

»Such was aus.«

# brooke

Natürlich musste es *Gilmore Girls* sein. Ich glaube, zu etwas anderem als einer Comfort-Serie wäre ich mental gerade auch gar nicht in der Lage.

Noah schaut ohne jegliche Widerworte mit. Wir sitzen nebeneinander und essen gemeinsam. Zwar berühren wir uns nicht, aber seine Nähe ist trotzdem schön. Ein bisschen heilsam, obwohl mein gesamtes Inneres gefühlt in Fetzen hängt.

Ich esse drei Stücke Pizza. Nicht, weil ich Appetit hätte, sondern nur, weil ich merke, dass Noah sich Sorgen macht. Und weil es vermutlich wirklich besser ist, wenigstens irgendwas zu mir zu nehmen. Er bietet mir in der Mitte der zweiten Folge an, das Eis aus dem Gefrierschrank zu holen, aber ich lehne dankend ab. Stattdessen rolle ich mich auf der Couch zusammen und lege meinen Kopf auf Noahs Oberschenkel ab.

Erst rührt er sich nicht mehr, und ich fürchte schon, eine Grenze überschritten zu haben. Doch dann streicht er mir sanft durch die Haare.

Ich schließe die Augen, blende den Dialog zwischen Rory und Lorelai aus und konzentriere mich ganz auf Noahs Krauleinheiten. Versuche, über die Berührung hinweg die Erinnerung an Talons Hand um mein Handgelenk zu vergessen.

»Willst du schlafen?«, fragt Noah nach einer Weile.

Widerwillig öffne ich die Augen. »Bist du denn müde?«, frage ich leise zurück.

Er streicht über meine Schläfe. »Ich richte mich nach dir.«
»Schlafen wäre keine schlechte Idee«, gebe ich zu, rühre mich jedoch nicht.

»Aber?«, hakt er nach.

»Ich kann gerade nicht allein sein«, flüstere ich. Die Sekunde, in der ich die Schlafzimmertür zwischen Noah und mir schließe, wird die sein, in der mich das Trauma von vorhin einholt.

Einen Moment lang scheint er zu überlegen. »Also soll ich bei dir bleiben?«, schlussfolgert er.

Mein Herzschlag beschleunigt sich wieder. Und diesmal liegt es definitiv an Noah. »Mein Bett ist groß genug für uns beide«, erkläre ich und setze mich auf. Ich versuche, es beiläufig klingen zu lassen. Als wäre es keine große Sache, dass wir gemeinsam in einem Bett schlafen. Ist es doch auch nicht, oder? Immerhin haben wir das schon oft genug getan.

Nur ist jedes Mal mehr passiert als Schlafen …

»Okay«, meint Noah ebenso unberührt. Er steht von der Couch auf, geht zu seiner Reisetasche und wühlt darin herum. Ich sehe noch, wie er ein T-Shirt herauszieht, bevor ich mich mit wild klopfendem Herzen abwende und den Fernseher ausschalte.

»Ich geh schon mal ins Bad«, verkünde ich und husche an ihm vorbei in den kleinen Flur. Meine Brust fühlt sich enger an, kaum dass ich die Badezimmertür hinter mir geschlossen habe, aber ich schaffe es irgendwie, die Nerven zu bewahren. Der Gedanke daran, dass Noah und ich gleich zusammen in meinem Bett liegen werden, lenkt mich von der Angst ab. Ich gehe kurz pinkeln, ziehe mich um und putze mir die Zähne. Bis ich fertig bin, hat Noah offenbar all seine Sachen gefunden, denn er lehnt mit ein paar Klamotten und seinem Kulturbeutel unter dem Arm im Flur an der Wand. Im Wohnzimmer ist das Licht aus. Und ich spiele mit dem Gedanken, doch noch mal nachzusehen, ob die Wohnungstür wirklich verriegelt ist.

»Alles okay?«, fragt Noah besorgt.

Ich nicke hektisch und mache ihm den Weg ins Bad frei. »Klar.« Einmal atme ich noch tief durch. Dann betrete ich allein mein

Schlafzimmer, knipse das Licht an und klettere ins Bett. Theoretisch ist es groß genug, um zu zweit darin zu schlafen, ohne sich zu berühren. Ich schlafe nur normalerweise grundsätzlich in der Mitte von Betten.

Ich suche mir die Seite der Matratze aus, die weiter von der Tür weg ist, und ziehe mir die Decke bis zum Kinn. Aus dem Bad dringt ganz leise das Geräusch des laufenden Wasserhahns. Im Wohnzimmer ist es still. Trotzdem lausche ich auf jedes noch so kleine Geräusch.

Was, wenn er noch mal zurückkommt? Wenn er irgendwie die Haustür unten aufkriegt …

Nein.

Ich kneife die Augen zu und denke stattdessen an Noah. Daran, dass er gleich neben mir liegen wird. Dass er überhaupt hier ist. Alles stehen und liegen gelassen hat, nur um mir beizustehen.

Scheiße, was bedeutet das denn? Ich habe keine Ahnung mehr, was ich gerade empfinde. Abgesehen von grenzenloser Verwirrung.

Ich trage immer noch seinen Pullover. Irgendwie konnte ich mich nicht überwinden, ihn im Bad zu lassen, also habe ich ihn kurzerhand über mein Schlafshirt gezogen. Was er wohl darüber denkt? Vermutlich ist er aus Mitleid hier. Weil Noah zu hilfsbereit ist, um mich einfach meinem Schicksal zu überlassen, wenn ich ihn heulend anrufe.

Die Badezimmertür wird geöffnet, und ich zucke zusammen. Mein Gehirn braucht einen Moment, um zu realisieren, dass es nur Noah ist.

*Nur.*

Leicht gesagt.

Er erscheint in einem dunklen Shirt und kurzer Jogginghose im Türrahmen und bleibt unsicher stehen. »Brauchst du noch was?«, fragt er. »Soll ich dir noch irgendwas bringen?«

»Kannst du noch mal schauen, ob die Tür abgesperrt ist?«, knicke ich ein. Ich kann sonst ja doch nicht schlafen.

Noah kommt der Aufforderung kommentarlos nach. Er verschwindet in den Flur, und ich höre, wie er im Wohnzimmer die

Klinke der Wohnungstür runterdrückt. Kurz darauf kommt er wieder zurück.

»Ist sie«, verkündet er und betritt das Zimmer. »Offen oder zu?«, fragt er, eine Hand an der Schlafzimmertür.

»Zu«, bitte ich. Er kommt auch dieser Bitte nach, dann löscht er das Licht und setzt sich auf die freie Seite der Matratze. Nur meine Nachttischlampe erhellt noch den Raum. Noah zieht sein Smartphone und ein Ladekabel aus der Tasche seiner Jogginghose und schließt es an die Steckdose. Dann fällt sein Blick auf die Bettdecke.

»Ich hab leider nur eine«, murmle ich. Sie ist immerhin fast so breit wie das Bett. Aber wir werden uns wohl trotzdem irgendwie arrangieren müssen, damit nicht einer von uns mitten in der Nacht ohne Decke schlafen muss. »Ich kann auch die aus dem Wohnzimmer noch holen«, biete ich an, doch Noah schüttelt bereits den Kopf und deckt sich zu.

Er schenkt mir ein zaghaftes Schmunzeln und lehnt sich in die Kissen zurück. »Passt schon.«

»Okay.« Ich atme tief durch und wende mich von ihm ab, um das letzte Licht auszumachen. »Dann gute Nacht.«

Dunkelheit hüllt uns ein. Ich höre Noah schlucken. »Gute Nacht, Brooke.«

Mit rasendem Herzen lasse ich mich in die Kissen sinken. Ich starre an die dunkle Decke, die nur schwach vom Schein der Straßenlaternen draußen erhellt wird, und versuche, meine Atmung zu beruhigen.

Es raschelt leise, als Noah sich bewegt. Er atmet tief aus, und ich dafür ein. Das Schweigen fühlt sich mit einem Mal zu schwer an. Und obwohl ich weiß, dass ich eigentlich noch sauer auf Noah sein müsste, fühle ich mich gerade primär schlecht.

»Tut mir leid, dass ich dich angerufen habe«, flüstere ich.

Er zögert einen Moment lang. »Wieso?«, fragt er schließlich.

»Weil du jetzt extra den ganzen Weg herkommen musstest, obwohl du nicht wolltest.«

»Ich wollte«, widerspricht er sanft. »Ich bin gerne gekommen, Brooke.«

Mein Herz schlägt noch schneller.

»Aber wieso?«, bringe ich hervor. Ich weiß nicht mehr, was ich denken soll. Er ist abgehauen. Er hat sich nie gemeldet. Es kann nicht sein, dass er trotzdem etwas für mich empfindet. Oder …?

»Weil … wir Freunde sind«, erklärt Noah zögerlich. »Auch wenn ich kein sonderlich guter Freund bin.«

Freunde …

Ja.

Vielleicht.

Keine Ahnung.

»Okay«, flüstere ich einfach nur und kralle meine Finger in die Bettdecke. Wieder schweigen wir uns an. Ich bin zu durcheinander, um noch weiter nachzufragen. Um über *uns* zu sprechen. Über das, was passiert ist. Das schaffe ich gerade nicht. Ich will wenigstens mit Noah für ein paar Stunden heile Welt spielen, nachdem Talon mein Leben heute so gnadenlos aus den Angeln gerissen hat.

»Ich meinte das vorhin übrigens ernst«, sagt Noah nun leise, und ich höre, wie er sich zu mir umdreht.

Ich tue es ihm nach. Versuche, in der Dunkelheit sein Gesicht auszumachen. »Was denn?«, hauche ich.

Er atmet tief durch. »Dass ich dich auch die ganze Nacht halte, falls du das willst.«

»Willst du das denn?«, erwidere ich verunsichert.

»Wann hatte ich je was dagegen, dich zu umarmen?«

»Aber das war früher«, flüstere ich.

»Brooke«, meint er sanft. »Möchtest du herkommen oder nicht?«

Ich verzichte auf eine Antwort. Stattdessen rutsche ich an Noah heran und schmiege mich an seine Brust. Er schließt seine Arme um mich, hüllt mich in die Wärme seines Körpers und seinen vertrauten Duft, und ich merke, wie ein Teil meiner Anspannung von mir abfällt. Alles ist besser, wenn er mich festhält. Erträglicher. Sicherer.

Ich vergrabe das Gesicht an Noahs Brust und spüre, wie er sein Kinn auf meinem Kopf ablegt.

»Versuch, zu schlafen«, schlägt er mir vor und streicht mir über den Rücken. »Ich pass auf dich auf.«

»Danke«, hauche ich.

Er schüttelt den Kopf. »Nicht dafür.«

# noah

Als ich aufwache, weiß ich einen Moment lang nicht, wo ich bin. Sonnenlicht fällt durch die halbdurchsichtigen Vorhänge. Ich liege in einem fremden Bett, um mich herum ein fremdes Schlafzimmer. Nur die Frau in meinen Armen ist mir allzu vertraut.

Brookes rote Locken nehmen mein halbes Sichtfeld ein. Ihr Atem geht ruhig und gleichmäßig. Wärme hat sich zwischen unseren Körpern gebildet, und das Erste, was mir auffällt, ist, dass sie den Pullover nicht mehr trägt. Meine Hand liegt jetzt auf ihrem nackten Unterarm, und ich streiche gedankenverloren mit dem Daumen über ihre Haut.

Vermutlich ist sie irgendwann heute Nacht wach geworden, weil ihr zu warm war. Als ich mich leicht aufrichte, um nach einem Wecker oder einer Uhr Ausschau zu halten, sehe ich den Pulli neben Brookes Kopfkissen liegen. Ein Kissen, das sie wohlgemerkt nicht benutzt, denn ihr Kopf liegt auf meinem Oberarm.

Ich entdecke keinen Wecker, also lasse ich mich wieder auf die Matratze sinken und schließe die Augen. Theoretisch könnte ich mich umdrehen und mein Handy anschalten, aber ich traue mich nicht, mich großartig zu bewegen. Davon könnte sie aufwachen. Und dann merkt sie vielleicht, dass sie mich gar nicht mehr so nah bei sich haben will – jetzt, wo diese furchtbare Nacht vorbei ist und es ihr hoffentlich wieder etwas besser geht.

Dabei würde ich sie am liebsten enger an mich ziehen, meinen Arm fester um sie schlingen und das Gesicht in ihren duftenden

Haaren vergraben. Hier mit ihr zu liegen, ist verboten schön. Aber ich weiß auch, dass es nur ein gestohlener Moment ist. Etwas, das ich nicht verdient habe.

Erneut streiche ich über ihren Unterarm. Senke doch ein wenig den Kopf, gerade so weit, um ihren vertrauten Duft besser riechen zu können.

Brooke atmet tief durch, und ich halte inne. Ich dachte, sie schläft noch. Aber plötzlich bin ich mir sicher, dass sie wach ist. Und dass sie jede meiner Berührungen nur allzu genau wahrnimmt.

Mein Herz beginnt zu rasen, und sicher spürt sie auch das. Merkt, wie die Nervosität von mir Besitz ergreift. Warum sagt sie nichts? Warum liegt sie immer noch an meiner Brust, als wäre es das Normalste auf der Welt?

»Brooke?«, raune ich zögerlich.

»Hm?«, macht sie schwach und schmiegt ihre Wange noch ein wenig enger an meinen Oberarm. Die Berührung lässt Schmetterlinge in meiner Magengrube aufstieben, doch ihr Tonfall jagt mir einen Schauder durch den Körper. Sie klingt so ... leblos. Als wäre sie völlig fertig mit der Welt.

So viel dazu. Es geht ihr definitiv noch nicht besser.

»Wie lang bist du schon wach?«, frage ich vorsichtig. Es juckt mir in den Fingern, meinen Arm von ihrer Taille zu nehmen und ihr durch die zerzausten Haare zu streichen, doch ich beherrsche mich.

»Schon länger«, murmelt sie nur.

»Hast du überhaupt geschlafen?«, will ich vorsichtig wissen.

»Wenig.« Ihre Stimme ist nur noch ein Flüstern. »Immer wenn ich eingeschlafen bin, hab ich von ihm geträumt ...«

»Scheiße ...«

»Er wird mich nie in Ruhe lassen«, verkündet sie, und sie sagt es mit solch einer Sicherheit, dass mir ein Schauder über den Rücken läuft.

»Doch«, halte ich trotzdem dagegen.

Sie schüttelt den Kopf. »Ich habe ihm gezeigt, dass ich schwächer bin als er. Er wird mich immer als ein leichtes Opfer sehen ...«

»Du bist nicht schwächer als er«, widerspreche ich. »Im Gegenteil, Brooke. Und du bist ihm auch nicht hilflos ausgeliefert. Uns fällt schon was ein, wie wir ihn loswerden, okay?«

»Uns?«, fragt sie leise. Fast klingt es ... hoffnungsvoll. Aber was hat sie denn erwartet?

»Denkst du, ich lasse dich damit jetzt allein? Ich hab's dir schon mal gesagt – ich lasse nicht zu, dass er dir irgendetwas tut.«

Brooke lehnt sich kaum merklich gegen meine Brust. Die Berührung ist so zaghaft, dass es nach all unserer gemeinsamen Zeit schon fast befremdlich wirkt. Diese Zurückhaltung ist nicht Brooke, ist nicht wir. Und ich frage mich, ob es nur an Talon liegt, dass sie gerade so ist, oder ob ich selbst dafür gesorgt habe. Vielleicht war er nicht der Einzige, der sie verletzt hat. Ziemlich sicher sogar. Denn egal, ob das zwischen uns nun etwas Ernstes, etwas Lockeres oder doch irgendwas dazwischen war – man sucht nicht einfach das Weite.

»Du musst mich nicht beschützen«, flüstert Brooke. »Ich wollte nicht, dass du dich gezwungen fühlst, herzukommen. Ich wusste nicht, wen ich anrufen soll, also ...«

Sie lässt den Satz ausklingen, und ich spüre mein Herz ein wenig brechen.

Wollte sie gar nicht, dass ich herkomme? Ich bringe die Frage nicht über die Lippen. Ich bin zu verwirrt von meinen eigenen Gefühlen, um die Situation zu entwirren.

»Ich weiß, dass ich nicht muss«, erwidere ich. »Sieh es als ... Angebot, okay? Und falls du willst, dass ich wieder gehe, musst du es nur sagen.«

Sie atmet tief durch. »Okay.«

»Okay«, wiederhole ich unsicher. Sie hat nicht gesagt, dass ich verschwinden soll. Oder? Das war nicht als Aufforderung gemeint, richtig? Oder war das ein »Okay, dann geh bitte«?

Doch Brooke lehnt immer noch an meiner Brust. Sie liegt immer noch auf meinem Arm. Und als ich jetzt kaum merklich mit dem Daumen über ihren Handrücken streiche, zuckt sie nicht mal.

Ich weiß nicht, wann ich mich das letzte Mal so überfordert dabei gefühlt habe, sie zu berühren. Vielleicht nie. Ich glaube, selbst bei unserem ersten Mal war ich sicherer. Aber da wusste ich ja auch, dass sie es will. Das macht einen verdammt großen Unterschied.

Nicht dass ich gerade auch nur irgendeinen Gedanken an Sex verschwenden würde, wenn Brooke gestern das Trauma ihres Lebens erlitten hat. Ich wüsste nur gerne, ob meine Berührung sie trösten kann. Oder ob sie eher das Gegenteil bewirkt.

»Musst du heute in die Uni?«, frage ich vorsichtig.

Sofort spüre ich, wie sie sich verkrampft. *Nicht die richtige Frage, Noah …*

»Oder willst du lieber daheimbleiben?«, schiebe ich hinterher.

»Musst *du* nicht in die Uni?«, fragt sie leise zurück. Fast deute ich die Frage als Rausschmeißer. Doch im selben Moment schließen sich Brookes Finger zaghaft um meine.

»Nicht unbedingt«, weiche ich aus.

Kann ich mir Fehltage leisten? Definitiv nicht. Ist es mir egal? Absolut. Wenn ich mich zwischen meinem ätzenden Studium und Brooke entscheiden müsste, würde ich immer Brooke wählen.

»Also soll ich noch bleiben?«, frage ich vorsichtig.

Sie dreht noch immer nicht den Kopf zu mir, aber sie nickt leicht.

»Okay. Soll ich uns gleich was zum Frühstücken holen? Du hast nichts da, oder?«

»Ähm …« Brookes Finger verkrampfen sich um meine. »Hast du denn schon Hunger?«

»Geht so. Du?«

Sie schüttelt den Kopf. »Also … ich hätte Cornflakes da. Sogar mit Hafermilch. Wenn das okay ist.«

»Das reicht mir.«

Sie atmet auf.

»Du willst nicht allein sein, oder?«, frage ich leise.

»Ist es so offensichtlich?«, murmelt sie.

»Ist nur logisch«, erkläre ich. »Aber dein Kühlschrank ist leer. Du möchtest vermutlich auch nicht gemeinsam einkaufen gehen?«

»Nein«, bestätigt sie leise.

»Okay. Kann man hier Einkäufe liefern lassen?«

Brooke dreht sich auf den Rücken, und endlich schaut sie mich an. Man sieht ihr an, dass sie gestern geweint hat. Ihr Gesicht ist verquollen, und sie wirkt müde. Dennoch tut es ihrer Schönheit keinen Abbruch.

»Ich bin froh, dass du hier bist«, flüstert sie, und ich ringe mir ein Lächeln ab, obwohl sich schon wieder mein schlechtes Gewissen meldet und sich als mulmiges Gefühl in meiner Magengrube festsetzt.

»Ich auch«, gestehe ich.

Brooke hält meinen Blick, und mein Herzschlag beschleunigt sich. In mir wächst der irrationale Drang, sie enger an mich zu ziehen. Sie zu küssen. Und spätestens jetzt wird mir klar, dass meine Gefühle für sie in den letzten Wochen kein bisschen schwächer geworden sind. Im Gegenteil.

Ich reiße mich von Brookes grauen Augen los und räuspere mich. Hitze steigt mir in die Wangen, doch ich lasse mich auf den Rücken sinken und taste auf dem Nachttisch nach meinem Handy. »Ich such uns mal was zu essen«, beschließe ich.

Irgendwann im Verlauf unserer Netflix-Session gestern hat der Akku den Geist aufgegeben. Ich habe es bisher nicht wieder angemacht, sondern einfach nur ans Ladekabel gesteckt. Als ich es nun anschalte, ploppen direkt haufenweise Benachrichtigungen auf. Darunter locker zehn von Greysen.

Shit … Ich habe ihm gestern nicht mehr geschrieben. Und jetzt ist es schon halb elf.

Ich habe keine Zeit, mich zu fragen, wie ich so lang durchschlafen konnte, obwohl ich sonst noch vor dem Sonnenaufgang wach bin. Stattdessen gehe ich seine Nachrichten durch. Die ersten sind von heute Morgen um halb sechs, und davor verzeichnet mein Smartphone mehrere verpasste Anrufe. Das gibt Ärger.

Verpasster Sprachanruf

Verpasster Sprachanruf

Verpasster Sprachanruf

> Verdammt, Noah, geh an dein Scheißhandy!

Verpasster Sprachanruf

> Ist irgendwas mit Brooke??

> Warum hast du mit meiner Kreditkarte mitten in der Nacht einen Flug nach Auckland gebucht??

Verpasster Sprachanruf

> Okay, fuck it. Ich rufe sie jetzt an.

Verpasster Sprachanruf

> Warum gehen meine Anrufe nicht durch? Wo steckst du?

> Du hast nicht mal eine fucking Nachricht hinterlassen, was soll der Mist?

Scheiße. Ich war gestern so darauf fokussiert, Brooke irgendwie zu beruhigen, dass ich nicht mehr dran gedacht habe, Grey Bescheid

**100**

zu geben. Als ich schließlich im Flieger saß und das Telefonat mit Brooke beendet hatte, waren meine Gedanken schon in Auckland und das mit der Kreditkarte längst vergessen.

»Ist was?«, fragt Brooke unsicher. Sie hat sich zu mir auf die Seite gedreht und mustert mich besorgt.

»Ähm … ich muss kurz Grey antworten. Er macht sich Sorgen.«

»Oh.« Sie zögert. »Hast du ihm von Talon erzählt?«

Eilig schüttle ich den Kopf, während ich eine Nachricht tippe. »Nein. Er hat schon geschlafen. Aber … Ich musste mir für den Flug Geld leihen.«

»Während er geschlafen hat?«, fragt sie verwirrt. »Also hast du ihn doch geweckt …?«

»Nein, also … Es ist ein bisschen komplizierter.«

Brooke hebt erwartungsvoll eine Braue.

Ich seufze auf. Na schön. »Wenn man es genau nimmt, habe ich ihn beklaut«, gestehe ich.

Ihre Augen werden groß.

»Aber ich zahl es ihm zurück«, füge ich eilig hinzu. »Warte, ich erklär's dir gleich, okay?«

Es bringt ja auch nichts, ihr irgendeinen Mist zu erzählen. Spätestens bei der Einkaufsbestellung hätte ich ihr vermutlich beichten müssen, dass ich mir das alles nicht wirklich leisten kann. Aber erst mal muss ich Grey Entwarnung geben, bevor er die Polizei ruft oder so.

> Sorry, ich hab vergessen, dir Bescheid zu geben. Es ist alles in Ordnung. Ich bin bei Brooke. Tut mir leid wegen dem Geld, ich zahl es dir zurück, so schnell ich kann.

Ich schicke die Nachricht ab und atme tief durch. Es ist okay. Die Freundschaft mit Grey war ohnehin schon ein Trümmerhaufen. Und klar, die Aktion gestern hat es sicher nicht besser gemacht, aber schlimmer wird's wohl auch nicht mehr.

Wie auch immer. Erst mal das Essen.

Doch gerade als ich den Webbrowser öffne, klingelt es, der Anrufbildschirm erscheint, und Greys Name ploppt auf. Großartig …

»Sorry …« Widerwillig richte ich mich auf, und Brooke gibt meinen Arm frei. Ich will ungern mit ihm sprechen, während sie noch halb an mich gekuschelt liegt. »Ich geh wohl besser ran …«

»Ich muss sowieso ins Bad«, behauptet sie und huscht aus dem Zimmer. Mit klopfendem Herzen nehme ich den Anruf entgegen.

»Hey«, sage ich unsicher.

»Was zur Hölle, Noah?!«, fährt Grey mich an. Seine Stimme ist etwas undeutlich, im Hintergrund rauscht es. Vielleicht sitzt er gerade im Auto und hat deswegen keine Nachricht geschrieben.

Ach, was mache ich mir eigentlich vor? Er hätte so oder so angerufen. Weil er sauer ist. Zu Recht.

»Tut mir leid, ich hab vergessen, dir Bescheid zu sagen, und mein Akku war leer«, verteidige ich mich.

»Mir über *was* Bescheid zu sagen?«, fragt er. »Was geht hier eigentlich ab? Brooke habe ich auch nicht erreicht!«

Ich glaube, ich habe Brookes Handy gestern Nacht auf der Küchenzeile liegen sehen. Vermutlich liegt es da immer noch. Durch die geschlossene Tür haben wir es nicht gehört. Oder sie hat es ignoriert. Das würde ich nach dem Besuch gestern auch nicht ausschließen.

»Ich bin spontan zu ihr geflogen«, gebe ich zu. Das zu leugnen, ist ja wohl schwachsinnig. »Sie hat mich angerufen, und ich konnte nicht anders.«

Nur Wahrheiten bisher.

»Also seid ihr jetzt wieder zusammen, oder was?«, will Grey wissen. Er klingt immer noch sauer, aber auch irritiert. »Ich dachte, sie hat sich die ganze Zeit nicht gemeldet.«

»Ähm … nein. Und hatte sie auch nicht.«

»Und warum bist du dann bei ihr? Du fliegst ja wohl kaum für Sex spontan nach Auckland und beklaust mich dafür. Hoffe ich zumindest sehr für dich.«

»Nein«, gebe ich zu. »Wir, ähm … hatten was zu besprechen.«
Okay, jetzt lüge ich doch.

»Was ist so scheiße wichtig zu besprechen, dass du mitten in der Nacht von *meinem* Geld nach Auckland fliegen musst?«

»Es tut mir wirklich leid«, beteuere ich erneut. »Ich zahl dir das Geld auch so bald wie möglich zurück, versprochen. Ich hab mich schon auf Jobs beworben, also …«

»Es geht mir nicht um das verdammte Geld, Noah«, unterbricht er mich. »Ich mache mir Sorgen um Brooke.«

Im Hintergrund ertönt ein Kläffen.

»Ich weiß, Großer«, murmelt Grey.

Ist Columbo bei ihm? Wo fährt er denn mit ihm hin?

Seufzend gebe ich nach. »Ich kann sie fragen, ob sie kurz mit dir reden will …« Er wird nicht lockerlassen, so viel ist sicher. Er riecht den Braten doch. Und wer weiß, vielleicht will Brooke ihm ja von Talon erzählen. Ich bezweifle es zwar stark, aber dann muss wenigstens nicht mehr ich derjenige sein, der ihr Geheimnis mit Lügen verteidigt.

»Ist nicht nötig«, erwidert Grey kühl. »Ich rede heute Nachmittag mit ihr.«

»Heute Nachmittag?«, frage ich irritiert. »Rufst du dann noch mal an?«

»Nein. Ich bin in vier Stunden da.«

Ich stocke. Er … »Was?«

»Ich bin schon auf halber Strecke. Mir reicht's mit eurer Geheimniskrämerei. Immer krieg ich irgendwelche halb garen Ausreden. Ihr schafft's nicht, mich aus der Sache rauszuhalten, also will ich wissen, was wirklich los ist. Bis später.«

Mit diesen Worten legt er auf.

Ungläubig starre ich auf mein Display.

Nicht sein Ernst. Er kann doch nicht einfach so herfahren. Das sind acht Stunden. Und Brooke ist ohnehin schon aufgelöst. Wenn auch noch ihr Sturkopf von einem Bruder hier auftaucht …

Just in diesem Moment kommt sie wieder ins Schlafzimmer. Sie hat ihre Haare zusammengebunden und sieht ein wenig belebter aus als eben noch. Doch als sie mein Gesicht sieht, zieht sie besorgt die Brauen zusammen.

»Was ist?«, fragt sie.

Wie sage ich ihr das? Oder soll ich Grey noch mal anrufen und versuchen, ihn umzustimmen? Es würde ihr Stress ersparen.

»Noah?«

Ach, fuck ... »Grey ist auf dem Weg.«

Sie stockt. »Was ... wieso?«

Hilflos zucke ich mit den Schultern. »Irgendwas von wegen er hat unsere Geheimnisse satt. Er ist in vier Stunden da. Tut mir leid ...«

Brooke erwidert nichts. Langsam kommt sie zurück zum Bett und setzt sich auf die Kante.

»Ich kann ihn noch mal anrufen«, biete ich an. »Er lässt sich bestimmt noch überzeugen.«

Doch zu meiner Überraschung schüttelt sie nur den Kopf und zieht meinen Pulli zu sich heran, der neben ihrem Kissen lag. »Vielleicht ist es besser so«, murmelt sie. »Er macht sich Sorgen.«

»Er wird wissen wollen, was passiert ist«, merke ich vorsichtig an.

Brooke presst die Lippen zusammen und nickt.

»Also bist du bereit, es ihm zu erzählen?«

Sie vergräbt die Finger im Stoff meines Pullovers und knibbelt nachdenklich an dem Stoff herum. »Ich glaube, wenn ich es jetzt nicht mache, dann mache ich es nie.«

»Das war kein Ja«, bemerke ich zaghaft.

Brooke seufzt und zuckt mit den Schultern. Sie schaut zu mir auf, der Blick ihrer grauen Augen immer noch weich. »Ich glaube, manchmal gibt es kein *bereit*.«

# KAPITEL 14

# **brooke**

Greys baldige Ankunft hilft nicht gerade dabei, mich zu beruhigen. Genauso wenig wie Noahs Anwesenheit, denn jetzt, wo ich den ersten Schock wegen Talon verdaut habe, weiß ich gar nicht mehr, wie ich mit ihm umgehen soll. Ich bin den ganzen Tag nervös und kann mich kaum konzentrieren.

Noah und ich frühstücken Cornflakes und die Reste der Pizza. Mit dem Bestellen des Einkaufs warten wir doch noch. Grey wird nach acht Stunden Fahrt wohl kaum sofort wieder abreisen, also ist es sinnvoller, wenn später einer der beiden einkaufen geht. Vorzugsweise Grey selbst, denn ich traue mich nicht, die Wohnung zu verlassen, und ich wäre lieber mit Noah allein als mit meinem Bruder.

Ich weiß überhaupt nicht, wie ich später mit ihm reden soll. Noch vor wenigen Wochen war ich der festen Überzeugung, ich könnte ihm nie von Talon erzählen. Und jetzt auf einmal soll ich es doch tun? Wie soll das gehen?

Doch noch bevor ich eine Antwort darauf gefunden habe, ist meine Bedenkzeit abgelaufen. Wir sitzen auf dem Sofa, schauen die fünfte Folge *Gilmore Girls*, und Noahs Handy klingelt.

»Grey ist da«, verkündet er und steht auf. Er nimmt den Anruf an und geht rüber zur Gegensprechanlage, um den Summer zu betätigen. Ich runzle die Stirn, sage aber nichts. Meine Eingeweide haben sich gefährlich verknotet. Stattdessen pausiere ich die Serie und ziehe die Decke enger um meinen Körper.

Noah wartet in der geöffneten Tür auf Grey. Schritte erklingen im Treppenhaus, gemeinsam mit dem vertrauten Geräusch von Columbos Pfoten, die die Stufen hochhechten.

»Hey«, sagt Noah leise.

»Hey«, erwidert die frostige Stimme meines Bruders.

»Komm re…« Ein weißgrauer Zottelball schießt zwischen Noahs Beinen hindurch zu mir in die Wohnung.

»Verdammt, Columbo!«, beschwert Grey sich. Doch dieser ist bereits zu mir aufs Sofa gesprungen und wirft sich kläffend auf mich. Er zieht seine Leine hinter sich her, die er Grey offenbar gerade entrissen hat.

Ich lache auf und lasse zu, dass er aufgeregt mein Gesicht abschleckt. Liebevoll drücke ich ihn an mich und kraule ihn hinter den Ohren.

»Hi, du«, flüstere ich, weiche seiner Zunge aus und vergrabe mein Gesicht in seinem Fell. Der vertraute Geruch löst wenigstens ein bisschen von meiner Anspannung. »Dich habe ich am meisten vermisst.«

Columbo lässt ein Winseln verlauten und kuschelt sich noch enger an meine Brust.

»Du mich also auch?«, murmle ich.

Unterdessen höre ich, wie Noah und Greysen in die Wohnung kommen und die Tür geschlossen wird. Das Schloss klackt, als Noah absperrt. Ich hebe den Kopf und sehe gerade noch, wie Grey ihm einen irritierten Blick zuwirft. Dann wendet er sich mir zu. Wir schauen uns an, und sofort wird mir wieder schwerer ums Herz.

Das hier ist schlimmer als unser Wiedersehen damals im Café. Viel schlimmer. Ich habe das Gefühl, als würden die harschen Worte unseres Streits mir noch im Rachen kleben und verhindern, dass ich richtig atmen kann.

»Hey«, sagt Grey erneut und lässt seinen Blick durch die kleine Wohnung schweifen.

Ich bringe kein Wort der Begrüßung über die Lippen. Und auch Grey scheint nicht so recht zu wissen, wie er anfangen soll. »Hübsche Wohnung«, sagt er schließlich, und ich atme auf.

»Danke. Ist leider nur zur Zwischenmiete …«

»Ah«, macht er tonlos. »Grüße von Dad übrigens. Ich hab vorhin mit ihm telefoniert.«

Mein erschrockener Blick spricht offenbar Bände, denn mein Bruder seufzt auf.

»Wir haben nicht über dich geredet«, stellt er klar. »Ich hab ihn nur nach deiner Adresse gefragt.«

»Okay«, bringe ich heraus. Das Letzte, was ich brauche, ist, dass nun auch noch Dad sich Sorgen macht. Und womöglich ebenfalls anfängt, Fragen zu stellen …

Noah reibt sich den Nacken. »Willst du was trinken?«, bietet er an. »Es ist Cola da. Oder Wasser.«

Grey schiebt die Hände in seine Jeanstaschen. »Wasser klingt gut«, meint er. »Columbo hat sicher auch Durst.«

Zögerlich durchquert er das Zimmer und kommt näher. Sein Blick fällt auf das Foto von Columbo, das ich Samstag über dem Sofa aufgehängt habe, doch er sagt nichts dazu.

Noah bringt ihm ein Glas Wasser und stellt für Columbo eine Frühstücksschale vors Fenster auf den Boden. Und dann sagt er genau das, was ich nicht hören wollte.

»Ich lass euch mal allein und besorge uns was zu essen.«

Grey nickt bereits, und ich bringe es nicht über mich, zu widersprechen.

»Klingt Lasagne gut?«, fährt Noah fort und schnappt sich einen meiner Jutebeutel, der über der Lehne eines Küchenstuhls hängt.

»Klingt super«, sage ich leise und ringe mir ein Lächeln ab.

»Ich rufe an, wenn ich wieder da bin«, verkündet er, zieht seine Schuhe an und verlässt die Wohnung.

Ich schaue ihm nach, und mein Herz schmerzt ein bisschen. Er vermeidet die Klingel. Spätestens jetzt ist es offensichtlich. Wie kann man so verdammt umsichtig sein?

Grey steht noch etwas unschlüssig im Raum und schaut zwischen der Tür und mir hin und her. »Soll ich absperren?«, fragt er dann, und ich nicke widerwillig. Noah meinte, er hätte ihm nichts erzählt.

Aber das musste er wohl auch nicht, damit Grey merkt, dass etwas nicht stimmt.

Es sollte mich nicht überraschen. Er will Polizist werden. Dass er für so was einen siebten Sinn hat, ist wohl eine Berufsvoraussetzung. Eigentlich wundert mich nur, dass er bei Talon so lang nicht gemerkt hat, was Sache ist.

Er verriegelt die Haustür und setzt sich dann zögerlich neben mich. Columbo liegt mittlerweile in meinem Schoß, hat die Augen geschlossen und lässt sich von mir den Kopf kraulen. Grey beobachtet mich einen Moment lang dabei, dann trinkt er einen Schluck von seinem Wasser und stellt das Glas mit einem Seufzen auf dem Couchtisch ab.

»Wie geht's dir wirklich?«, will er wissen und mustert mich besorgt.

Ich verziehe leicht den Mund. Lügen wäre nach wie vor einfacher. Ich habe nicht umsonst jahrelang vor ihm geheim gehalten, was wirklich mit Talon passiert ist. Ich will nicht, dass er es weiß. Dass er sieht, wie kaputt ich bin, wie schwach, wie gebrochen.

Aber ich schätze, das lässt sich jetzt ohnehin nicht mehr verhindern. Denn Greysen ist hier, und ich schaffe es nicht länger, die Fassade noch aufrechtzuerhalten.

»Beschissen«, gestehe ich ihm leise, und er atmet tief durch.

»Wieso denn?«

Sofort sind meine Lippen wie zugeklebt.

»Ist was passiert?«, hakt er nach.

Ich nicke.

Greysen schaut wieder zur Tür und mustert sie einen Moment lang nachdenklich. Er runzelt die Stirn und fügt offensichtlich die paar Puzzleteile zusammen, die er hat. Sein Blick schweift wieder zu mir, bevor er sich auf Columbo fixiert. »Hat dich jemand … angefasst oder so?«, fragt er leise, ohne mir ins Gesicht zu schauen.

O Mann … ich will nicht wissen, was für Horrorszenarien sich gerade in seinem Kopf abspielen.

»Nicht so, wie du denkst«, versuche ich, ihn zu beruhigen.

»Und was genau soll das bedeuten?«, hakt er nach. Er begegnet meinem Blick, und sein gequälter Gesichtsausdruck verursacht mir ein schlechtes Gewissen.

Ich kaue auf meiner Unterlippe und versuche verzweifelt, die drei Worte auszusprechen, die mir auf der Seele brennen. Die gestern meine Welt auf den Kopf gestellt haben und jetzt jeden meiner Gedanken beherrschen.

»Weißt du …«, setzt Grey an. »Ich mache dir keinen Vorwurf, wenn du mir nichts anvertrauen willst. Das ist dein gutes Recht. Ich weiß nur nicht, wie ich so irgendwas besser machen oder verstehen soll, Brooke. Ich will doch nur, dass es dir gut geht. Das war immer alles, was ich wollte, glaub mir das bitte. Und es tut mir leid, dass ich dich enttäuscht habe. Aber wenn du mir nicht mal erklärst, was das Problem ist …« Er unterbricht sich selbst und atmet verzweifelt aus. »Keine Ahnung. Ich will dich nicht drängen. Sag mir einfach, was ich machen soll. Wenn du willst, dass ich gehe …«

Tränen brennen mir in den Augen. Kurz entschlossen ziehe ich mein Handy aus der Bauchtasche von Noahs Pullover, den ich nach wie vor trage, und öffne den Messenger.

»Okay«, meint Grey überrumpelt, während ich anfange zu tippen. Er klingt leicht angefressen. »Wie gesagt, du musst nicht mit mir reden, aber es wäre trotzdem schön, wenn …«

Das Plingen seines Handys lässt ihn stocken.

Ich schaue von meinem Display zu ihm auf, und er hebt irritiert die Brauen. Langsam zieht er sein Smartphone aus seiner Hosentasche und liest sich die Worte durch, die ich einfach nicht laut aussprechen konnte.

Talon war hier.

Keine Ahnung, warum es mit Noah so leicht ist und mit ihm so schwer. Aber jetzt ist es raus. Der erste Stein wurde ins Rollen gebracht. Und der Rest der Wahrheit wird gleich wie ein Felssturz über uns hereinbrechen.

Greys Gesicht wird zu einer finsteren Maske. Doch statt etwas zu sagen, beginnt er zu tippen, und kurz darauf vibriert mein Handy.

War er eingeladen?

Ein Schauder fährt durch meinen Körper.

Nein.

Ich weiß nicht mal, woher er weiß, wo ich wohne.

Ist er eingebrochen?

Nicht direkt. Ich hab ihm versehentlich aufgemacht.

Und was hat er gemacht, als er hier war?

Meine Finger zittern. Dennoch tippe ich weiter.

Er hat versucht, zu mir in die Wohnung zu kommen, und wollte nicht mehr gehen. Mein Nachbar hat ihn rausgeschmissen, weil ich geschrien habe.

Greys Brauen ziehen sich immer weiter zusammen. Unschwer zu erraten, dass ihm das alles nicht gefällt.

**110**

Hat er dir wehgetan?

Nein.

Nicht so, wie er es meint zumindest.

Dachtest du denn, dass er dir wehtun wird?

Diesmal schaffe ich es nicht mal, eine Nachricht zu tippen. Ich kann mich lediglich zu einem kaum merklichen Nicken durchringen, während mir schon wieder Tränen in den Augen brennen.

Grey atmet tief durch und lässt sein Smartphone sinken. Er schaut mich an, schweigt jedoch. Offenbar weiß auch er nicht, was er sagen soll.

Columbo vergräbt winselnd seine Schnauze in meinem Pullover.

»Wie lang ist er schon so?«, will Grey schließlich wissen. »Seit wann hast du Angst vor ihm?«

»Schon immer«, flüstere ich.

Es ist nicht ganz die Wahrheit, aber nah genug an ihr dran. Denn daran, dass er mir mal keine Angst gemacht hat, kann ich mich nicht mehr erinnern.

Ja, es gab schöne Zeiten.

Zeiten, in denen es sich gut angefühlt hat, in ihn verliebt zu sein.

Doch dann hat er sein wahres Gesicht gezeigt, und dieses hat langsam, aber sicher die Reste unseres gemeinsamen Glücks fortgespült.

Grey beugt sich nach vorn, stützt die Unterarme auf seine Oberschenkel und schaut hinunter auf seine Hände. Er dreht sein Smartphone zwischen seinen Fingern und fährt sich dann mit einer Hand durch die kurzen Haare.

Vielleicht fängt jetzt alles an, für ihn Sinn zu ergeben. Vielleicht auch nicht. Ich habe nie darauf vertraut, dass Grey Verständnis haben würde. Das ist einer der Gründe, weshalb er bis eben nicht den blassesten Schimmer davon hatte, was sich zwischen Talon und mir abgespielt hat.

»Okay«, sagt er nur. Und auch wenn das keine großartige Reaktion ist, ist sie doch besser als alles, was ich von ihm erwartet hätte.

»Okay?«, wiederhole ich.

Er zuckt hilflos mit den Schultern. »Ich habe ehrlich gesagt keine Ahnung, was ich jetzt sagen oder machen soll, Brooke. Aber ich bin offen für Vorschläge.«

Ich beiße mir auf die Innenseite der Wange. »Du könntest mich umarmen«, schlage ich vor. »Falls du willst …«

»Willst du das denn?«

Ich ringe mir ein Nicken ab.

Grey schmunzelt kaum merklich. »Wissen wir denn noch, wie das geht?«

»Meinst du, man kann das verlernen?«

»Wirst du mir wohl gleich sagen …« Er klopft Columbo sanft gegen die Seite, und dieser hebt widerwillig den Kopf und hüpft vom Sofa. Er schnüffelt an dem Wasser herum, das Noah ihm hingestellt hat, und trinkt dann so gierig davon, als hätte er seit drei Tagen nichts mehr bekommen.

Greysen rutscht zu mir und legt vorsichtig einen Arm um meine Schultern. Ich lehne mich an ihn und schließe die Augen.

Es ist wirklich eine ziemlich unbeholfene Umarmung. Aber er riecht überraschend vertraut. Und trotz allem, was war, fühlt es sich irgendwie schön an. Ich schätze, der gemeinsame Sommer auf dem Hof hat uns doch ein bisschen enger zusammengebracht, als wir dachten.

»Ist das das Parfüm, das wir dir geschenkt haben?«, murmle ich an seiner Schulter.

»Ja.«

»Hm.«

»Was?«, fragt er leise.

»Nichts. Es riecht gut.«

**112**

»Danke.«

»Hab ich gut ausgesucht.«

Grey schnaubt leise und lässt seinen Kopf gegen meinen sinken.

»Ja, das hast du wohl.«

Eine Weile sitzen wir reglos so da. Columbo trottet wieder zu uns, legt sich auf unsere Füße und fängt an zu schnarchen.

»Wie lang bleibst du jetzt?«, wage ich irgendwann zu fragen. »Du hast doch Uni.«

Ich spüre, wie Grey den Kopf schüttelt. »Deine Sicherheit hat Priorität.«

»Okay. Ich glaube, das Sofa kann man ausziehen, also …«

»Bleibt Noah auch noch?«, will Grey widerwillig wissen.

»Ja.«

»Ah.«

Ich löse mich von ihm, um ihm ins Gesicht schauen zu können. »Seid ihr meinetwegen immer noch zerstritten?« Noah hat nicht wirklich darüber geredet. Aber ich habe ihm angemerkt, dass ihn etwas bedrückt.

Grey erhebt sich. »Es ist nicht deinetwegen«, weicht er aus. »Das hat Noah selbst verbockt.«

»Er wollte es dir sagen«, verteidige ich ihn. »Wir wussten nur nicht, wie. Es ist meine Schuld, nicht seine. Hätte ich ihn nicht …«

»Schon gut«, unterbricht Grey mich. »Das ist gerade nicht das Thema. Ich hol mal eben meine Sachen aus dem Auto.«

Er wendet sich der Haustür zu, und ich erstarre. Sofort zieht sich meine Brust zusammen.

»Kann ich den Schlüssel kurz …« Grey dreht sich beim Reden zu mir um und stockt, als er mich sieht. Dann scheint er zu begreifen. »Scheiße, Brooke …«

»Ist schon gut«, sage ich eilig, doch es klingt erstickt. »Geh ruhig.«

Grey blinzelt, sichtlich überfordert, und ich spüre mit einem Mal eine Träne von meinem Kinn tropfen. Eilig wische ich sie weg und reibe mir die Augen.

»Ich warte, bis Noah wieder da ist«, beschließt Greysen.

»Du musst wirklich nicht …«, setze ich an, doch just in dem Moment vibriert mein Handy.

Ich zucke zusammen. Ein kurzer Blick aufs Display verrät mir allerdings, dass es nicht Talon ist, der mich anruft, sondern Noah.

»Er ist da«, lasse ich Grey wissen und atme tief durch. »Machst du ihm die Tür auf?«

# noah

Der Nachmittag zieht sich. Brookes Wohnung scheint zu klein für all unsere Probleme, und unser Schweigen ist ohrenbetäubend. Obwohl wir uns konstant gegenübersitzen, kann niemand von uns wirklich miteinander reden. Und das macht die Situation verdammt unangenehm.

Ich mache die Lasagne, wir essen gemeinsam zu Abend und schauen dann noch fern. Grey geht zwischendurch mit Columbo Gassi und holt seine Tasche aus dem Auto. Brooke und ich helfen ihm dabei, die Couch zu einem halbwegs akzeptablen Schlafplatz umzubauen, dann verabschiedet sie sich ins Bett.

Ich begleite sie, weil ich nicht will, dass sie allein ist. Wir ziehen uns um, putzen Zähne, und wie schon gestern kuschelt sie sich schließlich an meine Brust. Doch sie bleibt verdächtig still. Ich schätze, die letzten vierundzwanzig Stunden waren einfach zu viel, also streiche ich ihr nur sanft durch die Haare und stelle keine Fragen.

Es dauert über eine Stunde, bis Brooke einschläft. Ich hingegen bin weiterhin hellwach und versuche vergeblich, das Chaos in meinem Kopf zu ordnen. Mit mäßigem Erfolg. Als ich auf dem Flur die Badezimmertür höre, gebe ich auf.

Vorsichtig winde ich mich aus Brookes Umarmung, ziehe ihr die Decke bis zum Kinn und schleiche aus dem Zimmer. Im Wohnzimmer ist noch Licht an. Ich trete um die Ecke und sehe Grey auf seinem Schlaflager sitzen, den zusammengerollten Columbo neben sich. Er krault ihn hinter den Ohren und schaut auf, als ich hereinkomme.

»Hey«, sage ich leise.

»Brauchst du was?«, murmelt Grey.

Ich schüttle den Kopf. »Können wir kurz reden?«

Ein Seufzen entkommt ihm. Doch er nickt auffordernd zu einem der Küchenstühle, der nicht weit von seinem improvisierten Bett steht. Leise ziehe ich den Stuhl heran und setze mich Grey gegenüber.

»Alles okay mit Brooke?«, will er wissen.

Ich nicke. »Sie ist eingeschlafen.«

»Gut ...«

»Und bei dir?«, wage ich zu fragen.

Grey seufzt. »Keine Ahnung. Ich versteh immer noch nicht ganz, was hier abgeht.«

»Hat sie dir erzählt, was passiert ist?«

»Vage. Nur, dass Talon hier war und sie belästigt hat.«

»Okay.«

Er mustert mich. »Du weißt mehr, oder? Dir hat sie die ganze Geschichte erzählt.«

»Teile davon«, weiche ich aus. »Ich bezweifle, dass sie *irgendwem* die ganze Geschichte erzählt hat.«

Grey verzieht den Mund. »Sie hat Angst vor ihm«, stellt er leise fest.

»Panische«, bestätige ich.

Er seufzt erneut und reibt sich über das Gesicht. »Meinst du, er kommt noch mal her?«

»Er hat sie schon in Hāwera verfolgt«, gestehe ich ihm. »An Silvester wollte er unbedingt mit ihr reden. Und am Abend, bevor du ... uns erwischt hast, war er beim Hof.«

»Wir rufen morgen die Polizei«, beschließt er kurzerhand.

»Das will sie nicht.«

»Warum nicht? Das gestern geht als Hausfriedensbruch durch. Wenn ihr Nachbar aussagt ...«

»Ich weiß«, unterbreche ich ihn. »Ich hab's ihr schon mehrmals angeboten. Aber wir können sie nicht zwingen. Das ist immer noch ihre Entscheidung. Und ich glaube, gerade ist sie gar nicht in der Lage, die zu treffen. Sie muss die Situation erst mal verarbeiten.«

»Das versteh ich, Noah, aber wie stellst du dir das vor? Man kann sie ja nicht mal fünf Minuten in der Wohnung allein lassen. Das geht nicht einfach so wieder weg. Solange er hier ohne Konsequenzen frei rumläuft, hat Brooke keine ruhige Minute.«

»Ich weiß doch auch nicht«, murmle ich. »Sie zu drängen ist trotzdem keine Lösung. Ich werde erst mal hierbleiben. Solang sie will. In ein paar Tagen sehen wir weiter.«

»Ich bleibe auch«, beschließt er. »Ob sie will oder nicht. In dem Zustand lasse ich sie nicht allein. Und wenn ich auf dem Flur vor der Wohnungstür campen muss.«

»Campen wäre doch was«, scherze ich halbherzig. »Da findet das Arschloch sie nicht.«

Grey hebt die Brauen. »Das ist gar keine so schlechte Idee.«

»Campen?«, frage ich schnaubend. »Das war ein Scherz. Ich bezweifle, dass Brooke sich sicherer fühlt, wenn sie in einem Zelt schlafen muss.«

»Nicht campen. Aber wir können für ein paar Tage irgendwo anders hinfahren. Vielleicht hilft ihr das. Wir mieten ein Ferienhaus oder so.«

Das klingt tatsächlich sinnvoll. »Ja …«, stimme ich ihm zu und reibe mir den Nacken. »Fragt sich nur, was das kostet.«

Grey wirft mir einen wissenden Blick zu. »Das kriegen wir schon irgendwie hin, Noah.«

»Ich schulde dir schon fast zweihundert Dollar für den Flug«, erinnere ich ihn. »Und ich hab einen Fünfziger aus deinem Geldbeutel genommen fürs Taxi …«

»Ist mir aufgefallen.«

»Ich zahl dir das Geld zurück, so schnell ich kann. Aber ich muss auch die Kaution für die neue Wohnung irgendwoher bekommen.

Und wenn ich zusätzlich noch für irgendeine Ferienunterkunft zahlen muss … Keine Ahnung, wie ich das machen soll. Vielleicht fahrt ihr dann besser ohne mich.«

Grey verdreht die Augen. »Ich sagte, kriegen wir schon hin«, wiederholt er. »Lass dir Zeit mit dem Geld. Ich verzeih dir, weil es für Brooke war. Und ich habe einen Haufen gespart durch meine Nebenjobs. Wenn Brooke dich dabeihaben will, zahle ich es.«

Mir entkommt ein überfordertes Keuchen. »Das kann ich nicht verlangen, Grey.«

»Es ist nicht für dich, Noah, sondern für meine Schwester. Also nimm's einfach an.«

Stimmt ja. Weil wir keine Freunde mehr sind. Auf einmal fühle ich mich völlig fehl am Platz. Aber Brooke wollte nicht, dass ich gehe. Also falls sie wirklich möchte, dass ich sie und Grey begleite, dann mache ich es.

»Danke«, murmle ich und stehe auf. Ich hatte keinen konkreten Plan, worüber ich mit Grey reden will. Aber jetzt fühlt es sich an, als hätten wir genug gesagt. Oder vielleicht will ich auch einfach nur verhindern, dass Grey mir noch mehr bittere Wahrheiten an den Kopf wirft. »Wir können ja dann morgen mit Brooke alles Weitere besprechen«, schlage ich vor und wende mich zum Gehen.

»Noah?«, fragt Greysen plötzlich, und ich halte inne. Fragend drehe ich mich zu ihm um. Doch er schüttelt nur den Kopf. »Ach, nichts. Gute Nacht.«

In meiner Kehle bildet sich ein unangenehmer Kloß. Trotzdem verlasse ich das Wohnzimmer und lege mich zurück zu Brooke ins Bett. Sie schläft noch, was mir das Seufzen verrät, das ihr entkommt, als ich hinter ihr unter die Decke krabble. Es geht halb in ein leises Schnarchen über, und sie wälzt sich auf die andere Seite, um sich an mich zu schmiegen.

Verdammt …

Ich wünschte, sie wäre wach.

Ich wünschte, ich wäre damals nicht abgehauen.

Ich wünschte, das zwischen uns wäre noch … etwas.

Tief durchatmend schlinge ich meinen Arm um sie und schließe die Augen. Doch leider verfolgt mich Brookes Gesicht selbst in der Dunkelheit ihres Schlafzimmers. Ich sehe wieder vor mir, wie verletzt sie bei unserem Streit damals aussah, und presse die Augen noch fester zu.

Vielleicht kommt irgendwann noch der Schlaf, wenn ich diese nagende Reue in meiner Brust weiter ignoriere.

Vielleicht werde ich mich aber auch einfach nur die ganze Nacht lang fragen, was eigentlich falsch mit mir ist. Denn eins ist sicher: Brooke hat etwas Besseres verdient als mich.

Und trotzdem kann ich nicht aufhören, sie zu wollen.

## KAPITEL 16

# brooke

Ich werde von einem Rumpeln geweckt. Sofort bin ich hellwach und sitze kerzengerade im Bett. Ich blinzle gegen das Morgenlicht an, das durch die Vorhänge fällt, und schaue mich hektisch nach Noah um, doch die Matratze neben mir ist leer, die Schlafzimmertür ist geschlossen.

Schon wieder rumpelt es, und ich kralle mich in der Bettdecke fest. Dann ertönt eine dumpfe Männerstimme.

Ich verstehe nicht, was sie sagt, aber sie klingt aufgebracht. Eine zweite antwortet. Und ich brauche ein paar viel zu lange Sekunden, um zu realisieren, dass da draußen nicht Talon ist, sondern Noah und Grey.

Fragt sich nur, was zur Hölle sie machen.

Mit klopfendem Herzen stehe ich auf, öffne die Tür einen Spaltbreit und lausche.

»Das war andersrum«, ertönt Greys Stimme. »Das sag ich dir schon die ganze Zeit.«

»Und ich sag dir, dass es nicht passt«, zischt Noah zurück.

»Wetten? Los, dreh das Teil.«

Wieder ein Rumpeln. Dann ein genervtes »Au« von Noah.

»Du weckst sie auf«, beschwert Grey sich halb flüsternd.

»Dann schubs mich nicht gegen den Esstisch, wie wär's? Wie soll das Teil andersrum gewesen sein, wenn wir es nicht mal gedreht kriegen?«

**120**

Das vertraute Scharren von Columbos Krallen auf dem Holz-fußboden kommt näher. Er erscheint außen vor dem Türspalt und schaut hechelnd zu mir auf. Schmunzelnd lasse ich ihn rein und lege mich leise wieder ins Bett. Columbo hüpft zu mir auf die Matratze und kuschelt sich an meine Seite. Die Tür habe ich offen gelassen, sodass ich Noahs und Greys Gezanke noch hören kann.

Ich vergrabe die Nase in Columbos Fell und ziehe die Decke über uns. »Was machen die da?«, flüstere ich ihm zu, und er zuckt nur teilnahmslos mit einem seiner haarigen Schlappohren.

»Ich hab dir gesagt, dass es nicht passt«, ertönt Noahs Stimme.

»Ist der Sperrmüll eine Option?«, will Grey grimmig wissen. Ich hebe skeptisch eine Augenbraue.

»Ich glaube, sie möchte das Sofa noch behalten.«

»Auch wenn man nicht mehr drauf sitzen kann?«

Ah. Sie versuchen, Greys Nachtlager wieder zusammenzubauen. Wäre nur die Frage, was daran so kompliziert ist, dass man das ganze Gebäude dabei aufwecken muss.

Columbo atmet schnaufend aus, und ich umarme ihn fester. Wenn Noah schon nicht bei mir im Bett bleibt, kuschle ich eben mit ihm.

Aber warum sollte er auch? Dass er überhaupt bei mir schläft, ist immerhin nur ein Gefallen. Und er hat ja nicht wirklich eine andere Wahl, wenn ich ihn halb heulend darum bitte.

In diesem Moment tönt Noahs Klingelton leise durch die Woh-nung. »Frühstück ist da«, stellt er fest. Schritte durchqueren das Wohnzimmer. Ich höre, wie er die Wohnungstür entriegelt.

»Sollen wir Brooke wecken?«, will Grey wissen.

»Eher nicht. Sie meinte gestern, sie schläft nicht gut.«

»Okay. Aber spätestens gegen Mittag sollten wir schon los.«

Los?

»Das sind ja noch ein paar Stunden.«

Ich höre, wie Schritte aus dem Treppenhaus näher kommen, und versteife mich. Doch Noah grüßt die Person freundlich, bedankt sich, und kurz darauf wird die Tür wieder abgesperrt. Ich höre das

Rascheln von Tüten und das Scharren eines Stuhls. Ich kann mir bildlich vorstellen, wie er alles auf dem Esstisch abstellt. Essen sie jetzt ohne mich? Das wäre fies. Aber ich bringe es auch nicht über mich, jetzt zu ihnen rauszugehen. Ich weiß bei beiden nicht, wie ich mit ihnen umgehen soll. Und nicht mal meine Neugier und mein aufkommender Hunger können mich dazu bewegen, mich dieser Herausforderung freiwillig zu stellen.

Doch auf einmal kommen leise Schritte näher, und Noah wirft einen vorsichtigen Blick zu mir ins Schlafzimmer. Er entdeckt Columbo und mich im Bett und schnaubt belustigt.

»Und ich hab mich gefragt, warum die Schlafzimmertür plötzlich offen steht.«

Ich ringe mir ein Lächeln ab und kratze das bisschen Energie zusammen, das mir der Schlaf gebracht hat. »Columbo hat sie aufgemacht«, behaupte ich. »Weil er mich so vermisst hat.«

»Klar.« Noah schmunzelt. »Er hat die letzten Monate für genau diesen Moment das Türenöffnen geübt. Haben wir dich geweckt?«

»Ihr wolltet mein Sofa auf den Sperrmüll werfen«, erinnere ich ihn gespielt empört. »Natürlich werde ich da wach.«

»Das war Greys Idee«, murmelt er und reibt sich den Hinterkopf.

»Richte ihm aus, dass die Möbel nur gemietet sind.«

»Das Sofa ist nicht mehr zu retten«, tönt Greys Stimme durch die Wohnung. »Wir kaufen dir ein neues.«

Noah verdreht belustigt die Augen. »Willst du was frühstücken?«, fragt er.

Ich mustere Columbo, der offenbar in meinem Arm ein Nickerchen zu halten versucht. »Kann nicht aufstehen«, stelle ich fest.

»Okay. Warte kurz.« Noah verschwindet und kommt wenig später mit den Tüten und Tellern zurück. Er legt alles auf meinem Schoß ab und setzt sich neben mich, den Rücken ans Kopfteil des Bettes gelehnt. Dann fängt er an, die Tüten aufzumachen. »Wir haben Muffins, so ein Plunderteilchen, eine Zimtschnecke, Sandwiches ...«

Grey kommt ins Zimmer. Er trägt einen Pappständer mit drei

Kaffeebechern und mustert Noah und mich etwas überfordert. »Morgen«, brummt er.

»Ihr habt Starbucks leer gekauft«, stelle ich fest und richte mich so weit auf, dass ich zumindest mehr sitze als liege. »Und mir bestimmt einen Caramel Latte bestellt …?«

Grey kommt zu uns ans Bett und reicht mir einen der Becher, dessen Inhalt verdächtig hellbraun aussieht. Noah bekommt einen deutlich dunkleren, und mit dem letzten setzt Grey sich schließlich zu meiner anderen Seite auf die Matratze.

Ich nehme einen Schluck von dem Latte und suche dann in den Tüten nach der Zimtschnecke. Gerade habe ich zumindest ein bisschen Appetit. Mal sehen, wie lange noch.

»Was meintet ihr vorhin damit, dass wir gegen Mittag losmüssen?«, frage ich vorsichtig.

Die beiden werfen sich einen Blick zu. »Wir dachten, wir fahren gemeinsam ein paar Tage weg«, erklärt Grey. »Wohin du willst. Hauptsache, weg von hier.«

Ich stocke. Die Aussicht darauf, diese Stadt zu verlassen, treibt mir fast Tränen der Erleichterung in die Augen. Aber zugleich fühle ich mich schlecht. Das Semester ist gerade erst losgegangen, und die beiden sitzen mitten unter der Woche bei mir, trinken Kaffee und planen einen Roadtrip.

»Ihr müsst das nicht machen«, weiche ich aus. »Ich will keine Last für euch sein oder euch von eurem Studium abhalten.«

»Du bist keine Last«, widerspricht Noah sofort.

»Such dir einfach einen Ort aus«, schlägt Greysen vor. »Bevor wir hier diskutieren. Wir gehen auch nicht weg, wenn du hierbleiben willst. Also können wir ebenso gut das Beste draus machen, oder?«

Gegen das Argument komme ich wohl nicht an. Zumindest nicht, wenn ich bedenke, dass ich dem Plan kein bisschen abgeneigt bin. »Egal wohin?«, hake ich nach.

»Irgendwas innerhalb des Landes wäre vielleicht gut«, gibt Grey zu bedenken. »Columbo macht sich nicht so gut in einem Flugzeug.«

Ich schüttle den Kopf. Auf eine so lange Anreise habe ich ohnehin keine Lust. Aber ich habe schon eine Idee. »Was machen wir dann dort?«, frage ich.

»Was du möchtest«, sagt Grey wieder. »Such was aus.«

»Wildwasserrafting«, witzelt Noah halbherzig.

»Bring sie nicht auf Ideen«, warnt Greysen.

»Was, wenn es teuer ist?«, hake ich nach. »Wer bezahlt das?«

»Ich«, erwidert er. »Und wenn es dich glücklich macht, ist mir der Preis egal. Also …« Er nimmt einen Schluck von seinem Kaffee und nickt in Richtung meiner Zimtschnecke. »Iss dein Frühstück, und überleg dir, worauf du spontan Lust hättest. Noah und ich richten uns nach dir. Deal?«

Unsicher schaue ich zu Noah, doch der lächelt mir nur aufmunternd zu.

»Auch wenn es was ist, worauf ihr vielleicht gar keine Lust habt?«, versichere ich mich erneut. Denn es gibt da eine Sache, die ich seit Jahren machen will. Nur kostet sie ein halbes Vermögen und wird mindestens einem von beiden sicher nicht gefallen.

»Sag einfach *Deal*, Brooke«, murmelt Grey, doch ein schwaches Lächeln umspielt seine Lippen. »Wir werden es überleben. Als Dank reicht mir eins von den Sandwiches.« Er streckt auffordernd seine Hand aus.

»Okay.« Tief atme ich durch. Offenbar sind die beiden sich sicher. Und was soll schon passieren? Schlimmer als jetzt wird es nicht mehr.

Ich reiche Grey die Tüte.

»Deal.«

# noah

Wir brauchen fast den ganzen Tag bis an die Hawke's Bay. Über fünf Stunden Fahrt mit strahlend blauem Himmel, bei denen die sattgrünen Felder Waikatos bald von Wald und leichten Vulkangebirgen abgelöst wurden. Grey und Brooke haben unterwegs mit ihrem Dad telefoniert und ihm erzählt, dass wir ein paar Tage Urlaub machen. Auf seine Nachfragen hin, wie es dazu kam, haben sie ihn erst mal vertröstet. Vermutlich ein Kompromiss, den sie im Stillen getroffen haben. Denn ich kann mir denken, dass Grey ihn gerne eingeweiht hätte und Brooke eben das auf gar keinen Fall möchte. Aber diese Diskussion sollten sie vielleicht führen, wenn sie nicht den ganzen Tag lang gemeinsam im Auto sitzen.

Der einzige Zwischenstopp war am Lake Taupo auf halber Strecke, wo wir Columbo am türkisblauen Wasser etwas Auslauf gewährt haben. Doch auch für uns war der kurze Halt gut. Brooke schien ein bisschen durchatmen zu können. Und die warme Herbstsonne auf ihrer Haut hat ihr sicher auch gutgetan. Bis wir unser Gepäck ausgeladen haben, einkaufen waren und uns in dem Ferienhaus einrichten, wird es bereits dunkel. Wir sind alle so kaputt, dass wir als Abendessen Nudeln mit Fertigsoße in Kauf nehmen, und selbst Columbo trottet nur noch müde bis ins Wohnzimmer, wo er sich auf den blauroten Perserteppich fallen lässt.

Unsere Unterkunft ist ein kleines einsames Cottage in direkter Nähe zum Strand. Viel Holz, eine rustikale Einrichtung und warme

Farbtöne werden kombiniert mit großen, bodentiefen Fenstern, vor denen sich die Bäume in der Meeresbrise wiegen. Man kann sogar ein bisschen den Ozean sehen, und die salzige Luft mischt sich mit dem leichten Rauchgeruch, den Brookes Versuch, den Kamin anzuzünden, verursacht.

»Es ist doch noch warm genug«, beschwert Grey sich. Er sitzt an dem kleinen Küchentisch über die Anmeldeformulare gebeugt, die ihm die Hausbesitzerin bei unserer Ankunft in die Hand gedrückt hat.

»Wir können ja die Terrassentür auflassen«, erwidert Brooke.

»Was bringt dann der Kamin?«, will Grey wissen.

»Einfach fürs Feeling.«

Er runzelt die Stirn und schüttelt den Kopf. Ich schmunzle in mich hinein und rühre weiter in der lauwarmen Soße. Hinter mir höre ich das Knistern des Feuers. Aber der Rauchgeruch wird ebenfalls stärker.

»Du räucherst uns aus«, stellt Greysen fest und schaut wieder von dem Formular auf.

»Es will nicht brennen«, beschwert Brooke sich, und ich muss mir verkneifen, noch mal zu ihr zu schauen. Ich habe sie den Tag über schon viel zu lang beobachtet. Habe dabei zugeschaut, wie sie sich mit jedem Kilometer, den wir uns von Auckland entfernt haben, mehr entspannt hat. Jetzt wirkt sie gelöst. Zwar nicht so gelöst wie die Brooke, die ich kennengelernt habe, aber verglichen mit den letzten beiden Tagen gleicht es für mich einem Wunder. Hier kann Talon ihr nichts mehr anhaben. Ich wünschte nur, ich könnte ihr diese Sicherheit auch in Auckland bieten.

Grey schiebt seinen Stuhl zurück, steht auf und tritt zu Brooke.

»Zeig mal«, höre ich ihn sagen und werfe den beiden doch einen Blick zu. Sie hocken nebeneinander vor dem Ofentürchen, und Brooke schaut dabei zu, wie Grey die Holzscheite darin umarrangiert.

»Vielleicht noch ein bisschen Zeitung«, schlägt sie vor.

»Nee, die brennt sowieso nicht lang. Das kleine hier müsste mal Feuer fangen ...«

Columbo schnaubt lautstark und schlägt mit seinem Schweif auf den Teppich. Keine Ahnung, ob das ein Statement sein soll.

»Vielleicht kann Noah es besser«, meint Brooke scherzhaft, und mir entgeht nicht, wie Grey die Augen verdreht.

»Das Stadtkind?«

»Hey«, mische ich mich ein.

»Ist doch wahr.«

»Vielleicht habe ich in meiner Jugend ja viel Brandstiftung betrieben. Schon mal daran gedacht?«

Grey wendet mir das Gesicht zu und hebt skeptisch die Brauen. »Als zukünftiger Gesetzeshüter tue ich jetzt mal so, als hätte ich das nicht gehört.«

Unterdessen wühlt Brooke in der Holzkiste und füttert das sterbende Feuer mit kleinen Holzsplittern.

»Hör auf, das qualmt ja fürchterlich«, beschwert er sich. »Warum zieht das denn nicht ab?«

»Ist zu warm draußen«, erkläre ich und ernte einen skeptischen Blick. Ich zucke mit den Schultern und fische mit der Kelle eine Spaghetti aus dem Nudelwasser, um sie zu probieren. »Die Wärme drückt den Rauch sozusagen nach unten. Es zieht erst richtig ab, wenn es unten heißer ist als oben. Oder so.«

»Siehst du?«, meint Grey zu Brooke. »Es ist zu warm für den Ofen.«

»Mach einfach die Tür zu«, rate ich ihr. »Das brennt schon.«

Brooke kommt meinem Vorschlag nach und streckt ihrem Bruder die Zunge raus. Dann steht sie vom Boden auf, kommt zu mir in die Küche und schnappt sich eine der Weinflaschen, die wir beim Einkaufen mitgenommen haben.

»In der Besteckschublade ist ein Öffner«, sage ich und hebe den Topf vom Herd. Während ich die Nudeln abgieße und etwas Butter unterrühre, steht Brooke schweigend neben mir und entkorkt die Flasche.

»Trinkt ihr mit?«, will sie anschließend wissen, öffnet den Gläserschrank und klettert kurzerhand auf die Küchenanrichte, um an die Weingläser zu kommen. Ich positioniere mich sicherheitshalber hinter ihr, falls sie gleich abstürzt, und werfe Grey einen unsicheren Blick zu. Er sitzt noch neben dem Ofen und zuckt mit den Schultern.

»Meinetwegen«, sagt er, und ich willige ebenfalls ein. Viel werde ich zwar nicht trinken, aber ein Glas Wein ist in Ordnung.

Wir decken den Tisch, und Greysen versorgt Columbo noch schnell mit Futter, während Brooke uns einschenkt. Ich tue ihr Nudeln auf und reiche ihr die Parmesanreibe. Grey setzt sich zu uns. Und unangenehme Stille kehrt ein.

»Also …«, setzt Greysen an. Er tut so, als würde er sich voll und ganz darauf konzentrieren, sich Spaghetti aus dem Topf zu nehmen, aber ich kann förmlich sehen, wie es hinter seiner Stirn rattert. »Wie geht's dir jetzt, wo wir hier sind? Sollen wir …«

»Nicht darüber reden?«, unterbricht Brooke ihn. Sie klingt leicht erstickt und hat ebenfalls den Blick auf ihren Teller gesenkt, wo sie mit der Gabel in ihren Nudeln herumstochert. »Das klingt super.«

Grey seufzt und schaut Hilfe suchend zu mir. Ich hebe nur mahnend die Brauen.

»Sicher, dass das die beste Strategie ist?«, hakt er nach.

Brooke nimmt einen großen Schluck von ihrem Glas Wein. »Mhm«, macht sie und schiebt sich, ohne uns noch mal eines Blickes zu würdigen, eine Gabel voll aufgerollter Spaghetti in den Mund.

»Ich meine ja nur«, versucht Grey es weiter. »Wenn du reden willst …«

Brooke lässt klirrend ihr Besteck sinken. Sie schluckt runter und schaut Greysen fast schon flehend an. »Das hier funktioniert nur, wenn du mir nicht ständig im Nacken sitzt, Grey.«

Er atmet tief durch, und ich rechne fast damit, dass er eine Diskussion vom Zaun bricht. Er hält Brookes Blick eine gefühlte Ewigkeit. Doch dann nickt er einfach.

»Okay«, willigt er ein. »Verstanden.«

Brooke entweicht ein ungläubiges Schnauben. Dann nimmt sie zögerlich ihre Gabel wieder auf. »Danke.«

Greysen schüttelt den Kopf und greift nach der Parmesanreibe.
»Guten Appetit. Und danke fürs Kochen, Noah.«

Ich blinzle irritiert. Daran, dass er so normal mit mir redet, muss ich mich erst wieder gewöhnen. »Keine Ursache.«

Brooke hebt ihr Glas. »Dann auf einen schönen ... Urlaub, oder was auch immer das hier ist.«

»Auf einen schönen Urlaub«, wiederholt Grey überraschend versöhnlich, und wir stoßen an. Aber ich traue der Sache noch nicht so recht. Wenn das mal nicht in einem Desaster endet ...

## KAPITEL 18

# brooke

Das sind definitiv zu viele Emotionen für eine Woche. Erst der endgültige Auszug aus Mums Wohnung, dazu der konstante Liebeskummer wegen Noah, die Angst vor Talon und jetzt Grey und dieses ... Durcheinander im Durcheinander.

Es war doch schon kompliziert genug.

Warum sitze ich plötzlich in einem Ferienhaus zwischen meinem Bruder und dessen bestem Freund, der ausgerechnet der Kerl ist, bei dem mein kaputtes Herz sich entschieden hat, wieder Gefühle zu entwickeln? Ich weiß nicht mal, ob es sich schön anfühlen oder wehtun soll.

Seit wir Auckland hinter uns gelassen haben, verflüchtigt sich die lähmende Angst vor Talon allmählich. Was unter anderem an dem Telefonat mit Leah liegt, das ich vorhin hatte. Ich habe sie angerufen, um sie zu bitten, diese Woche für mich mitzuschreiben und mir die Unterlagen mitzubringen. Damit sie nicht weiter nachfragt, habe ich ihr von Greys Besuch erzählt und den Urlaub mit einer geheuchelten »Man ist nur einmal jung«-Einstellung verteidigt. Bis Leah plötzlich beiläufig fragte, ob »mein Kumpel« mir denn meinen Ordner gebracht habe. Erst hatte ich keine Ahnung, wovon sie redet, aber es wurde schnell klar, dass sie von Talon spricht. Offenbar hat er sie nach der Vorlesung abgefangen, sich als Freund von mir ausgegeben und Leah unter dem Vorwand, mir etwas bringen zu wollen, meine Adresse entlockt. Zum Glück hatte ich ihr noch nicht verraten, wo wir Urlaub machen. Ich war emotional zu erschöpft, um ihr zu sagen, was für einen Schaden sie mit ihrer nett gemeinten Auskunft angerichtet hat. Und gleichzeitig bin ich froh, jetzt zu wissen, wie er mich gefunden hat. Und dass er es so schnell nicht noch mal schafft.

Ich bilde mir nicht ein, dass die Angst deswegen ganz weggeht. Dafür sitzt sie zu tief. Aber sie lässt immerhin Raum für andere Gefühle. Auch wenn diese primär aus Zweifeln und weiteren Ängsten bestehen.

Ich habe Greysen von Talon erzählt. Aber es war nicht mal die halbe Wahrheit, und auch wenn er gut reagiert hat, weiß ich noch nicht, ob es wirklich die richtige Entscheidung war. Und dazu kommt, dass ich seit zwei Nächten in Noahs Armen schlafe, wir aber kein einziges Wort über *uns* gesprochen haben. Dass es immer noch wehtut, ihn anzuschauen, obwohl mich alles in mir zu ihm zieht. Dass ich sowohl bei ihm als auch bei Grey immer noch nicht weiß, ob ich nun wütend auf sie sein soll oder nicht. Und ob es für uns überhaupt weitergeht. Denn sobald ich wieder halbwegs allein klarkomme und diese Auszeit hier ein Ende findet, werden sie sicher wieder gehen. Vielleicht für immer …

Das ist doch scheiße.

Ich beuge mich vor zum Couchtisch und schenke mir noch ein Glas Wein ein. Nach dem Essen haben wir einen Film gestartet. Keiner von uns hatte noch Lust, irgendetwas zu unternehmen. Außerdem brennt das Feuer jetzt und sorgt für eine gemütliche Stimmung im Wohnzimmer. Würden wir nicht so verklemmt nebeneinandersitzen wie Hühner auf der Stange, wäre der Abend vielleicht so was wie perfekt. Stünde nicht so viel zwischen uns, versteht sich. Aber selbst mit all dem Drama fühle ich mich hier erstaunlich wohl.

Ich wollte unbedingt zur Hawke's Bay. Das war schon von dem Moment an klar, in dem Grey meinte, ich dürfe mir ein Ziel aussuchen. Hier haben wir den letzten gemeinsamen Urlaub mit unseren Eltern verbracht. Ich war sieben damals. Grey neun. Und Mum und Dad haben sich noch geliebt.

Oder zumindest dachten wir das.

Obwohl das hier nicht das gleiche Haus ist wie damals, birgt die Region eine seltsam traurige Nostalgie. Vielleicht liegt es auch nur an meinem allgemeinen Gemütszustand, jedenfalls ist es noch ein Gefühl, mit dem ich eigentlich gar nicht umzugehen weiß. Nur genieße ich es irgendwie trotzdem. Oder zumindest macht der Alkohol mich das glauben.

Seufzend lehne ich mich wieder zurück und nehme einen Schluck von meinem Wein. Im Fernsehen liefern sich Nicolas Cage und Pedro Pascal unterdessen eine Schießerei in einem Kaktuswald. Ist das ein Wort? Kaktuswald? Kaktusfeld? Nachdenklich trinke ich noch einen Schluck.

»Betrinkst du dich jetzt?«, fragt Grey leise neben mir.

Ich schaue zu ihm. Er klingt nicht anklagend, aber er schaut ziemlich skeptisch.

»Ich kotze schon nicht«, versichere ich ihm. Angeheitert bin ich definitiv schon. Was den Vorteil hat, dass meine vorlaute Seite wieder mehr zum Vorschein kommt und die Situation für mich händelt. Ob sie das gut macht, ist eine andere Sache.

»War nicht meine Frage«, murmelt Grey.

»Trink doch auch noch was«, schlage ich ihm vor. Ich habe die zweite Flasche ohnehin schon geöffnet.

Er verzieht das Gesicht. »Lieber nicht. Wer weiß, was du uns für morgen gebucht hast. Da möchte ich lieber keinen Kater haben.«

Ich grinse verschlagen. »Das wird toll.«

Es gibt eine Sache, die ich schon damals als Kind unbedingt hier machen wollte. Allerdings konnten wir es uns nicht leisten, weil die Anreise und die Unterkunft Mums und Dads Budget schon so strapaziert hatten. Und als Grey heute Morgen ernsthaft meinte, der Preis sei egal …

»Was ist es denn jetzt?«, will Noah zu meiner anderen Seite wissen.

»Verrate ich nicht.« Grinsend drehe ich mich zu ihm um. »Aber du wirst es nicht mögen.«

Er hebt eine Braue. »Wieso sagst du Grey, dass es toll wird, und mir, dass ich es nicht mögen werde?«

»Weil's so ist«, verkünde ich und trinke noch einen großen Schluck Wein.

»Willst du mir damit was sagen?«, fragt er, halb belustigt, halb besorgt.

Irritiert runzle ich die Stirn. Vielleicht bin ich auch schon leicht über angetrunken hinaus, denn ich weiß nicht, was Noah meint. »Was denn?«

Er reibt sich den Nacken und wendet sich wieder dem Fernseher zu. »Ach, nichts.«

»Sag schon«, fordere ich. »Ich will's auch wissen.«

»Alles gut«, behauptet Noah, sieht aber gar nicht so aus.

»Noaaaaah«, jammere ich.

»Er will wissen, ob du ihn dabeihaben willst«, erklärt Grey leicht genervt und nimmt mir das Weinglas ab. Ich will bereits protestieren, aber er trinkt es einfach leer, und dagegen habe ich nichts. Vielleicht ist Stinkstiefel-Grey dann weniger Stinkstiefel. Und mehr Grey. Früher-Grey ...

»Warum sollte ich ihn nicht dabeihaben wollen?«, frage ich. »Noah muss mit.«

»Warum genau?«, fragt dieser jetzt.

»Weil es lustig wird«, erwidere ich schnaubend und schaue ihn wieder an. Komische Frage. Aber Noah wirkt wirklich ziemlich verwirrt.

»Ich dachte, ich werde es nicht mögen.«

»Das ist ja das Lustige.«

»Okay, ich habe offiziell Angst«, verkündet er.

»Und ich freu mich jetzt drauf«, kommt es von Grey.

»Na danke ...«

Es war nur ein lockerer Spruch. Aber der Unterton entging mir selbst unter Alkoholeinfluss nicht. »Warum streitet ihr eigentlich immer noch?«, beschwere ich mich. »Ihr mögt euch doch.«

Grey runzelt die Stirn und schüttelt nur den Kopf. Noah atmet tief durch.

»Hier.« Ich nehme jeweils einen ihrer Arme und versuche, sie dazu zu bringen, sich über meinem Schoß die Hand zu geben. Was nicht funktioniert. Einerseits, weil ich Greys rechten und Noahs linken Arm habe, wodurch sie höchstens die kleinen Finger miteinander verschränken könnten, und andererseits, weil sie einfach nicht reagieren, sondern beide nur peinlich berührt darauf warten, dass ich ihre Arme wieder freigebe.

Frustriert lasse ich Greysen los. Doch von Noah will sich mein angeheiterter Körper offenbar noch nicht trennen. Stattdessen lege ich auch meine zweite Hand um seinen Unterarm, streiche mit den Fingern flüchtig über die Innenseite seines Handgelenks und beobachte, wie sich dabei Gänsehaut an der Stelle ausbreitet.

Die Berührung tut unerwartet weh.

Sein Körper war mir mal so vertraut. Und jetzt kommt es mir befremdlich vor, ihn zu berühren. Noch dazu reagiert Noah nicht. Und ich habe zunehmend das Gefühl, als würde ich etwas machen, was er nicht will.

Schnell lasse ich ihn wieder los. Doch sein Arm bleibt unschlüssig auf meinem Oberschenkel liegen. Traut er sich jetzt nicht, ihn wegzunehmen? Mir wird unangenehm heiß, doch ich versuche, meine Nervosität zu überspielen.

»Wer das Glas leer macht, muss es auch wieder auffüllen«, wende ich mich an Greysen und nicke auffordernd zu meinem Weinglas in seiner Hand. Dabei entgeht mir nicht, dass sein Blick auf meine Hände gerichtet war. Auf die Berührung zwischen Noah und mir.

Mein Bruder räuspert sich und schaut zu mir hoch. »Ich würde eher vorschlagen, wir heben was von dem Wein für morgen auf«, erwidert er kühl. »Und ich gehe jetzt ins Bett.« Er erhebt sich und bringt die Flasche zum Kühlschrank.

»Der Film ist noch gar nicht aus«, protestiere ich.

»Ihr könnt ja noch fertig schauen. Wir müssten nur mal besprechen, wer wo schläft …«

Okay, spätestens jetzt übertreibt mein Herzschlag völlig. Vor dieser Entscheidung habe ich mich schon den ganzen Abend bewusst gedrückt. Das Cottage hat zwei Schlafzimmer. Eins mit zwei Einzelbetten und eins mit einem Doppelbett.

Dass ich alleine in einem Zimmer schlafe, steht gerade außer Frage. Seit wir Auckland verlassen haben, habe ich zwar nicht mehr dauerhaft diese drückende Panik auf der Brust, aber Sicherheit bleibt ein Fremdwort. Zumindest, wenn ich allein bin.

Nur … wenn ich Noah bitte, bei mir zu schlafen, fühlt er sich vielleicht dazu genötigt, obwohl er es nicht will. Und Grey wäre sicher wieder sauer, weil er denkt, wir würden miteinander schlafen.

Wenn ich mich allerdings für Grey entscheide, kommt es mir so vor, als würde ich Noah von mir stoßen. Dabei will ich ihn doch eigentlich so nah wie möglich bei mir haben.

Ich werfe einen unsicheren Blick zu Noah, dem er ausweicht. Nicht hilfreich.

»Ähm …«, mache ich überfordert. Noah nimmt seinen Arm von meinem Bein. Damit will er mir etwas sagen, oder nicht? *Lass mich in Ruhe, Brooke. Ich bin nicht umsonst gegangen.*

»Ich nehm einfach eins von den Einzelbetten«, verkündet Grey kurzerhand, während ich noch um Worte ringe. »Ihr könnt das ja noch entscheiden. Gute Nacht.« Er verlässt das Wohnzimmer, und ich bleibe mit Noah allein zurück. Na ja, und Columbo. Aber der schläft seelenruhig weiter und wird sicher nicht zwischen uns vermitteln.

Keiner von uns sagt etwas. Wir schauen schweigend den Film weiter und lauschen dabei Greys gelegentlichen Schritten vom Schlafzimmer zum Bad. Nach etwa einer Viertelstunde zieht er endgültig seine Tür zu. Noah und ich haben immer noch nicht geredet. Und ich habe auch keine Ambitionen, das zu ändern, solang ich nicht muss.

Gemeinsam schauen wir die letzte halbe Stunde des Films, doch auch die gefühlten dreihundert Plottwists am Ende können meinen Kopf nicht davon abhalten, über Noah nachzudenken. Als wir endlich den Fernseher ausmachen und gemeinsam das Wohnzimmer verlassen, habe ich zumindest eine Entscheidung getroffen. Nur ob sie richtig ist, weiß ich noch nicht.

Ich schultere meine Tasche, die noch neben Noahs im Flur steht, und umfasse die Klinke der Tür des größeren Schlafzimmers. Das mit dem Doppelbett. Das, in dem ich nicht allein schlafen will. Schon überlege ich es mir wieder anders. Ich dachte, ich könnte Noah die Wahl freistellen, aber falls er sich entscheidet, bei Grey im Zimmer zu schlafen, muss ich gestehen, dass ich das so nicht wollte, da ich nicht allein im Zimmer bleiben kann. Widerwillig lasse ich die Türklinke wieder los und wende mich Noah zu. Ich weiß nicht, wie das hier funktioniert. Wie man mit diesen beschissenen Gefühlen umgeht und vernünftig kommuniziert und … *funktioniert*.

»Ich kann noch nicht allein schlafen«, gestehe ich kurzerhand. Was bringt es, das geheim zu halten?

Noahs Miene verändert sich nicht. Sie bleibt neutral. Sanft. »Okay.«

»Also …« Ich bringe den Satz nicht zu Ende. Weil ich gar nicht weiß, was ich eigentlich sagen will. Stattdessen stehe ich nur weiter hilflos im Flur.

Noah reibt sich den Nacken und weist mit dem Kinn zu der Tür des großen Schlafzimmers mit dem Doppelbett. »Also schlafe ich hier, und du entscheidest, wo du dich dazulegst?«, schlägt er vor.

Ich nicke überfordert. Das ist … anders, als ich es geplant hatte. Ich wollte doch *ihm* die Wahl überlassen. Andererseits hat er wohl bereits gewählt, wenn er diesen Vorschlag macht, oder? Er hätte mich auch zu Greysen schicken können. Aber er hat sich als Stütze bereit erklärt. Hat *seine* Nähe angeboten.

Einen Moment lang schauen Noah und ich uns in die Augen, sein Blick unleserlich, mein Kopf unfähig, einen klaren Gedanken zu fassen. Dann öffnet er vorsichtig die Tür. »Nacht, Brooke«, raunt er.

»Nacht«, flüstere ich.

Er betritt das Zimmer und lässt die Tür leicht angelehnt. Ich bleibe auf dem Flur stehen und atme tief durch.

Das Schlafzimmer hat ein eigenes kleines Bad, welches Noah vermutlich nutzen wird, um sich fertig zu machen. Das gibt mir noch etwas Bedenkzeit. Ich gehe mit meiner Tasche ins große Badezim-

mer und wühle erst mal meine Schlafsachen und meinen Kulturbeutel heraus. Dann lasse ich mir mit meiner Skincare und dem
Zähneputzen ungefähr dreimal so viel Zeit wie gewöhnlich, weil es
mit jeder Minute schwieriger wird, mich zu entscheiden. Ein aufgeregtes Kribbeln hat sich in meinem Bauch festgesetzt, und ich bin
kurz davor, mich doch noch mal aufs Sofa zu setzen, weil ich so
bestimmt ohnehin niemals einschlafen kann.

Aber als ich nach einer gefühlten Ewigkeit wieder im Flur stehe,
zieht es mich doch in die andere Richtung. Die Tür zu Noahs
Schlafzimmer ist noch angelehnt. Und bevor ich mich umentschei-
den kann, drücke ich sie vorsichtig auf und schlüpfe in die Dunkelheit dahinter.

Durch den schmalen Lichtspalt, der vom Flur hereinfällt, kann
ich die Umrisse des Bettes ausmachen. Noah liegt auf der mir abge-
wandten Seite, und obwohl er sich nicht rührt, schlägt mein Herz
wieder heftiger. Er muss noch wach sein. Vielleicht hat er gewartet.
Vielleicht rast sein Puls gerade genauso wie meiner, weil er auch …

Nein.

Er empfindet nichts für mich. Sonst wäre er nicht gegangen. Er
will nur ein guter Freund sein.

Ich lasse die Tür ein Stück offen und rede mir ein, dass es für
Columbo ist. Aber ich glaube, ich mache es vielmehr, damit Noah
sich nicht unter Druck gesetzt fühlt. Eine offene Tür bedeutet keine
Erwartungen, oder? Denn genau das ist es ja – ich erwarte nichts
von ihm. Ich sehne mich nur nach Trost, das ist alles.

Vorsichtig bahne ich mir meinen Weg zum Bett und krabble unter die Decke. Meine Seite der Matratze ist noch kalt. Auf Noahs
raschelt es leise, als er sich zu mir umdreht. Ich kann sein Gesicht
nur schemenhaft erkennen. Warum geht mir sein Blick dann trotzdem so unter die Haut? Warum fühlt sich das alles so intensiv an?
So überwältigend, so überfordernd, so neu, obwohl wir doch längst
viel vertrauter waren als das hier?

»Hi«, raunt er.

Ich schlucke. »Hey«, hauche ich zurück.

Ein kurzes Zögern.

»Willst du herkommen?«, fragt Noah schließlich leise, mein Körper reagiert bereits, bevor er zu Ende gesprochen hat. Ich rutsche näher an Noah heran. Er hebt seinen Arm für mich, und ich schmiege mich an seine Seite. Seine Wärme hüllt mich ein. Ich seufze auf. Und plötzlich steigen mir Tränen in die Augen.

»Danke«, flüstere ich und vergrabe das Gesicht in seinem Shirt. Ich spüre, wie er leicht den Kopf schüttelt.

»Nichts zu danken, Brooke.«

Meinen Namen in diesem sanften Tonfall von ihm zu hören, bringt mich fast wirklich zum Weinen.

»Doch«, widerspreche ich heiser. »Du hättest auch in Wellington bleiben können. Oder mich mit Grey allein hierherfahren lassen. Du könntest allein in einem Bett schlafen, statt dich um ein nervliches Wrack wie mich zu kümmern.«

Noah atmet tief durch. »Ich würde mich jederzeit um dich kümmern«, sagt er leise. »Wenn du mich brauchst, bin ich da. Egal, was ist.«

Mir entweicht ein leises Schnauben. Und mit ihm eine bittere Wahrheit. »Die letzten Wochen warst du nicht da.«

Noah stockt. »Ich wusste nicht, dass du …«

»Schon gut«, sage ich schnell. »Du hast recht. Das war unfair.«

Sein leises Ausatmen verursacht Gänsehaut auf meinen Armen. »Nein. Das war absolut verdient. Ich hätte nicht so gehen dürfen. Es tut mir leid.«

Einen Moment lang hängt seine Entschuldigung zwischen uns in der Dunkelheit. »Warum hast du es dann gemacht?«, wage ich irgendwann zu fragen, weil mir die Worte zu sehr auf der Zunge brennen, um sie nicht auszusprechen.

Noah zögert. »Weil es besser so war«, erwidert er schließlich.

»Für mich hat es sich nicht besser angefühlt«, gestehe ich leise.

»Für mich aber«, flüstert er, und mein Herz zieht sich schmerzhaft zusammen. Wollte er nicht bleiben?

»Oh«, bringe ich hervor. »Okay.«

»Nicht deinetwegen«, beteuert er. »Sondern weil ich es besser mit meinem Gewissen vereinbaren konnte. Weil es mir lieber war, dich gehen zu lassen, bevor du dich noch mehr an mich gewöhnst. Weil ich dir so eine Enttäuschung ersparen wollte.«

Ich hebe den Kopf, um ihm ins Gesicht schauen zu können. Meine Kehle ist eng. Was meint er damit? Hat er geahnt, dass ich Gefühle für ihn habe? Wollte er es unterbinden, bevor ich noch mehr für ihn empfinde? Dafür war es längst zu spät. »Ich war trotzdem enttäuscht«, gestehe ich. Es ist ein halbes Geständnis, und mein Herz zieht sich dabei vor Angst zusammen. Aber ich muss es sagen, weil die Wut sonst nicht verraucht. Weil ich will, dass er weiß, dass er mich verletzt hat, egal, was seine Pläne gewesen sein mögen.

Selbst in der Dunkelheit kann ich den gequälten Zug um Noahs Mundwinkel erkennen. »Aber wenigstens hast du so weniger deiner Zeit auf mich verschwendet.« Die Worte klingen so verbittert, dass mir noch schwerer ums Herz wird als ohnehin schon.

»Noah«, sage ich leise. »Zeit mit dir zu verbringen, ist nie eine Verschwendung.«

»Frag mal Greysen …«

»Werde ich nicht«, erwidere ich mit fester Stimme. »Weil ich selbst schon eine ziemlich fundierte Meinung dazu habe.«

Er schüttelt den Kopf. »Nichts für ungut, Brooke. Aber du hast mich schon die ganze Zeit über besser wahrgenommen, als ich bin.«

Mir entweicht ein Keuchen. »Sicher, dass hier meine Wahrnehmung versagt und nicht deine?«

»Eben warst du noch enttäuscht von mir«, erinnert er mich.

»Weil du der Meinung warst, ich müsste es sein, und deshalb abgehauen bist!«

»Macht es einen Unterschied, warum?«

Mit wild klopfendem Herzen richte ich mich auf. Noahs Worte rütteln an den Überzeugungen, die ich mir in den vergangenen Wochen selbst eingeredet habe. Daran, dass er mich nicht mag und erst recht nicht liebt und deshalb gegangen ist. Was, wenn …

»Für mich macht es einen Unterschied«, stoße ich aus und schaue auf ihn herunter.

»Warum?«, fragt er schwach. »Es ändert nichts, Brooke. Ich bleibe dasselbe Arschloch.«

»Es ist ein Unterschied, ob du ein Arschloch bist, weil du es eben bist, oder ob du eines bist, weil du versuchst, keines zu sein.«

»Brooke ...« Er klingt so verdammt ernst. »Hör auf, mich mögen zu wollen.«

»Das hat schon lange nichts mehr mit Wollen zu tun«, bringe ich hervor und beiße mir noch im selben Atemzug auf die Lippe. Warum sage ich ihm so was? Warum gebe ich mir diese Blöße? »Ist ja auch egal.« Ich lasse mich wieder auf die Matratze sinken und ziehe mir die Decke unters Kinn. »Freunde hauen nicht einfach ohne ein Wort ab. Also wenn du mir das nächste Mal eine Enttäuschung ersparen willst, dann fang vielleicht im *Jetzt* an und nicht irgendwo in einer hypothetischen Zukunft, die sich deine Unsicherheiten zurechtgelegt haben.«

Noah atmet tief durch. »Okay«, sagt er leise. »Ist angekommen.«

»Gut.«

Ich liege immer noch an seiner Seite. Und Noah streicht mir zurückhaltend mit den Fingerspitzen über den Unterarm. »Was jetzt?«, flüstert er. »Willst du, dass ich morgen abreise?«

Wütend drehe ich mich zu ihm um und stoße ihn leicht vor die Brust. »Ich wollte nie, dass du gehst, hast du das immer noch nicht verstanden?«

Einen Moment lang mustert er einfach nur im Halbdunkel mein Gesicht. Und schon wieder breiten sich Schmetterlinge in meiner Magengrube aus. Es wäre so einfach, ihn jetzt zu küssen. Alles in mir sehnt sich danach. Doch seine nächsten Worte ersticken meine Hoffnungen auf mehr im Keim.

»Und was willst du dann von mir?«, fragt er leise.

Er steckt die Grenzen ab. Und vielleicht ging es vorhin wirklich darum, dass ich zu viel für ihn empfinde. »Ich will einfach nur einen Freund, auf den ich mich verlassen kann«, erkläre ich, und ich spüre, wie Noah sich dabei versteift. »Jemanden, der nicht die Flucht ergreift, wenn ich ihn am meisten brauche. Oder sich danach zumindest mal meldet.«

»Okay«, willigt er ein. »Keine Verschwindenummern mehr.«

»Danke«, bringe ich hervor. Mehr kriege ich nicht mehr heraus. Mit einem Mal habe ich einen dicken Kloß im Hals.

Noah erwidert nichts. Stattdessen zieht er mich vorsichtig enger an sich. Und kurz denkt mein naives Herz, er will mich doch küssen. Stattdessen zieht er mich an seine Brust und lehnt seine Wange an meine Stirn. Er atmet tief durch, und ein leichter Schauder geht durch meinen Körper.

»Tut mir leid«, flüstert er schon wieder.

Ich schüttle nur den Kopf. Denn irgendwie weiß ich jetzt noch weniger, was ich fühle, als vor unserem Gespräch. Und weh tut es trotzdem.

# noah

»Wo zur Hölle sind wir hier?«, fragt Grey skeptisch. Er parkt gerade das Auto auf einem kleinen Hof etwas außerhalb von Hastings. Zu unserer Linken steht ein Wohnhaus. Gegenüber davon reihen sich einige große Gebäude aneinander, die verdächtig nach Ställen aussehen.

»Dass du es immer noch nicht erraten hast, wundert mich schon«, meint Brooke vom Beifahrersitz und schnallt sich ab. Sie hat uns die knappe Stunde Fahrt vom Cottage hergelotst. Was genau sie geplant hat, hat sie uns nach wie vor nicht verraten wollen. Aber die Tatsache, dass sie uns zu langen Jeans und festem Schuhwerk genötigt hat, zusammen mit den Pferdekoppeln, die ich eben durchs Fenster gesehen habe, gibt mir ein ganz ungutes Gefühl.

Brooke steigt aus. Grey wirft mir durch den Rückspiegel einen fragenden Blick zu, doch ich zucke nur mit den Schultern und folge ihr. Ich bezweifle, dass es irgendein Entkommen gibt. Und nach unserem Gespräch gestern fällt es mir ohnehin schwer, ihr etwas abzuschlagen. Das Wissen, dass ich sie enttäuscht habe, liegt mir schwer im Magen. Und auch wenn ich genau weiß, dass sie sich auf mich nicht verlassen kann, will ein Teil von mir sie dennoch dazu bringen. Will ihr – oder vielleicht auch mir selbst – das Gegenteil beweisen.

Bis Grey, Columbo und ich aus dem Auto gestiegen sind, hat Brooke bereits die Stufen zur Veranda des Hauses erklommen und die Klingel gedrückt. Als wir bei ihr ankommen, geht gerade die

Tür auf. Eine schlanke, große Frau mit dunklen Augen und zusammengebundenen schwarzen Locken lächelt uns entgegen. Sie trägt etwas, das ich als Reiterhose und -stiefel einordne. Fehlt eigentlich nur noch der Cowboyhut, um meinen Albtraum perfekt zu machen. »Hi!«, grüßt sie uns. »Ihr seid sicher für die Horse-Trekkingtour hier, nicht wahr?«

Greysen und ich tauschen einen Blick.

Brooke strahlt. »Genau. Sorry, wir sind ein bisschen zu spät.«

»Das ist kein Problem«, versichert sie. »Ich bin Lizzie. Du musst dann Brooke sein, richtig?«

»Jap. Und das sind Greysen, Noah und Columbo.«

»Columbo?« Lizzie beugt sich grinsend zu ihm runter und krault ihm den Kopf. »Wie aus der Krimiserie? Bist du ein kleiner Ermittler, hm?«

»Dad sagt immer, er hat ihn so genannt, weil er und der Serien-Columbo die gleiche Frisur haben«, erklärt Brooke.

Columbo schmiegt nur hechelnd seinen Kopf in Lizzies Handfläche und wedelt freudig mit dem Schweif. Sie lacht und richtet sich wieder auf. »Stimmt. Die Ähnlichkeit ist verblüffend. Freut mich jedenfalls, euch kennenzulernen! Seid ihr denn bereit? Dann können wir gleich starten.« Sie schaut zwischen uns hin und her, doch falls sie meinen verunsicherten Blick bemerkt, lässt sie ihn sich nicht anmerken.

»Kann losgehen«, behauptet Grey, und ich nicke widerwillig. Es hilft ja alles nichts.

Lizzie führt uns über den Hof, an den Ställen vorbei zu einer kleinen Koppel, auf der eine Handvoll Pferde grasen. Sie fackelt nicht lange und beginnt sofort damit, uns Karotten in die Hände zu drücken und zu erklären, wie man sich den Tieren nähert und sie einfängt. Dass Grey und ich bis eben nicht mal von den Pferden wussten, hat Brooke ihr offenbar nicht mitgeteilt.

Grey scheint tatsächlich recht unbeeindruckt. Aber er ist ja auch mit den Tieren groß geworden. Ich denke mal, der Pferdestall bei ihm und Brooke zu Hause steht da nicht nur als Dekoration. Ich und Tiere jedoch? Keine gute Kombination, wie sowohl Columbo als auch die Seidenhühner von Brookes Dad mir bewiesen haben. Columbo hat gerade so akzeptiert, dass er mich am Strand von Wellington besser nicht an der Leine hinter sich herschleifen sollte, und bei den Seidenhühnern habe ich nach dem ersten Angriff auf mich darauf geachtet, auf der sicheren Seite des Zauns zu bleiben. Pferde allerdings? Eine ganz andere Hausnummer. Alles, was größer ist als ich, ist mir nicht geheuer. Vielleicht sollte ich doch die Flucht planen.

»Warum macht ihr euch nicht schon mal mit den Pferden vertraut, und ich übe ein bisschen mit Columbo?«, schlägt Lizzie vor. »Für die Tour ist es wichtig, dass er keine Angst vor den Pferden hat und ihnen nicht zwischen die Beine läuft. Notfalls kann er aber hierbleiben, meine Frau ist zu Hause und kann auf ihn aufpassen.«

Ich bin versucht, sie zu fragen, ob ich auch hierbleiben kann. Doch Brooke und Grey stimmen bereits zu. Lizzie nimmt Columbo an die Leine und führt ihn rüber zu einem der Tiere, das interessiert in unsere Richtung schaut. Hilfe suchend sehe ich mich um, aber sowohl Brooke als auch Grey sind auf die Pferde fixiert. Brooke steuert auf ein dunkelbraunes zu, das etwas abseits steht, und Grey nähert sich einem, das in der Ecke der Koppel grast.

Und was soll ich jetzt machen? Kann ich die Anleitung noch mal hören? Ich soll jetzt nicht ernsthaft einfach zu einem von diesen riesigen Viechern hingehen und anfangen, es zu streicheln?

Verzweifelt versuche ich, mich an Lizzies Erklärungen zu erinnern. Immer von vorne nähern. Das hab ich noch mitbekommen. Den Rest habe ich schon wieder verdrängt.

Unsicher schaue ich zu Brooke. Sie hat ihr Pferd erreicht und füttert es mit einer Karotte. Brooke wirkt tiefenentspannt, aber wenn ich sehe, wie nah dieses riesige Maul an ihren zierlichen Fingern ist, wird mir mulmig zumute.

Eins steht fest: Mein Pferd muss ohne Leckerlis auskommen. Oder sie vom Boden fressen.

Zögerlich nähere ich mich den letzten übrigen Tieren. Natürlich stehen sie in einer Dreiergruppe. Was auch sonst? Das macht es viel einfacher.

Gott. Warum musste Brooke ausgerechnet so was aussuchen? Immerhin weiß ich jetzt, warum sie meinte, ich würde das hier nicht mögen. Sie hatte recht.

Ein paar Meter vor den Pferden bleibe ich stehen. Zwei von ihnen grasen seelenruhig weiter. Das dritte mustert mich interessiert und zuckt mit den Ohren. Verscheucht es eine Fliege? Oder ist das vielleicht Pferdesprache für »hau ab«? Ich bin mir echt nicht sicher, ob ich es herausfinden will.

Vorsichtig nähere ich mich noch einen Schritt. Diesmal kein Ohrenzucken. Dafür legt es leicht den Kopf schief.

»Ähm ... hi«, versuche ich es.

Ich wage mich noch einen halben Schritt vor. Dann wird es mir doch zu viel. Warum sind diese Tiere so riesig?

Die anderen beiden sind nun auch auf mich aufmerksam geworden. Wie gut riechen die eigentlich? Ich habe die verdammten Karotten hinten in meiner Hosentasche stecken.

Eins der Pferde setzt sich in Bewegung und kommt auf mich zu. Ich bleibe wie angewurzelt stehen und warte ab, während es mich umrundet, mit der Schnauze gegen meinen Rücken stößt und dann ernsthaft an meiner Gesäßtasche rumknabbert.

Okay.

Wie komme ich hier lebend raus?

Ich mache einen Schritt von dem übergriffigen Pferd weg, der mich zwangsweise näher zu den anderen beiden führt. Das zweite scheint nun auch auf die Karotten scharf zu sein, denn es gesellt sich zu dem hinter mir und versucht ebenfalls, die Möhren aus meiner Tasche zu ziehen.

Ich denke nicht dran, ihnen zu helfen. Auf keinen Fall bringe ich meine Hände in die Nähe dieser Zähne.

Haben Pferde eigentlich einen Jagdtrieb? Per se sicher nicht, aber wenn man mit den Taschen voller Karotten vor ihnen wegrennt, sieht das womöglich anders aus ...

»Du wirst ausgeraubt«, erklingt Brookes Stimme hinter mir, und ich drehe erschrocken den Kopf. Der Rest meines Körpers ist in einer Art Schockstarre gefangen.

Brooke steht nur ein paar Schritte entfernt und mustert das Bild, das sich ihr bietet, mit sichtlicher Belustigung.

»Ist mir lieber, als selbst gefressen zu werden«, gebe ich zurück. Ich habe die Hände in meiner Panik auf Schulterhöhe gehoben und seitdem nicht mehr runtergenommen, was vermutlich ziemlich affig aussieht. Zu meiner Erleichterung tritt Brooke an mich heran, schiebt die beiden Räuber von meinem Hintern weg und holt die übrigen Karotten aus meiner Hosentasche. Zwei davon sind angeknabbert.

»Traust du dich, sie zu füttern?«, fragt sie und schiebt sanft die Schnauze eines der Pferde zur Seite, das sich nach den Karotten streckt.

Ich schnaube nur. Ebenso gut hätte sie fragen können, ob ich Lust habe, zwischen den Tieren im Stall zu übernachten.

»Die tun dir nichts«, versichert sie mir. »Sie sind ganz sanft. Und ihre Schnauzen sind superweich. Schau.« Sie bricht ein Stück von einer Karotte ab, legt es auf ihre offene Handfläche und hält es einem der Tiere hin. Es dauert nur ein paar Sekunden, dann ist die Rübe im Maul des Pferdes verschwunden. Brookes Finger sind alle noch dran. Das muss aber ja nichts heißen. Ich hebe skeptisch die Brauen.

»Gemeinsam?«, bietet sie mir an, tritt noch näher zu mir und nimmt meine Hand. Sofort wird meine Angst von etwas anderem abgelöst. Einer spontanen Nervosität. Herzrasen. Brooke legt ihre Handfläche über meine, positioniert wieder ein Stück Karotte darauf und lässt diesmal eins der anderen Pferde aus ihrer Hand fressen.

Wie gebannt sehe ich dabei zu. Die Schnauze des Tieres streift meine Fingerspitzen. Ich zucke kurz, weiche aber nicht zurück. Brookes Hand liegt warm in meiner, und der Wunsch, diese Berührung aufrechtzuerhalten, ist größer als meine Angst vor den Tieren.

Auch das letzte Stück der Karotte wird auf diese Art verfüttert. Dann lässt Brooke mich los, um die nächste Möhre zu brechen. Und als sie diesmal wieder meine Hand nimmt, legt sie ihre unter meine.

»Bereit?«, fragt sie.

Ich starre sie an, meine Denkfähigkeit stark eingeschränkt von dem Gefühlschaos in meiner Brust. Die Frage allein kommt mir unsinnig vor. Wann war ich das letzte Mal für irgendwas wirklich bereit? Ich glaube, das ist ein paar Wochen her. Wenn überhaupt. Es kommt mir eher vor, als hätte mein gesamtes bisheriges Leben daraus bestanden, von einer Situation in die nächste zu schlittern, ohne jemals zu wissen, was ich tue.

»Okay«, höre ich mich dennoch sagen. Natürlich. Weil jetzt wieder Macho-Noah die Oberhand gewinnt. Und der will Brooke um jeden Preis gefallen, selbst wenn es bedeutet, dass er eine Hand verliert.

»Einfach stillhalten«, erklärt sie und webt ihre Finger zwischen meine. Dann platziert sie das Karottenstück auf meiner Handfläche.

Wie gebannt schaue ich dabei zu, wie eins der Pferde es aus meiner Hand frisst. Warme, samtige Lippen und ein heißer Atem streifen dabei meine Haut. Dann ist es auch schon vorbei.

Ich blinzle.

»Das war's?«

Brooke lacht. »Was hast du denn erwartet?«

»Keine Ahnung«, gestehe ich. »Auf jeden Fall nicht, dass es sich … schön anfühlt.«

Sie grinst mich an. »Noch mal?«

Ich nicke, und sie legt mir ein weiteres Stück Karotte auf die Handfläche.

»Du kannst sie auch streicheln«, erklärt sie. Während das Pferd vor mir sich die Karotte schnappt, lässt Brooke meine Hand los und streicht ihm sanft über den Hals. Das Tier schnauft und lehnt sich leicht in die Berührung.

Brooke nickt mir auffordernd zu, und ich streiche mit der freien Hand ebenfalls zögerlich über das weiche Fell. Sofort fällt ein wenig meiner Anspannung von mir ab. Das fühlt sich überraschend gut an. Und gar nicht mehr beängstigend.

Trotzdem zucke ich zusammen, als ich eine warme Schnauze an meinem Arm spüre. Doch es ist nur eins der anderen Pferde, das es auf die Karotten abgesehen hat, die Brooke noch in ihrer freien Hand hält. Ich nehme ihr eine ab und halte sie ihm wagemutig hin. Es futtert sie komplett, und ich streiche auch ihm einmal über den Hals.

Okay.

Vielleicht sind die Pferde doch nicht so gefährlich, wie ich dachte. Die Hühner waren bedeutend schlimmer.

»Und?«, fragt Brooke. »Wie findest du es?«

»Sie sind schon ein bisschen süß«, gestehe ich und lächle sie verstohlen an. »Aber glaub nicht, dass ich freiwillig auf einem von denen reite.«

Belustigt verdreht sie die Augen. »Was willst du sonst machen? Den ganzen Weg neben uns herlaufen?«

»Klingt doch nach einem Plan.«

Brooke schüttelt schmunzelnd den Kopf. »Nichts da. Ich lass dir noch ein paar Karotten Zeit, um dich an deinen neuen Freund zu gewöhnen. Und dann wird aufgesattelt.«

# brooke

Gemeinsam mit Lizzie und ihrem Kollegen Steve satteln wir die Pferde und beginnen die Tour. Columbo hat den Test bestanden und darf bei mir mitlaufen. Er muss zwar an der Leine bleiben, damit er nicht auf die Idee kommt, irgendwelche Vögel zu jagen, macht sich allerdings gut. Ebenso wie Noah, der seine Angst überwunden hat und nach etwa einer halben Stunde schon sicher im Sattel sitzt. Man sieht ihm an, dass der ruckelige Gang seines Pferdes ihm noch nicht ganz geheuer ist, aber er zieht es durch. Und das Lächeln, das er mir hin und wieder schenkt, ist Gold wert.

Wir reiten über die sanften grünen Hügel auf die Bucht zu. Das Wetter ist perfekt heute. Dreiundzwanzig Grad und keine Wolke am türkisfarbenen Himmel. Ein eindeutiges Zeichen dafür, dass es Herbst wird. In dieser Jahreszeit ist das neuseeländische Wetter am beständigsten. Keine Stürme mehr bis auf den in meiner Brust. Zwar hätte ich nichts gegen ein bisschen kuschlig verregnetes Herbstwetter, wie es in Filmen und Serien immer romantisiert wird, aber bei Unternehmungen wie dieser bin ich dann doch ganz dankbar, dass es nicht gießt wie aus Kübeln. So kann ich im T-Shirt reiten, die sanfte Brise genießen, die mir von der Bucht entgegenweht, und von der Sonne die letzten finsteren Erinnerungen an Talon vertreiben lassen.

Na ja. Zumindest ansatzweise.

Hier, weit weg von Auckland, mit Noah und Grey an meiner Seite, fühle ich mich sicher. Doch sobald dieser kleine Urlaub ein

Ende findet, bin ich Talon wieder ausgeliefert. Dann gibt es niemanden mehr, der mich beschützt. Keine Möglichkeit, um zu verhindern, dass er mir erneut auflauert und versucht, mich wieder in seine Fänge zu kriegen. Und sosehr ich auch versuche, den Gedanken beiseitezuschieben – er holt mich immer wieder ein. Legt sich über die wunderschöne grüne Landschaft, durch die uns die Pferde führen. Schwingt im Rauschen der Wellen mit, als wir schließlich die Bucht erreichen und über den dunklen Kiesstrand reiten. Liegt mir mit jedem Windzug im Ohr und erinnert mich daran, dass ich keine Ahnung habe, wie es weitergehen soll. Aber solange wir hier sind, muss ich das auch noch nicht wissen. Also versuche ich, mich, so gut es geht, auf die Tour zu konzentrieren.

Gegen Mittag machen wir eine Pause, um etwas zu essen und ein wenig die Aussicht zu genießen. Columbo trinkt etwas Wasser aus dem Napf, den Grey für ihn mitgebracht hat, und fläzt sich dann in eine Mulde im Kies, wo er prompt ein Nickerchen hält. Noah kommt nur mit Mühe wieder von seinem Pferd und kriegt von Lizzie direkt ein paar Tipps für die zweite Etappe. Steve versorgt die Pferde mit Snacks.

Während Grey noch die Sandwiches auspackt, die er heute Morgen für uns vorbereitet hat, ziehe ich Schuhe und Socken aus und gehe zum Wasser. Erste kühle Wellen umspielen meine Zehen. Ich atme tief durch und lasse den Blick über den Strand schweifen. Von hier kann man bis zum Cape Kidnappers sehen. Dort waren wir damals mit Mum und Dad, um uns die Tölpelkolonie anzusehen, aber bis zu der sind wir nie gekommen. Grey und ich haben die Wanderung gehasst, weil es furchtbar weit war, und auf halber Strecke sind wir dann umgedreht, weil unsere Eltern so genervt waren und nur noch gestritten haben. Aber die Erinnerung ist trotzdem schön. Dad hat mich den halben Weg zurück zum Auto huckepack getragen. Dann waren wir Fast Food essen – etwas, das wir normalerweise nie gemacht haben. Und damit wir wenigstens noch einen Tölpel sahen, waren wir danach in einem kleinen Museum in Hastings. Die Welt war in Ordnung. Zumindest dachte ich das damals.

Rückblickend betrachtet hatten Mum und Dad wohl schon lange ihre Probleme.

»Gefällt's dir?«, ertönt Greys Stimme, und ich drehe mich um. Mein Bruder steht hinter mir, die Hände in den Hosentaschen seiner Jeans vergraben, und mustert mich. Wir haben nicht viel geredet bisher. Beim Frühstück heute Morgen war er schweigsam, und die Autofahrt haben wir mit Richtungsangaben und Landschaftbestaunen zugebracht. Er hält sich an meine Bitte von gestern und lässt mir Freiraum. Das rechne ich ihm hoch an.

Ich nicke. »Es ist genau das, was ich gebraucht habe. Danke, dass du dafür bezahlt hast.«

Grey zuckt mit den Schultern und tritt neben mich. »Das freut mich. Du siehst auch ... besser aus, wenn ich das so sagen darf. Nicht mehr so fertig.«

»So schlimm?«, frage ich leise.

Er mustert mich. »Ich war mir kurz echt nicht sicher, wen ich da vor mir habe«, gesteht er dann. »Du sahst zwar aus wie Brooke, aber ... irgendwie auch nicht. Ich kenne dich nicht so ... verletzlich. Ich kenne dich nur selbstbewusst und frech und stur. Brooke eben.«

Einen Moment lang zögere ich. Auch wenn ich nicht über Talon reden will, steht zwischen Grey und mir noch immer zu viel Ungesagtes, um weiter zu schweigen. Ein paar der Wahrheiten müssen nach draußen. Egal, wie schmerzhaft sie sein mögen.

»Das liegt daran, dass du mich gar nicht wirklich kennst«, erkläre ich leise.

Greysen verzieht den Mund. Doch er schießt nicht zurück. Er lässt meine Aussage zwischen uns in der Luft hängen, gibt ihr den Raum, den sie schon seit Jahren gebraucht hätte.

»Wahrscheinlich hast du recht«, sagt er schließlich. »Tut mir leid.«

»Muss es nicht«, flüstere ich. »Du hast immer auf deine Art versucht, für mich da zu sein.«

»Und versagt.«

Mein Herz zieht sich zusammen. Es tut weh, zu sehen, was für Vorwürfe er sich jetzt macht. Er hätte ja doch nichts ändern können.

Und seine Fehler hat er nicht mit Absicht gemacht. Im Gegenteil. »Nein, Grey«, widerspreche ich. »Es war nur nie eine Aufgabe, die du hättest bewältigen können. Mum war überfordert mit mir, Dad war es erst recht. Und du warst selbst noch ein Kind, als du versucht hast, sie zu ersetzen. Wie hättest du da ihren Platz einnehmen sollen? Mal abgesehen davon, dass das nie deine Aufgabe war.«

Er schüttelt den Kopf und mustert den Horizont vor uns. »Aber als dein Bruder wäre es trotzdem meine Aufgabe gewesen, dich vor einem Typen wie Talon zu beschützen.« Er atmet hörbar aus. »Sorry, ich wollte nicht damit anfangen.«

»Schon gut.« Solange er keine Fragen stellt, komme ich damit klar. »Du hast es versucht«, sage ich wieder. »Ich habe dich nur nicht gelassen.«

Er schaut mich an, sein Blick gequält. »Als ob. Ich wusste ja nicht mal, dass er … dir Angst macht. Ich dachte, du liebst ihn.«

Meine Kehle wird eng. »Habe ich ja auch«, flüstere ich. »Das war ja das Problem.«

Fragend runzelt er die Stirn.

Ich brauche einen Moment, um mich zu überwinden, mehr zu sagen. »Talon hat meine Gefühle ausgenutzt, um mich zu kontrollieren«, erkläre ich schließlich. »Er hat mir eingeredet, dass dir und Dad sowieso nichts an mir liegt und dass er der Einzige ist, der mich wirklich liebt.«

»Und du hast ihm geglaubt?«, fragt Grey leise.

Ich atme tief durch. »Du warst immer so … wütend. So genervt von mir. Und Dad war einfach nie da. Ich dachte, vielleicht hat Talon recht. Und vielleicht ist er auch der Einzige, der mich versteht. Weil du und Dad nie gemerkt habt, wie es mir geht. Mit Mum. Und der Schule. Und später mit Talon. Mit allem eben. Ich hab's nie geschafft, euch meine Gefühle zu erklären, und ich dachte, es liegt an euch statt an mir selbst.«

»Vielleicht tat es das ja auch«, meint Grey. »Vielleicht haben wir einfach nie richtig zugehört, weil wir so fokussiert darauf waren, dich … *geradezubiegen*, dass wir nicht gemerkt haben, wie kaputt wir dich damit machen.« Er sagt es mit einer solchen Verbitterung in der Stimme, dass mir die Tränen kommen. Hektisch blinzle ich sie weg.

Die Worte kommen mit seltsam bekannt vor. Habe ich ihm so etwas Ähnliches auch bei unserem letzten Streit gesagt? Oder habe ich es nur schon so oft gedacht, dass es sich so anfühlt, als hätte ich es bereits hundertmal ausgesprochen? »Und mit *wir* meinst du …?«

»Damit meine ich mich«, bestätigt er meine Vermutung, und nun werden auch Greys Augen feucht. Es muss am Wind liegen. Mein Bruder weint nicht. Nie. Nicht, als Mum uns verlassen hat, nicht, als ich gegangen bin. Also warum sollte er jetzt damit anfangen, wo all das Schlimme doch längst hinter uns liegt?

»Du hast mich nicht kaputtgemacht«, hauche ich, so leise, dass ich mir nicht mal sicher bin, ob Grey es hört.

Er blinzelt gegen die Tränen an. Und ich verliere den Kampf gegen meine. Eine von ihnen rollt über meine Wange. »Du hast es selbst gesagt«, erinnert Greysen mich. »Bei unserem Streit.«

Also doch.

»Aber es hat nicht gestimmt«, schluchze ich. »Du bist nicht daran schuld, dass ich kaputt bin. Talon ist es. Und Mum. Und ein bisschen Dad, aber nicht du. Weil *du* der Einzige bist, der mich wirklich liebt. Der sich um mich kümmern wollte. Und ich war so undankbar und schwierig und … stur, und jetzt kann mich niemand mehr lieben, weil …«

»Brooke«, unterbricht er mich sanft. »Was redest du denn da?«

Schniefend wische ich mir mit dem Handrücken über das Gesicht und erwidere Greys Blick. Er schaut geradezu irritiert. Eine Träne hängt in seinen Wimpern. »Natürlich kann man dich lieben«, bringt er heiser hervor. »Das tue ich doch immer noch. Und ich bin nicht der Einzige, der dich liebt. War ich nie. Dad liebt dich auch. Kaia. Sogar Mum auf ihre verdrehte Art und Weise. Columbo liebt dich genug für zehn. Und Noah liebt dich sowieso.«

*Noah.*

Der letzte Satz drückt mir für einen Moment die Luft aus den Lungen.

Noah und mich lieben …

Nein.

Wenn das so wäre, dann wäre er nicht gegangen. Dann hätte er gestern nicht sämtliche Grenzen abgesteckt. Dann wäre alles anders. Ich wische den Gedanken beiseite, bevor er mich zu sehr einnehmen kann und mich womöglich noch mehr zum Weinen bringt. Der Liebeskummer ist immer noch sehr präsent. Noahs Nähe macht ihn nur oberflächlich besser, denn sie sorgt zugleich dafür, dass er noch tiefer sitzt.

Ich konzentriere mich wieder auf Grey. Darauf, dass *er* mich noch liebt. Trotz allem, was ich getan habe. Darauf, dass er das gerade ernsthaft laut ausgesprochen hat. Vielleicht besteht ja doch noch Hoffnung für uns. Irgendwie. Wenn wir lernen können, immer so miteinander zu reden.

»Ich liebe dich auch noch«, erwidere ich leise. »Und es tut mir leid, dass ich deine Karriere ruiniert habe.«

Er weicht meinem Blick aus. »Lass uns darüber einfach nicht mehr reden.«

Ich zögere. »Wenn du nicht mehr darüber reden willst, heißt das, du hast mir verziehen?«

Grey presst die Lippen zusammen, und ich spüre einen vertrauten Stich in meiner Brust.

»Also nicht«, stelle ich leise fest.

»Ich fürchte, das ist nichts, was man einfach so verzeihen kann, Brooke. Ich versuche, es zu verstehen. Und du bist nach wie vor meine Schwester. Aber das war mein *Leben*, das du damals zerschossen hast. Ich bin fast durch mit dem Studium und weiß immer noch nicht, ob ich überhaupt für den Job bei der Polizei in Erwägung gezogen werde. Weil es sein kann, dass sie meine Akte sehen und sie wieder einfach beiseitelegen.«

Ich schlucke. Meine Kehle ist mit einem Mal wie zugeschnürt.

»Verstehe«, bringe ich hervor.

»Gib mir einfach noch ein bisschen Zeit«, sagt er leise und atmet tief durch. Er legt seinen Arm um mich und reibt mir über den Oberarm. »Gib *uns* noch ein bisschen Zeit.«

Ich lehne mich an Greys Seite, und er zieht mich enger an sich. Vorsichtig wendet er sich mir zu, legt auch seinen anderen Arm um mich, und ich umarme ihn. Fest. Verzweifelt.

»Ich würde gerne zurückspulen«, hauche ich in sein T-Shirt.

»Wohin genau?«, murmelt er und streicht mir über den Rücken.

»Zu dem Tag, als Mum gegangen ist. Und dann würde ich gerne alles danach besser machen.«

Er seufzt. »Das klingt nach einem Plan. Für uns beide.«

Hinter uns ertönt ein Kläffen. Ich blinzle die letzten Tränen weg und hebe den Kopf, um über Greys Schulter zu schauen. Noah, Lizzie, Steve und Columbo stehen bei den Pferden und schauen zu uns rüber. Noah hält fragend die Dose mit den Sandwiches hoch, aber selbst auf die Entfernung kann ich sehen, dass er es gerade bereut, uns gestört zu haben.

»Kann man hier nicht mal in Ruhe heulen?«, scherze ich schniefend und reibe mir über die Wange.

Grey drückt mir einen Kuss aufs Haar, bevor er sich von mir löst und mich verhalten anschmunzelt. »Anscheinend nicht. Aber daran bist du wohl selbst schuld, deinetwegen haben wir immerhin noch zwei Stunden Ritt vor uns.«

»Gib doch zu, dass es dir gefällt«, ziehe ich ihn auf, und zu meiner Überraschung grinst er noch breiter.

»Ich hab nie was Gegenteiliges behauptet. Das war eine schöne Idee.«

»Danke«, bringe ich hervor.

»Für die Wahrheit?«, erwidert er.

Ich schüttle den Kopf. »Für alles, Grey.«

# noah

Eigentlich dachte ich, ich wäre körperlich fit. Immerhin gehe ich regelmäßig joggen und trainieren oder powere mich in den Musikräumen der Uni am Schlagzeug aus. Aber die verdammte Horse-Trekkingtour hat mich völlig zerstört. Mein Rücken tut weh. Meine Beine. Mein Hintern. Und von der konstanten Sorge, doch noch vom Pferd zu fallen, bin ich auch noch geistig am Ende.

Wir haben uns auf dem Rückweg zum Cottage Take-out geholt und lassen den Abend jetzt am Strand unweit des Ferienhauses ausklingen. Ich lese eine Musikzeitschrift, die ich mir gestern spontan im Supermarkt mitgenommen habe. Grey hat sich über seine Uniunterlagen gebeugt. Und Brooke jagt gemeinsam mit einem klitschnassen Columbo durch die kühlen Wellen. Sie trägt nur einen Bikini und ein übergroßes Shirt. Eigentlich müsste ihr arschkalt sein, aber ich höre sie bis hierher lachen. Columbos freudiges Kläffen mischt sich bei jeder neuen Welle darunter. Die beiden sorgen dafür, dass ich mich kein bisschen auf die Zeitschrift konzentrieren kann. Stattdessen muss ich die ganze Zeit an Brooke denken. Daran, wie gern ich ihr Lachen jeden Tag im Ohr hätte. Wie heilsam es klingt.

Seufzend lege ich die Zeitschrift beiseite. »Wo hat sie die Energie her?«, frage ich Grey leise und beobachte Brooke und Columbo dabei, wie sie sich bäuchlings in eine Schaumkrone stürzen. Brookes Haare werden nass. Das Shirt klebt ihr am Körper. Es ist ihr egal. Sie konzentriert sich voll und ganz auf Columbo, der um sie herumjagt, und wirkt so unbeschwert wie noch nie.

»Keine Ahnung«, meint Grey, ohne von seinen Notizen aufzuschauen. »War früher schon immer so. Mum ist dran verzweifelt.«

Ich stütze mich auf die Unterarme und wende mich ihm zu. »Warum das?«

»Keine Ahnung. Vermutlich weil Dad nicht wirklich hilfreich war, wenn es darum ging, sich um uns oder den Haushalt zu kümmern, und sie mit Brookes stürmischer Art erst recht das Gefühl hatte, die Kontrolle zu verlieren. Sie hat selten das gemacht, was Mum von ihr erwartet hat. Und irgendwann war jeder noch so kleine Kratzer, den sie mit nach Hause gebracht hat, ein Drama.«

»Aber ... sie ist nicht ihretwegen gegangen, oder?«, versichere ich mich. Brooke hat nicht viel über ihre Mum erzählt. Doch ich konnte zumindest heraushören, dass sie bei ihr in Auckland nie besonders willkommen war. Dass es davor schon solche Probleme gab, war mir nicht bewusst. Grey allerdings scheint kein Problem mit ihr zu haben. In den letzten Jahren habe ich des Öfteren mitbekommen, dass er mit seiner Mutter telefoniert hat. Und dabei hat nie schlechte Stimmung geherrscht. War Brooke also die Einzige, mit der die Frau ein Problem hatte?

Zu meiner Erleichterung schüttelt Greysen den Kopf. »Sie ist wegen Dad gegangen. Die beiden haben einfach nicht zusammen funktioniert. Und ich schätze, die Tatsache, dass sie sich von ihm schon die ganze Zeit so allein gelassen gefühlt hat, hat dafür gesorgt, dass sie nicht *wirklich* mit Brooke und mir allein sein wollte. Also hat sie uns bei ihm wohnen lassen.«

»Das klingt, als wäre es ziemlich hart für euch gewesen.«

Er zuckt mit den Schultern. »Anfangs, ja. Aber wir haben uns dran gewöhnt. Und vielleicht war es besser so. Keine Ahnung. Ich hab schon zu viel Zeit meines Lebens damit verschwendet, mich zu fragen, ob sie für uns oder für sich selbst gegangen ist. Dabei macht es letztendlich keinen Unterschied.«

»Nicht?«, frage ich vorsichtig.

Grey zuckt mit den Schultern und schlägt seine Unterlagen zu. »Es ändert doch nichts.«

»Erfahrungsgemäß ändert es sehr viel«, widerspreche ich ihm.

Fragend schaut Grey mich an.

»Wenn man sich ungeliebt fühlt ...«

Er seufzt. »Fang du nicht auch noch damit an.«

Ich stocke. »Womit?«

»Mit dem Sich-ungeliebt-Fühlen. Das hatte ich mit Brooke vorhin erst. Und mit dir schon hundertmal. Ihr müsst doch nur die Augen aufmachen, um zu sehen, dass das auf euch nicht zutrifft.«

Hitze steigt mir in die Wangen. Worüber genau hat er mit Brooke gesprochen? Und warum geht es jetzt plötzlich um mich? »Ob es stimmt oder nicht, tut ja nichts zur Sache«, widerspreche ich. »Gefühle sind irrational. Und ich hab jetzt eher von dir gesprochen. Davon, wie du dich fühlst.«

Grey runzelt die Stirn. »Hör auf, alles von dir auf mich zu projizieren. Ich hab keine Probleme mit mir selbst, Noah.«

Mir entkommt ein Schnauben. »Ach so. Klar.«

»Was soll der sarkastische Tonfall?«, will er wissen.

»Nichts«, weiche ich aus. »Schon gut.«

»Nein, rück ruhig raus mit der Sprache. Was ist deiner Meinung nach mein Problem, hm?«

»Keine Ahnung, Grey. Dafür redest du zu wenig mit mir. Aber du hast den Sommer damit verbracht, dich über deinen Vater aufzuregen und deine Schwester runterzumachen. Und jetzt sagst du mir, du redest dir ein, es wäre kein Ding, dass deine Mutter euch verlassen hat. Ich weiß, ich bin normalerweise das Problemkind von uns beiden. Aber dann glaub mir wenigstens, dass ich ein Problem erkenne, wenn ich es sehe.«

»Wow, sehr einleuchtend«, keift er. »Ich wollte aber nicht, dass du mich hier pseudodiagnostizierst, sondern habe lediglich deine Fragen beantwortet. Also was soll der Scheiß jetzt?«

Ich presse die Lippen zusammen. Irgendwie hat er recht. Es sollte gar nicht um ihn gehen. Und es geht mich auch nichts an. Grey hat klargemacht, dass wir keine Freunde mehr sind. Warum versuche ich also, ihm zu helfen?

»Sorry«, murmle ich, wende mich ab und schnappe mir frustriert wieder meine Zeitschrift. Ich lasse mich zurück auf das Handtuch sinken, schlage sie auf und versuche, mich auf einen der Artikel zu konzentrieren. Aber ich spüre konstant Greys Blick im Nacken, und meine viel zu lauten Gedanken mischen sich unangenehm mit Brookes entfernter Stimme, die Columbo in den Wellen ein Stöckchen fangen lässt. Scheiße, Mann. Was ist falsch mit mir?

»Bin ich deiner Meinung nach wirklich so kaputt?«, will Greysen plötzlich wissen, und ich lasse widerwillig die Zeitschrift sinken. Ich werfe ihm einen Blick zu.

»Woher soll ich das wissen?«, frage ich ehrlich.

Er schnaubt. »Du warst immerhin mein bester Freund.«

*Warst.* Die Vergangenheitsform ist hier wohl nichts Neues, aber sie tut dennoch jedes Mal von Neuem weh.

»War ich das?«, hake ich nach und schaffe es nicht ganz, die Frustration aus meiner Stimme zu verbannen. »Oder warst du nur *mein* bester Freund?«

Grey zieht irritiert die Brauen zusammen. »Was soll das jetzt bedeuten?«

»Weißt du, das ist mir erst in Hāwera so richtig aufgefallen«, sage ich und setze mich auf. »Aber du hast kein einziges Mal wirklich von dir erzählt. Es ging immer nur um meine Probleme. Meine Vergangenheit. Meine Gefühle. Klar, über dein Studium und deine Freizeitpläne hast du geredet. Aber du hast nie auch nur durchscheinen lassen, was dich beschäftigt. Verdammt, ich weiß bis heute nicht, was damals zwischen dir und Brooke vorgefallen ist. Du lässt nichts davon raus und wunderst dich dann, wenn es dich zerfrisst.«

»Was soll ich da denn rauslassen?«, erwidert er genervt. »Es ist doch sowieso schon vorbei. Man kann es nicht mehr ändern.«

»Ach ja? Nach der Logik müsstest du es auch vergeben und vergessen haben. Hast du aber nicht. Das mit Brooke nicht, und ich wette, das mit deinen Eltern genauso wenig. Aber ist dein Ding. Ich mische mich nicht ein. Ich frage mich nur, ob du deswegen so viel besser ohne unsere Freundschaft auskommst als ich. Weil sie dir sowieso nie viel gegeben hat. Ich war nur eine Last für dich.«

»Was redest du denn jetzt schon wieder für einen Bullshit?«, will er frustriert wissen. »Wer sagt, dass ich gut ohne unsere Freundschaft auskomme?«

»Du bist der, der sie beendet hat«, erinnere ich ihn.

»Ja, weil du mich belogen hast!«

»Hätte ich dir die Wahrheit denn wirklich sagen können?!«, schieße ich zurück.

»Keine Ahnung!«, fährt er mich an. »Werden wir wohl nie erfahren, denn du hast es nicht versucht!«

Ich atme tief durch und lasse den Blick über die grünen Hügel wandern, die sich hinter Greysen auftun. Fuck, wann ist dieses Gespräch so abgedriftet?

»Ich wollte sie nicht verlieren, Grey«, sage ich leise.

Er schnaubt. »Also war sie dir wichtiger als ich.«

Ich schüttle den Kopf. »Dich wollte ich noch weniger verlieren. Es war nur …« Ich stocke. Finde keine Worte, um das auszudrücken, was ich sagen will. Brooke sollte immer nur etwas Temporäres sein. Hätte ich sie behalten wollen, hätte ich zu uns stehen müssen, statt den Frieden mit Grey zu priorisieren. Aber ich wollte trotzdem jede Sekunde mit ihr ausreizen. Nur um sie am Ende beide zu verlieren. »Ist ja auch egal«, beschließe ich und rapple mich auf. Ich sammle mein Handtuch und meine Zeitschrift ein und weiche stur Greysens Blick aus. »Vergiss einfach, was ich gesagt habe. Ich geh schon mal zurück.«

Er erwidert nichts. Schweigend lässt er zu, dass ich den Strand hinter mir lasse und dem schmalen Trampelpfad zwischen den Hügeln zurück zum Cottage folge.

Ein Teil von mir sehnt sich schmerzlich danach, zu bleiben. Das zu klären. Mit Brooke und Columbo durchs kalte Wasser zu jagen, mit Grey zu lachen, diesen Scheiß endlich hinter uns zu lassen.

Doch dem Rest von mir ist umso schmerzlicher bewusst, dass das nicht für mich bestimmt ist. Es niemals sein wird. Es niemals war.

**160**

# damals

»Na, Kumpel?«, begrüßt mich eine vertraute Stimme. Ich stehe draußen vor der Tür des Pflegeheims. Meine Reisetasche hängt über meiner Schulter. Hinter mir im Dunkeln wartet der Fahrer, der mich hergebracht hat. Drinnen hingegen ist es warm und hell. Der Duft von Essen schlägt mir entgegen, und mein Magen knurrt verdächtig. Dabei habe ich gar keinen Appetit. Ich will auch nicht über die Türschwelle treten. Ich will mich hier und jetzt in Luft auflösen.

»Na komm«, höre ich, und die dunkle Silhouette vor mir bewegt sich, um mir meine Tasche abzunehmen. Ich blinzle gegen meine Tränen an, trotzdem verschwimmt meine Sicht. Nur widerwillig lasse ich zu, dass Jeremy mir mein Gepäck abnimmt, mir eine Hand zwischen die Schulterblätter legt und mich rein in den Flur lotst. Er dankt dem Fahrer, wünscht ihm noch einen schönen Abend und schließt die Haustür. Unterdessen stehe ich da wie in Schockstarre, weiß nicht, wohin mit mir.

»Wie wär's, wenn du erst mal was isst?«, schlägt mein Betreuer vor. »Ich hab dir was warm gehalten.«

Still schüttle ich den Kopf.

Jeremy seufzt. »Es tut mir echt leid, Noah«, meint er leise. »Aber es ist nicht deine Schuld, okay?«

»Und warum bin ich dann der Einzige, der immer wieder hier landet?«, bringe ich hervor. Meine Kehle ist wie zugeschnürt. Meine

Stimme ist nur ein Krächzen, dabei habe ich den beschissenen Stimmbruch gerade erst hinter mich gebracht.

»Ach, Noah …« Jeremy zieht mich an seine Brust, und ich vergrabe schniefend das Gesicht an seiner Schulter. Er reibt meinen Rücken und umarmt mich fester als je zuvor. Fast als würde er spüren, dass ich kurz davor bin, auseinanderzufallen. »Es ist einfach Pech«, behauptet er. »Lass dich nicht unterkriegen, hörst du?«

Ich schüttle den Kopf. »Ich will nicht mehr«, krächze ich. »Das war das letzte Mal.« Ich habe es so satt, unter Pflegefamilien herumgereicht zu werden wie ein ungeliebter Wanderpokal, nur um am Ende immer wieder hier zu landen. Nur um immer wieder zu enttäuschen, immer wieder auf Unverständnis zu stoßen und immer wieder Vorwürfe zu hören, wenn es nicht klappt.

*Was hast du diesmal wieder angestellt?*

*Kannst du dich nicht mal zwei Wochen benehmen?*

*Ich dachte, darüber hätten wir geredet, Junge.*

»Ich versteh das«, raunt Jeremy. Er ist unser jüngster Betreuer und der einzige, der mich wirklich zu verstehen scheint. Ich wünschte, er wäre immer hier. Ich wünschte, er könnte bleiben. Stattdessen fängt er in nur zwei Monaten einen neuen Job an. Jeremy wird weg sein. Und ich immer noch hier. Bis ich volljährig bin, sie mich rausschmeißen und ich endgültig auf mich allein gestellt bin. »Aber gib nicht auf, Noah«, beschwört er mich weiter. »Es ist nie zu spät, um eine Familie zu finden. Manchmal dauert es eben länger. Aber dafür ist die, die man hat, dann umso schöner. Versprochen. Du findest dein Zuhause noch. Das weiß ich ganz genau.«

Ich schließe die Augen und atme tief durch. Jeremy reibt weiter meinen Rücken. Meine Tränen beginnen zu laufen. Aber einen Moment lang erlaube ich mir, ihm zu glauben. Ich stelle mir vor, wie es wäre, wenn er recht hätte. Wie es wohl wäre, tatsächlich Menschen um mich herum zu haben, die mich lieben. Bei denen ich willkommen bin. Die ich verdient habe. Und ich frage mich, wie lang diese fragile Vorstellung mich noch zusammenhalten kann.

# brooke

Ich bin komplett durchgefroren, aber das war es so was von wert. Nach der Stunde, die ich mit Columbo über den Strand gejagt bin, fühle ich mich wie auf einem Höhenflug. Zusammen mit dem Ausritt, dem Essen und der fast nostalgischen Schwerelosigkeit, die dieser Urlaub in mir auslöst, war heute einer der schönsten Tage seit Jahren. Klar, da sind immer noch jede Menge verwirrende Gefühle. Unsicherheit. Angst. Trauer. Aber es fällt mir gerade leicht, sie beiseitezuschieben und mich stattdessen auf meine frierenden Zehen zu konzentrieren. Auf den Wind in meinen Haaren und Columbos freudiges Kläffen neben mir.

Grey und ich gehen erst zurück zum Cottage, als es bereits dunkel wird. Auf meine Frage, wo Noah hin ist, kriege ich nur ein Schulterzucken. Offenbar braucht es mehr als eine Trekkingtour, um die beiden wieder zu versöhnen, aber das war wohl zu erwarten.

Gemeinsam erklimmen wir den Hügel und nähern uns über die Veranda dem Cottage. Grey hat den Schlüssel bereits in der Hand, doch ich bin vor ihm bei der Tür und stelle beruhigt fest, dass sie aufgesperrt ist. Noah ist also hier. Gut. Keine Verschwindenummern mehr. Das hat er mir zwar versprochen, aber ein bisschen Angst davor habe ich trotzdem. Denn wenn er es einmal getan hat, hält ihn doch nichts davon ab, es zu wiederholen, oder …?

*Aber so ist Noah nicht*, redet eine leise Stimme in meinem Kopf mir ein. *Noah hält sein Wort.*

Ich betrete das Cottage, doch Grey hält auf der Veranda inne und mustert missmutig den nassen Columbo.

»Was machen wir mit dir?«, fragt er ihn. Wie auf Kommando schüttelt Columbo sich, doch das hat nur zur Folge, dass er Grey in einem Sprühregen aus sandigem Meerwasser badet. Ihm entkommt ein empörtes »Hey!«, und Columbo hält inne. Er schaut zu Grey hoch und legt fragend den Kopf schief. Das Unschuldslamm in Person.

»Okay. Du wirst gebadet«, entscheidet Grey kurzerhand.

Ich schmunzle und kraule Columbo hinter den Ohren. »Oh, wow. Gratulation zum Jackpot.« Er liebt es, gebadet zu werden. Grey kann von Glück reden, wenn er ihn irgendwann im Laufe des Abends wieder aus der Wanne kriegt.

»Brauchst du Hilfe, oder kann ich so lang duschen gehen?«, frage ich unsicher und halte Grey die Tür auf, der den vierzig Kilo schweren Columbo auf seine Arme gehievt hat, damit er nicht das ganze Cottage dreckig macht.

»Mach ruhig«, ächzt er. »Du erfrierst ja sonst. Wir kommen klar.«

»Okay. Danke.« Ich öffne ihm auch die Badezimmertür, dann werfe ich einen Blick ins Wohnzimmer. Noah ist nicht hier. Also wird er vermutlich im Schlafzimmer sein.

Vorsichtig klopfe ich an. Hinter mir höre ich bereits das Wasser laufen. Ein aufgeregtes Kläffen ertönt, gefolgt von Greys »ganz ruhig«.

»Ja?«, kommt es aus dem Schlafzimmer.

Ich öffne vorsichtig die Tür und werfe einen Blick nach drinnen. Es brennt nur eine der Nachttischlampen, sonst ist es dunkel. Noah liegt zugedeckt im Bett, seine Zeitschrift auf dem Schoß. Aber so, wie er liegt, wirkt es nicht, als hätte er darin gelesen. Eher, als hätte er geschlafen. Aus dieser Position müsste er sich die Zeitschrift nämlich ziemlich unbequem vors Gesicht heben, um irgendwas entziffern zu können.

»Hab ich dich geweckt?«, frage ich leise und trete zögerlich ein.

»Nein, alles gut«, murmelt er und richtet sich auf. »Ich bin nur am Nachdenken.« Sein Blick schweift flüchtig über meinen Körper.

Ich trage noch immer den Bikini und das nasse Oversized-T-Shirt. Zwar klebt es jetzt nicht mehr so an meiner Haut wie vorhin, aber viel verbergen tut es auch nicht.

Mein Herzschlag beschleunigt sich. Obwohl Noah schon alles von mir gesehen hat, fühlt es sich aufregend an, so vor ihm zu stehen. Irgendwie verboten. Scheiße, ich habe wirklich kein bisschen dazugelernt, oder?

»Okay«, bringe ich heraus. »Kann ich kurz duschen? Grey wäscht im anderen Bad Columbo.«

Noah hebt die Brauen. »Ja, klar. Ist doch auch dein Zimmer.« Er lächelt mich flüchtig an und widmet sich dann wieder seiner Zeitschrift. Ich schnappe mir schnell ein paar Klamotten aus meiner Tasche und verschwinde mit ihnen ins Bad.

Zugegeben, *kurz duschen* ist mit dem Salzwasser in meinen Haaren und meiner Lockenroutine nicht wirklich vereinbar. Ich brauche über eine halbe Stunde, um zu gewährleisten, dass meine Haare morgen nicht aussehen wie ein Wischmopp. Aber immerhin habe ich so genug Zeit, um meine Gefühle ein wenig zu ordnen. Und die Sehnsucht nach Noah wieder in die hinterste Schublade meines Herzens zu verbannen.

Als ich zurück ins Schlafzimmer komme, erwische ich ihn dabei, wie er gedankenverloren aus dem Fenster starrt und hektisch die Zeitschrift wieder aufnimmt. Irgendwas beschäftigt ihn. So sehr, dass er sich hier allein verschanzt, statt mit uns am Strand zu bleiben.

Das kenne ich von ihm gar nicht. Den ganzen Sommer über war Noah total gesellig. Er war selten allein, glaube ich. Selbst als er versucht hat, meine Nähe zu meiden, hat er sich stattdessen an Greysen geheftet und Zeit mit ihm verbracht.

»Steht irgendwas Spannendes drin?«, frage ich und klettere kurzerhand auf der freien Seite der Matratze unter die Decke. Ich rutsche näher an Noah heran, bis ich mit ihm in die Zeitschrift schauen kann und einen Hauch seiner Körperwärme spüre. Ich seufze innerlich auf. Das tut gut. Die kurze Dusche hat nicht gereicht, um mich wieder aufzuwärmen, und die halbe Ewigkeit, die ich danach in T-Shirt und Shorts barfuß im Bad stand, um meine Haare zu bändigen, hat auch nicht geholfen. Meine Füße sind eiskalt.

»Wenn du dich für E-Gitarren interessierst«, murmelt Noah.

»Wahrscheinlich ungefähr so sehr, wie du es tust«, erwidere ich, stütze mich auf einen Ellbogen und schaue ihn an. »Warum versteckst du dich hier drin?«

Er verzieht das Gesicht. »Ist es so offensichtlich?«

»Ja«, gestehe ich.

Noah seufzt, und ich rutsche noch ein wenig näher zu ihm. Endlich hebt er seinen Arm, und ich kuschle mich an seine Seite.

»Also?«, will ich wissen.

»Du bist eiskalt«, murmelt er und zieht mich enger an sich.

Zufrieden lege ich den Kopf auf seine Schulter und schlinge meinen Arm um seine Mitte. »Und du weichst aus.«

»Ich hab einfach ein bisschen Ruhe gebraucht.«

»Vor mir oder vor Grey?«

»Der Welt?«, schlägt er vor und legt die Zeitschrift beiseite. Er dreht sich zu mir, und ich spüre, wie er nah an meinem Haaransatz tief durchatmet.

»Verstehe«, murmle ich. »Ich hätte auch gern ein bisschen Ruhe vor der Welt.«

»Du kannst dich gerne mit mir hier vor ihr verstecken«, bietet Noah leise an und streicht mir durchs Haar.

Ich lege meine Hand auf seine Brust und spüre seinem Herzschlag nach. Er geht schneller als sonst, aber ich tue so, als würde ich es gar nicht bemerken. Selbst als sich mein eigener dabei noch mehr beschleunigt.

»Streitet du und Grey immer noch meinetwegen?«, wage ich zu fragen.

»Wir haben nie deinetwegen gestritten«, stellt er klar. »Generell haben wir nicht *gestritten*. Grey ist wütend, weil ich ihn angelogen habe.«

»Meinetwegen«, füge ich hinzu, doch Noah schüttelt schwach den Kopf.

**166**

»Du hattest am allerwenigsten damit zu tun.«

»Aber wäre es nicht um mich gegangen, sondern um eine andere ...«

»Und wäre ich nicht so ein Schisser und Greysen so ein Sturkopf«, hält er dagegen. »Es ist nicht deine Schuld, dass wir streiten. Wir haben ganz andere Probleme.«

»Also streitet ihr doch?«, hake ich vorsichtig nach.

Noah seufzt. »Vielleicht. Keine Ahnung. Ist ja auch egal.«

»Okay ... Also willst du nicht noch mit ins Wohnzimmer kommen?«

Er zögert einen Moment lang. »Grade nicht«, antwortet er schließlich. »Ich glaube, ich kann sowieso nie wieder aufstehen dank deinem Pferdeabenteuer heute.«

»So schlimm?«, frage ich lachend. »Du hast dich doch gut gehalten.«

Er schnaubt belustigt. »Ja, aber zu welchem Preis?«

Ich stütze mich wieder auf den Unterarm und mustere ihn schmunzelnd. »Ich dachte, du bist so sportlich.«

Er hält meinem Blick stand. »Offenbar mache ich den falschen Sport.«

»Ja, Bettsport zählt nicht«, entwischt es mir.

Noah hebt eine Braue, und einen Moment lang bin ich wie erstarrt. War das zu viel? Habe ich die Grenzen überschritten? Bestimmt will er nicht mehr an Sex mit mir denken. Er ist ja nicht umsonst gegangen, oder?

Aber dann schnaubt Noah leise. Und sein Herzschlag unter meinen Fingern beschleunigt sich noch weiter.

»Wieso nicht?«, will er neckisch wissen. »*Speak for yourself.* Ich mache immerhin die ganze Arbeit.«

Mir entkommt ein Keuchen. »Bitte?«, frage ich halb belustigt, halb empört.

»Im Liegen bildet man bekanntlich eher weniger Muskeln«, zieht er mich weiter auf.

»Ach ja? Wer von uns hat denn Muskelkater vom Reiten?«, halte ich dagegen. »Ich komischerweise nicht.«

»Vielleicht gibt's bei dir keine Muskeln, die wehtun können?« Er grinst mich an.

Ich hebe die Brauen und halte seinen Blick fest. »Dafür haben meine Muskeln dir aber schon so einige Orgasmen beschert.«

Ihm entweicht ein weiteres leises Schnauben. Doch er sagt nichts. Schaut mir nur weiter in die Augen, sein Blick unergründlich. Noahs Herzschlag unter meinen Fingern scheint immer kräftiger zu werden, und mein eigener zieht nach. Ein nervöses Kribbeln bahnt sich seinen Weg durch meinen Unterleib, und die Schublade mit der Noah-Sehnsucht steht plötzlich wieder sperrangelweit offen.

»Gar keine Erwiderungen mehr?«, hauche ich.

»Ich will mich nicht noch weiter reinreiten«, raunt er, und ein vertrautes Grinsen breitet sich dabei auf seinen Lippen aus.

»Ist ja auch mein Job, oder?«, entwischt es mir schon wieder. Und das Kribbeln wird zu Gänsehaut und Schmetterlingen.

Das hier fühlt sich so vertraut an.

So gelöst.

So nach uns.

Ich habe das vermisst.

»Brooke ...«, setzt Noah leise an, doch er spricht nicht weiter. Seine Fingerspitzen fahren über meinen unteren Rücken, bevor er seine Hand plötzlich sinken lässt, als hätte er sich eines Besseren besonnen.

Ich schlucke. »Noah.« Zögerlich streiche ich mit den Fingerspitzen über seine trainierte Brust. Ein leiser Schauder geht dabei durch seinen Körper, und das Atmen fällt mir immer schwerer. Sollte ich ...?

Ach, mir egal, ob ich sollte. Denn ich *will*. Und in den vergangenen Jahren war es meine goldene Regel, mich immer nach Letzterem zu richten und niemals nach den Erwartungen anderer.

»Theoretisch haben wir immer noch einen Deal, oder nicht?«, flüstere ich.

Noah verzieht nachdenklich den Mund. »Mehr oder weniger.«

Okay. Widerwillig ziehe ich meine Hand zurück. »Vergiss, was ich gesagt habe«, rudere ich zurück. »Wenn du es lieber platonisch halten willst, verstehe ich das.«

Falls es für ihn überhaupt bis ins Platonische reicht.

Noah atmet hörbar aus. »Brooke«, raunt er schon wieder, und seine Stimme vibriert in meinem Körper nach. Er schüttelt leicht den Kopf, und ich versuche, mich zu wappnen. Jetzt kommt er. Der offizielle Korb, vor dem ich mich schon so lang fürchte. Doch ich habe nicht damit gerechnet, was er stattdessen sagt.

»Nichts zwischen uns war jemals platonisch«, erklärt er schlicht. »Wird es auch niemals sein.«

Mein Herz beginnt zu rasen.

Wie meint er das jetzt? Dass es nur sexuell ist? Oder …

*Und Noah liebt dich sowieso.*

Greys Worte hallen wieder in meinem Kopf nach. Schwachsinn. Noah liebt mich nicht. Das will ich mir nur einreden, um mein fragiles Herz zu beschützen. Weil ich mich längst in *ihn* verliebt habe und die Tatsache, dass es nicht erwidert wird, mir immer wieder aufs Neue den Boden unter den Füßen wegzieht.

»Also ist Sex okay?«, frage ich. Ziehe seine Grenzen nach, um sie mir selbst wieder bewusster zu machen.

Ich sollte das nicht vorschlagen. Ich sollte es gar nicht wollen. Ich sollte auf Abstand gehen, statt mich wieder so eng wie möglich an Noah zu heften. Ich sollte wieder allein klarkommen, statt ihn als Stütze zu missbrauchen, um irgendwie mit meinem Trauma klarzukommen.

Aber wenn das hier vielleicht meine letzten Tage mit ihm sind? Wenn wir uns danach nie wiedersehen?

Ich bin mir nicht sicher, ob ich es je wieder schaffe, einen Mann so zu lieben wie ihn. Bis vor ein paar Monaten dachte ich, ich könnte nie wieder irgendjemanden an mich heranlassen. Ich dachte, Talon hätte mich kaputtgemacht. Ich dachte, jegliche Fähigkeit, Liebe zu empfinden, wäre mit meiner Beziehung zu ihm gestorben.

Aber Noah gibt mir etwas, das ich sonst nirgendwo bekomme. Er ist wie ein fehlendes Puzzleteil. Mit ihm fühle ich mich wieder ganz. Ob er nun etwas für mich empfindet oder nicht, ändert nichts daran. Und ich will das Gefühl nicht einfach wegwerfen. Ich will so viel davon, wie ich irgendwie kriegen kann, weil es mir mehr hilft als irgendetwas anderes.

»Bist du sicher, dass dir Sex gerade … helfen würde?«, fragt Noah, als hätte er meine Gedanken gehört.

»Ja«, erwidere ich leise. »Aber wir müssen nicht«, füge ich eilig hinzu. »Ich erwarte das nicht von dir.«

Noahs Fingerspitzen tänzeln hauchzart über meinen Rücken. Er schluckt. Mustert mein Gesicht. Zögert.

»Nur Sex?«, versichert er sich.

»Es war doch nie mehr«, behaupte ich, obwohl die Worte mir ein Stück aus der Seele schneiden. Ich streiche über Noahs Brust und lasse meine Hand langsam zu seinem Bauch hinabwandern.

»Klar«, murmelt er. Seine Hand fährt an meinem Rücken hinab bis zu meinem Hintern, und er zieht mich enger an sich. Ich kuschle mich an ihn, lehne meine Stirn an seine Schläfe und streiche mit den Fingerspitzen über die nackte Haut oberhalb seines Hosenbunds.

»Da gäbe es nur zwei Probleme«, raunt Noah und dreht den Kopf leicht. Ich spüre seinen Atem auf meiner Wange. Dann seine freie Hand in meinem Nacken.

»Und zwar?«, frage ich atemlos und schiebe sein T-Shirt ein Stück hoch, ertaste mehr von seiner nackten warmen Haut. Ich weiß, was jetzt kommt. Grey. Und das zweite Problem ist wahrscheinlich Columbo oder so.

Doch Noahs Griff in meinem Nacken festigt sich. Seine Finger graben sich drängender in meinen Hintern, und ich lege ein Bein über seine Oberschenkel, um ihm besseren Zugang zu gewähren. Seine Hand wandert von hinten zwischen meine Beine, und obwohl wir durch den Stoff meiner Schlafshorts nicht ansatzweise genug spüren, seufzen wir beide auf.

Noahs Lippen versiegeln meinen Mund. Schlucken das Geräusch und wandeln es in einen hungrigen Kuss, den ich verzweifelt erwidere. Eben noch war da Zurückhaltung. Jetzt ist zwischen uns nichts als Verlangen. Ich dränge meinen Körper an Noahs. Er vergräbt die Finger in meinem Nacken, dreht sich zu mir auf die Seite und stöhnt auf. Allerdings klang das mehr schmerzerfüllt als erregt.

»Zwei Probleme«, wiederholt er atemlos an meinen Lippen, doch seine Finger zwischen meinen Beinen weichen kein Stück zurück. »Erstens ... Ich kann mich wirklich kaum bewegen.« Er schiebt den Stoff meiner Shorts beiseite und reibt sanft meine Klit. Mein Keuchen geht in Noahs nächsten Worten unter. »Und zweitens haben wir keine Kondome.«

»So schlimm?«, frage ich belustigt und lasse meine Hand unter seinen Hosenbund wandern. Ich umfasse seinen Schaft und beginne, ihn zu reiben. Er stöhnt auf. Und diesmal ist es definitiv ein erregtes Stöhnen. »Wie ungünstig, dass du immer allein die Arbeit machst und ich gar keine Ahnung habe, was ich tun muss«, ziehe ich ihn auf. »Sonst wäre das ja gar kein Problem.«

Ihm entweicht ein keuchendes Lachen, und er umkreist meine Klitoris fester. »Reicht es, wenn ich zugebe, dass ich dich nur aufziehen wollte, oder muss ich auf die Knie für deine Vergebung?«

»Hm«, mache ich zufrieden und reibe weiter seine Erektion. »Auf die Knie klingt gut. Aber ich bin nett und gestatte dir, das wann anders nachzuholen.«

»Zu gnädig.« Noah zieht mich wieder zu seinen Lippen und vertieft unseren Kuss. Langsam dringt er erst mit einem, dann mit zwei Fingern in mich ein. Mir entkommt ein Stöhnen. Mit den Zähnen zieht er an meiner Unterlippe und vergräbt die Finger in meinen Locken.

»Du fühlst dich so fucking gut an«, raunt er zwischen zwei Küssen, verteilt meine Feuchtigkeit um meine Klit und dringt dann wieder in mich ein. Ich kann mich kaum auf den Handjob konzentrieren, den ich ihm eben geben wollte. Seine Berührungen bringen meinen gesamten Körper aus dem Konzept, und alles, was ich will, ist, ihn in mir zu spüren. Ganz. Vorzugsweise, bevor er mich mit zwei

Handgriffen zum Kommen bringt, weil er mittlerweile ganz genau weiß, was mir gefällt.

»Warte«, keuche ich und löse mich von ihm. Noah zieht nur widerwillig seine Hand zurück und lässt zu, dass ich aus dem Bett aufstehe. Auf wackligen Beinen gehe ich zur Tür und sperre sie leise ab. Dann bücke ich mich zu meiner Tasche. Zum Glück habe ich beim Packen wenigstens ein bisschen Struktur reingebracht und nicht alles einfach reingeschmissen. Ich brauche nur ein paar Sekunden, um zu finden, was ich suche.

Noah beobachtet, wie ich mich meiner Hose entledige und wieder auf ihn zukrabble. Dabei hole ich das kleine Päckchen hinter meinem Rücken hervor.

»Du hast nicht ernsthaft Kondome mitgenommen?«, fragt er belustigt und nimmt es mir ab.

»Wieso?«, flüstere ich und ziehe ihm die Shorts von den Hüften. »Ich kenne mich. Und unsere mangelnde Selbstbeherrschung.«

Noah schnaubt, doch er zögert nicht, sich das Kondom überzurollen. Ich knie mich über ihn, und er legt seine Hände an meine Hüften, schiebt mein zu großes T-Shirt ein Stück hoch, sodass er mehr von mir sehen kann. »Wenigstens eine von uns denkt mit«, stellt er leise fest und setzt sich auf. Sein schmerzverzerrtes Gesicht sagt mir genug darüber, wie es bei der Bewegung um seinen Muskelkater steht. Doch er beschwert sich nicht. Stattdessen küsst er mich wieder und hilft mir dabei, mich auf ihn sinken zu lassen.

Langsam dringt er in mich ein, füllt mich ganz aus. Ich verkneife mir ein weiteres Stöhnen. Stattdessen schiebe ich Noahs T-Shirt hoch, ziehe ihn aus, und er tut es mir nach. Er schließt meinen nackten Körper in seine Arme, lehnt seine Stirn an meine und küsst mich. Immer weiter. Als wäre es das Einzige, was für ihn von irgendeiner Bedeutung ist.

Ich bewege mich auf ihm. Seine Hände wandern über meine nackte Haut. Über meine Brüste, meine Wangen, meine Taille. Er umfasst meine Hüften und unterstützt meine Bewegungen, doch auch dabei verlassen seine Lippen meine kaum länger als ein paar Sekunden.

Ich zerfließe auf ihm. Lasse zu, dass er mein Herz mit jeder weiteren Sekunde noch mehr an sich nimmt. Es ist mir egal, wenn er es hat. Bei Noah fühlt es sich richtig an.

So. Verdammt. Richtig.

Und je öfter ich dieses Wort denke, je öfter sein Name durch meine Gedanken hallt, desto mehr tut es weh.

Noahs Atem wird lauter, wandelt sich zu einem leisen erregten Keuchen. Er reibt mit den Fingerspitzen wieder meine Mitte, und ich spüre, wie er kommt. Mein Stöhnen wird von unserem Kuss erstickt. Noah bewegt sich weiter in mir, und mein Orgasmus rollt ungehindert über mich hinweg. Sorgt dafür, dass sich alles in mir auf schönstmögliche Weite zusammenzieht. Erst als auch die letzte Welle verebbt ist, löse ich meine Lippen von Noahs und schnappe zittrig nach Luft. Wir schauen uns an, beide schwer atmend. Seine grünen Augen nehmen mich gefangen, und eine beinahe ehrfürchtige Gänsehaut wandert über meinen Körper.

Noah scheint sie zu bemerken, denn er greift nach der Decke und zieht sie über meine Schultern. Dann streicht er mir sanft eine Strähne aus der Stirn. Er ist noch immer in mir. Und ich bringe es noch nicht über mich, aufzustehen und diese Verbindung zwischen uns zu lösen. Stattdessen schaue ich ihm weiter in die Augen. Frage mich, ob ich nicht doch etwas sagen sollte. Ob die Wahrheit denn so schlimm wäre, wenn es sich so richtig anfühlt.

Grey sagt, Noah liebt mich.

Was, wenn das stimmt?

»Brooke?«, raunt Noah und streicht mir über die Wange.

Mein Herz macht einen Satz. »Hm?«

Er mustert mich leicht besorgt. »Kondom …?«

»Äh … ja. Sorry.« Widerwillig lasse ich mir von seinem Schoß helfen und schaue dabei zu, wie Noah im Bad verschwindet, um das Kondom zu entsorgen. Es dauert nicht lang, bis er wiederkommt. Nackt legt er sich zu mir unter die Decke und zieht mich in seine

**173**

Arme. Ich atme tief durch, schlucke meine Geständnisse herunter und schmiege mich an seine Brust.

»Wie geht's deinem Muskelkater?«, frage ich und ziehe mit den Fingerspitzen Kreise auf seiner Haut.

»Erinner mich nicht dran«, lacht er leise und atmet tief durch. »Frag mich lieber morgen, ob ich noch laufen kann.«

»Wusstest du, dass es hier in der Nähe noch eine andere Horse-Trekkingtour gibt?«, ziehe ich ihn auf.

»Das habe ich jetzt nicht gehört«, murmelt er, vergräbt das Gesicht an meiner Halsbeuge und küsst sanft mein Schlüsselbein.

»Schade. Du bist doch jetzt Pferdeprofi.«

Ich kann sein Schmunzeln auf meiner Haut spüren. Glaube ich zumindest. Vielleicht liegt es auch einfach daran, dass ich Noah so gut kenne. Oder vielleicht bilde ich es mir ein. Denn das Schweigen, das nun folgt, fühlt sich schwer an. Und seine nächsten Worte vertreiben etwas von der Wärme, die er in mir ausgelöst hat.

»Bereust du es schon?«, fragt er kaum hörbar.

Einen Moment lang muss ich über die Frage nachdenken. Wo fängt Bereuen denn an? Da, wo man weiß, dass man es bald bereuen *wird*, aber noch der festen Überzeugung ist, dass es das trotzdem wert war?

»Sollte ich denn?«, erwidere ich vorsichtig und streiche über Noahs Nacken.

»Keine Ahnung«, raunt er, und die Wärme verfliegt noch ein wenig mehr.

Ich traue mich kaum, die nächste Frage zu stellen. »Bereust du es denn?«

»Nein«, sagt er sofort und hebt den Kopf. »Ich bleibe bei meinem Wort.«

»Bei welchem?«, frage ich irritiert.

»Bei dem, dass du kein Fehler bist«, erklärt er, und sofort ist die Wärme zurück. »Ich hingegen …«

»Ich bereue nichts, Noah«, versichere ich ihm, bevor er weitersprechen kann.

**174**

Er hält meinem Blick stand. Einen Moment lang wirkt es so, als würde er noch etwas sagen wollen. Dann streicht er mir doch nur eine Strähne aus dem Gesicht und seufzt. »Gut.«

Ich küsse ihn sanft, obwohl das mein armes Herz vermutlich noch mehr verwirrt. Doch er erwidert es zögerlicher als zuvor.

»Sag mal …«, murmelt er, als ich meine Lippen wieder von seinen löse.

Fragend schaue ich ihn an, und mein Herz schlägt schon wieder zehnmal so schnell, wie es sollte. Diese verdammte Nervosität bringt mich noch um. »Was?«

»Mein Handy hat mir am Wochenende eine Sprachnachricht von dir angezeigt.«

Und damit setzt mein Herz schlagartig aus. Er hat sie gehört? War er deswegen so komisch? Weil er weiß, dass ich …

»Aber als ich draufgetippt habe, war sie weg«, fährt Noah fort und unterbricht damit meine rasenden Gedanken. »Ich … hab mich nur gefragt, ob das Absicht war.«

»Oh«, bringe ich heraus. Hitze steigt mir in die Wangen. »Ähm … war vermutlich ein Versehen. Ich war Samstag auf einer Party, also …«

»Ah«, macht er. »Okay.«

»Sorry.« Scheiße, warum lüge ich ihn an? Vermutlich, weil die Wahrheit keine Option ist.

»Alles gut«, versichert er mir, auch wenn seine Stimme einen merkwürdigen Unterton bekommen hat. »So was hab ich mir schon gedacht.«

Ich weiß nicht mehr, was ich darauf noch erwidern soll. Aber zum Glück bricht das Plingen seines Handys unser beklommenes Schweigen.

»Das ist hoffentlich nicht Grey«, murmelt Noah scherzhaft und streckt sich, um das Smartphone von seinem Nachttisch zu nehmen. Doch als er das Display anschaltet, wandelt sich sein Gesichtsausdruck. Das Lächeln bleibt auf seinen Lippen, aber ein trauriger Zug legt sich um seine Augen.

»Alles okay?«, frage ich vorsichtig.

»Ja.« Er schnaubt leise. »Willst du was Süßes sehen?«

»Warum fragst du das überhaupt?«

»Stimmt ja.« Schmunzelnd hält Noah mir sein Handy hin und zeigt mir ein Bild von einem kleinen schwarz-weißen Welpen mit Hängeohren.

Mir entweicht ein Quieken. »Ohh, wer ist das denn?«

»Es heißt Toby. Und ist wohl gerade in seinem neuen Zuhause eingezogen.« Er swipt weiter zu einem Bild von einer strahlenden Frau, die auf einem Sofa sitzt und den kleinen Toby auf dem Arm hält.

»Und wer ist das?«, frage ich interessiert.

Der traurige Zug in Noahs Gesicht gewinnt Überhand. »Meine letzte Pflegemutter«, erklärt er leise.

»Die, die so nett war?« Er hat ein paarmal von seinen Pflegeeltern erzählt. Aber nie besonders viel. Generell erzählt Noah nicht gern viel von sich, glaube ich.

»Genau. Ich hab ihr und David im Sommer Bilder von Columbo geschickt, und seitdem wollte sie auch einen Hund.«

»Da wird Columbo aber eifersüchtig, wenn du ständig Toby besuchst«, warne ich ihn lachend. Doch Noah steigt nicht darauf ein. Stattdessen legt er nur schweigend das Handy weg. »Hab ich was Falsches gesagt?«

»Nein. Ich glaube nur, ich werde Toby nicht besonders oft besuchen. Columbo ist also vor Konkurrenz sicher.«

»Warum denn nicht?«, frage ich vorsichtig. »Meintest du nicht, sie wohnen in der Nähe von Wellington?«

Er zuckt mit den Schultern. »Ja. Aber ich fahre nicht oft hin. Ich will sie nicht nerven.«

»Wieso nerven? Sie haben dir doch geschrieben. Ist das nicht ein Zeichen, dass sie dich an ihrem Leben teilhaben lassen wollen?«

»Es ist kompliziert«, weicht Noah aus. »Aber ist ja auch egal.«

Okay. Wenn er so abblockt, hat es wohl keinen Sinn, weiter mit ihm darüber zu reden. Generell wirkt er plötzlich abweisender als eben noch. Widerwillig löse ich mich von ihm und krabble aus dem

Bett, um mich wieder anzuziehen. Vielleicht braucht er kurz einen Moment für sich. Und ich glaube, wenn ich nicht selbst zumindest fünf Minuten Abstand von Noah nehme, um mal durchzuatmen und meine Gedanken zu sortieren, wartet der Liebeskummer nicht mal bis nach dem Urlaub. »Ich hol mir kurz was zu trinken«, erkläre ich auf seinen fragenden Blick hin und schlüpfe in meine Shorts. »Willst du auch was?«

Er schüttelt den Kopf und lässt sich zurück in die Kissen sinken. Leise sperre ich die Tür wieder auf und husche durch den Flur in die offene Wohnküche. Der Fernseher läuft. Und kaum dass ich den Raum betrete, spüre ich auch schon Greys Blick auf mir. Mein Bruder liegt auf dem Sofa, die Fernbedienung in der Hand. Columbo hat es sich vor dem Kamin gemütlich gemacht und lässt sich von der Hitze das noch feuchte Fell trocknen. Ob Grey auf mich gewartet und sich gefragt hat, wo ich so lang bleibe? Ich verspüre den Anflug eines schlechten Gewissens, wische es jedoch beiseite. Es gibt nichts, wofür ich mich schlecht fühlen müsste.

»Wie lief Columbos Bad?«, frage ich, als wäre nichts, und widme mich dem Kühlschrank.

Grey brummt. »Schlimmer als mit einem Kleinkind. Der Prinz hat nicht aufgehört, das Badewasser zu trinken.«

»Es war doch ohnehin kein Shampoo drin«, erwidere ich und nehme mir eine kalte Dose Limo. Zumindest gehe ich nicht davon aus, dass Grey Columbo mit normalem Shampoo oder Duschgel wäscht. Dafür ist er zu fürsorglich. Ich werfe einen Blick über meine Schulter.

Grey verzieht das Gesicht. Nein. »Aber jede Menge Salz und der Dreck von mehreren Wochen.«

»Das sind wichtige Mineralstoffe«, behaupte ich grinsend, schließe den Kühlschrank wieder und lehne mich mit dem Hintern gegen die Küchenanrichte.

»Klar. Hilft ihm bestimmt bei der Verdauung.« Er wendet sich wieder dem Fernseher zu. »Dad richtet übrigens Grüße aus. Ich habe vorhin kurz mit ihm telefoniert.«

»Danke. Geht's ihm gut?«

»Jap. Alles bestens bei ihm.« Er zögert einen Moment. »Und wie war's mit Noah?«

Ich stocke. »Ähm …«

Wie meint er das? So, wie ich denke? Wir waren doch leise. Relativ zumindest, aber wenn der Fernseher lief …

»Hab euch absperren gehört«, erklärt Grey ungerührt.

Okay. Scheiße.

»Und jetzt willst du ernsthaft eine Antwort auf diese Frage?«, hake ich nach.

Er zuckt mit den Schultern. »Keine Ahnung. Ich versuche noch, mich an den Gedanken zu gewöhnen.«

»Ah …«

»Ist nicht so einfach«, gesteht er.

»Was soll das bedeuten? Fängst du jetzt wieder Streit mit Noah an?«, will ich wissen.

Greysen seufzt, stellt den Fernseher leiser und richtet sich auf, um mich ansehen zu können. »Ich habe nichts dagegen, okay? Wenn er dich glücklich macht … Und Noah ist nicht Talon, das ist schon mal eine Verbesserung.«

»Er hat so wenig mit Talon gemeinsam, dass dieser Vergleich nicht mal Sinn ergibt«, stelle ich leicht wütend klar.

»Sie haben dich gemeinsam«, gibt Grey zu bedenken. »Und damals wie heute will ich nur, dass es dir gut geht.«

Mir entweicht ein Schnauben. »Mit Noah geht es mir gut.«

Er nickt. »Wie gesagt. Wenn er dich glücklich macht …«

Nachdenklich spiele ich am Verschluss meiner Limodose herum. Die Situation ist definitiv nicht einfacher geworden, seit Grey davon weiß. Und dass er und Noah zerstritten sind, hilft auch nicht.

»Also seid ihr jetzt zusammen?«, fragt er nach einem zögerlichen Schweigen.

Mein Herz verkrampft sich schmerzhaft. »Nein«, erwidere ich schlicht.

Greysen runzelt die Stirn, sagt aber nichts mehr dazu. Stattdessen weist er mit dem Kinn zum Fernseher. »Okay. Wollt ihr noch einen Film schauen?«

So einfach? Wow. Er bemüht sich wirklich, es zu akzeptieren, kann das sein? Trotzdem zögere ich. Die Situation ist irgendwie awkward. Aber es wird auch nicht besser, wenn wir uns aus dem Weg gehen. Und gegen einen Film spricht wirklich nichts, oder? Es ist noch relativ früh, und wenn er es schon vorschlägt …

»Ich frag mal Noah«, beschließe ich.

Greysen nickt. »Klingt gut.«

# noah

Ich dachte, ich würde es bereuen, mich von Brooke zu dem gemeinsamen Filmabend mit Grey überreden zu lassen. Doch stattdessen ist es überraschend schön, zu dritt auf dem Sofa zu liegen. Brooke hat sich an meine Brust gekuschelt, ihre Beine auf Greys Schoß. Er massiert ihre Füße, während ich ihr den Kopf kraule. Columbo schaut immer wieder eifersüchtig zu uns rüber, doch noch hat er keinen Kuschelangriff unternommen. Vielleicht, weil auch er spürt, dass dieser Moment irgendwie wichtig für uns ist. Dass dieser Frieden zwischen uns etwas verändert. Vielleicht zum Besseren.

Der Sex mit Brooke hängt mir noch nach. Ich würde lügen, würde ich behaupten, dass er nicht haufenweise Zweifel wieder an die Oberfläche befördert hat. Aber wie ich Brooke schon sagte – ich bereue nichts. Und ich verfolge nun wieder denselben Grundsatz wie damals in Hāwera auch: Ich nehme alles, was ich von dieser Frau kriegen kann. Egal, wie viel oder wenig es sein mag. Und obwohl ich damit schon mal auf die Schnauze gefallen bin und uns beide enttäuscht habe, mache ich den Fehler wieder. Kaum zu glauben, wie lernresistent ich bin.

Doch letztendlich weiß Brooke, worauf sie sich einlässt. Sie hat es selbst betont. Nur Sex. Erst mal. Und wenn sie weg ist, dann den Liebeskummer. Aber den habe ich schon einmal überlebt, oder nicht? Wenn auch nicht besonders glorreich. Und vor allem war er noch nicht ansatzweise überstanden.

Brooke kichert schon wieder. Wir schauen auf ihren Vorschlag hin *Rapunzel*, was ebenfalls zur guten Stimmung beigetragen hat. Bei dem Film kann sich selbst Grey nicht immer das Schmunzeln verkneifen. Doch viel mehr als auf den Film konzentriere ich mich auf Brooke. Auf ihr Lachen und die unqualifizierten Kommentare, die sie immer wieder einwirft. Auf das warme Gefühl, das dabei in meiner Brust wächst und immer stärker wird, je mehr ich es zulasse. Ein Teufelskreis.

Hin und wieder spüre ich Greys Blick auf mir. Er mustert Brooke und mich von der Seite, doch an seinem Gesicht kann ich nicht ablesen, wie er die Situation empfindet. Brooke hat mich vorgewarnt, dass er weiß, was wir vorhin im Schlafzimmer getan haben. Vermutlich nicht im Detail, aber allein die Tatsache, dass es passiert ist, reicht wohl schon, um ihn zu nerven. Und trotzdem hat er gefragt, ob wir mit ihm den Film schauen. Das ist ein guter Schritt, oder? Auch wenn ich keine Ahnung habe, was er mir bringen soll. In ein paar Tagen hat das alles sowieso ein Ende.

Als der Film aus ist, rührt sich komischerweise keiner von uns. Ich mich schon gleich dreimal nicht, da Brooke halb auf mir liegt und ich ihre Nähe nicht aufgeben will. Doch auch sie und Grey scheinen noch nicht erpicht aufs Bett. Ich schätze, wir wollen alle den Frieden noch ein wenig auskosten.

»Das war schön«, seufzt Brooke und kuschelt sich enger an meine Brust.

»Ich mag das Chamäleon«, gibt Greysen zu. »Erinnert mich an dich.«

»Hey«, beschwert sie sich und stößt ihn scherzhaft mit ihrem Fuß an.

»Was denn?« Er ringt sich ein Grinsen ab. »Ist genauso rotzfrech wie du.«

»Und du bist das Pferd«, gibt sie zurück. »Der Griesgram mit dem weichen Herz.«

»Wow. Das weiche Herz hat gesessen«, behauptet Grey und greift sich an die Brust.

Ich schmunzle in mich hinein und streiche weiterhin durch Brookes rote Locken.

»Wer ist Noah?«, will Brooke jetzt wissen und dreht sich so, dass sie mir ins Gesicht schauen kann. Sie verzieht nachdenklich den Mund. »Flynn?«

»Nicht eingebildet und selbstsicher genug«, gibt Grey zu bedenken. »Wenn ich so drüber nachdenke … Ich glaube, *du* bist Flynn.«

»Boah, was?«, beschwert Brooke sich. Doch ich nicke.

»Seh ich«, stimme ich Greysen zu.

Brooke schnaubt. »Dann bist du Rapunzel«, behauptet sie.

»O ja«, kommt es von Grey.

»Bitte?«, frage ich lachend. »Ich war zwar schon länger nicht mehr beim Friseur, aber so schlimm ist es auch nicht.«

»Hol mal eine Bratpfanne. Ich glaube, dann sieht man die Ähnlichkeit direkt«, witzelt Grey.

»Ihr verarscht mich«, stelle ich fest. »Kann ich nicht das Chamäleon sein?«

»Das Chamäleon kann Flynn aber nicht leiden«, beschwert Brooke sich. »Tut mir leid, es ist entschieden.«

»Definitiv Flynn«, murmelt Grey belustigt, und Brooke streckt ihm die Zunge raus.

»Wo wir aber grade alle hier sitzen …«, meint er vorsichtig. »Wir müssten uns mal langsam überlegen, wie wir nächste Woche weitermachen. Den Montag kann ich mir noch freinehmen. Aber Dienstag muss ich wieder in der Uni sein. Das heißt, wir müssten Sonntag hier abreisen, damit ich die Strecke schaffe.«

Stimmt … Wir können nicht ewig hierbleiben. Grey kann sein Studium nicht einfach so ignorieren, und Brooke muss zurück nach Auckland. Nur kann es sein, dass Talon dort immer noch nach ihr sucht. Und dann?

Sie ist ganz still geworden. Das Thema ist vermutlich keines, mit dem sie sich heute noch befassen wollte. Aber vielleicht hilft es ihr, wenn wir einen Plan entwickeln. Die Ungewissheit muss ihr doch trotzdem im Nacken gesessen haben, auch wenn sie heute alles von sich geschoben hat.

»Ich kann noch bei dir in Auckland bleiben«, biete ich kurzerhand an. Mir egal, dass das eine Scheißidee ist, weil es den Abschied nur noch schlimmer machen wird. Hauptsache, ihr geht es gut.

Brooke zögert. »Du musst doch auch wieder zur Uni …«

»Ist nicht so wichtig«, versichere ich ihr. Ganz ehrlich, dieses beschissene Studienfach ist sowieso sinnlos. Ich werde in dem Bereich nie erfolgreich werden. Ich bin einfach nicht dafür gemacht. Und dann ist es auch egal, ob ich den Abschluss mittelmäßig oder schlecht schaffe. Oder überhaupt. Wobei es in Anbetracht der Studienkosten, die David und Ellie dafür auf sich genommen haben, schon echt bitter wäre, wenn ich es versemmle.

Egal. Das kriege ich schon irgendwie hin.

Brooke schaut gequält, widerspricht mir aber auch nicht. Und das nehme ich als ein Zeichen, dass ich bleiben soll. Sie wollte gestern nicht mal allein schlafen, verdammt. Ich bezweifle, dass ich sie in drei Tagen einfach allein in ihrer Wohnung absetzen kann, ohne dass sie wieder Angst bekommt. Und zu Recht. Ich mache mir doch genauso Sorgen wegen Talon. Und Grey sowieso.

»Unabhängig davon, ob Noah bei dir bleibt oder du überhaupt schon zurück nach Auckland willst, sollten wir ernsthaft über eine Anzeige nachdenken«, sagt dieser jetzt leise.

Brooke versteift sich. »Ich hab doch nicht mal Beweise. Was soll das bringen?«

»Du hast Zeugen«, widerspricht Grey. »Deine Nachbarn.«

»Die wollen da sicher nicht mit reingezogen werden.«

Grey presst die Lippen zusammen, und ich weiß sofort, dass ihm etwas auf der Zunge liegt. Ich hebe erwartungsvoll die Brauen. Was auch immer er sagen will, er sagt es besser gleich, bevor wir das Thema fünfmal aufwärmen müssen. »Ich hab schon mit ihnen geredet«, gibt er zu. »Sie haben mir ihre Kontaktdaten gegeben, die ich gerne für Rückfragen an die Polizei weitergeben darf. Falls du das willst. Sie können bezeugen, dass Talon in deiner Tür stand und übergriffig geworden ist. Das reicht manchmal schon, damit was passiert.«

»Oh, bitte«, keucht Brooke. »Ich kenne die Statistiken. Es passiert nie was, bis es zu spät ist …«

Das *zu spät* jagt mir einen unangenehmen Schauder über den Rücken. Ich will mir gar nicht ausmalen, was sie Talon alles zutraut. Ich hoffe nur, sie hat unrecht.

»Ich kann auch aussagen«, füge ich leise an Brooke gewandt hinzu.

Fragend schaut sie mich an.

»Silvester?«, helfe ich ihr auf die Sprünge, und sie verzieht das Gesicht.

»Das macht ihn sicher nur noch aggressiver«, murmelt sie.

»Also kuschst du vor ihm?«, beschwert Greysen sich.

Ich werfe ihm einen warnenden Blick zu, doch er schüttelt frustriert den Kopf.

»Ist doch wahr. Dadurch, dass du nichts machst, gibst du ihm nur noch mehr Macht. Das ist ein Freifahrtschein. Du kannst dich doch wehren.«

»Das ist nicht so einfach …«

»Ich weiß. Deswegen sind wir ja auch da, um dir dabei zu helfen. Aber wo soll das denn enden, wenn du ihn einfach machen lässt? Willst du so lange umziehen, bis er dich nicht mehr findet? Oder doch irgendwann nachgeben, wenn er klopft, weil das einfacher ist? Je früher das aktenkundig wird, desto besser. Je öfter du ihn der Polizei meldest, desto eher passiert was. Du musst alles dokumentieren und …«

»Grey«, unterbreche ich ihn nun schärfer, weil Brooke immer mehr in sich zusammenschrumpft. »Lass sie erst mal ein bisschen durchatmen, okay?«

Er schnaubt, hält jedoch die Klappe. Kurz zumindest. »Ich will ja nur helfen«, murmelt er. »Tut mir leid, aber Zuschauen ist für mich keine Lösung.«

»Du hast ja recht«, sagt Brooke leise. »Aber ich brauche noch ein bisschen, okay?«

**184**

Grey atmet tief durch. »Okay«, sagt er dann schlicht. »Verstanden.«

Brooke zögert. »Es ist nicht so leicht, sich zu wehren, wenn einen jemand so fest im Griff hatte«, flüstert sie. »Man lernt, dass es einfacher ist, sich kleinzumachen und die Klappe zu halten. Deswegen habe ich damals nach der Schlägerei auch nicht für dich ausgesagt. Weil ich Angst davor hatte, was er macht, wenn ich ihn verrate.«

Grey zieht die Brauen zusammen und starrt Brooke fassungslos an. Ich kann nur irritiert zwischen den beiden hin und her schauen. Bitte was für eine Schlägerei? Und warum sollte Brooke vor der Polizei für Greysen aussagen? Für *Greysen*, der doch der Gesetzeshüter schlechthin ist.

»Also hast du lieber mich verraten«, stellt er fest. Es klingt nicht anklagend. Aber irgendwie verbittert.

Ich runzle die Stirn. Was zur Hölle passiert hier gerade?

Brooke schluckt. »Bei dir wusste ich, dass du mir nicht wehtun wirst«, gibt sie kleinlaut zu. »Bei ihm nicht.«

Grey entweicht ein Keuchen. Seine nächsten Worte sind energischer. »Meinst du nicht, dass ich dich besser vor ihm hätte beschützen können, wenn du die Wahrheit gesagt hättest?«

»Aber genau davor hatte ich doch Angst!«, erwidert Brooke jetzt lauter. »Dass du dich in die Schussbahn stellst und ich daran schuld bin. Er hatte dir schon mal wehgetan. Er hätte keinen Halt vor dir gemacht. Zu gehen war die einzige Lösung, um uns beide zu beschützen.«

»Warte.« Grey schiebt Brookes Fuß von seinem Schoß. »*Deswegen* wolltest du zu Mum ziehen?«

Brooke beißt sich auf die Innenseite der Wange und nickt schwach.

Grey erwidert nichts mehr. Er starrt sie nur an und schüttelt ungläubig den Kopf.

»Sag was«, bittet sie leise, und ich höre die Verzweiflung aus ihrer Stimme heraus. Die Angst davor, dass jetzt wieder alles in die Brüche geht, der Frieden ein Ende findet, diese fragile Beziehung zwischen ihr und ihrem Bruder bricht.

»Was soll ich denn sagen?«, fragt er mit einer Mischung aus Unglauben und Wut in der Stimme. »Du hast mir lieber gesagt, dass du mich hasst, statt mir die Wahrheit zu erzählen?!«

Brooke stockt. »Ich habe nicht gesagt, dass ich stolz darauf bin ...«

Greysen entweicht ein Schnauben. Einen Moment lang scheint er noch mit dem Gedanken zu spielen, etwas zu erwidern. Dann wendet er den Blick ab und steht auf. »Ich muss das erst mal verarbeiten«, stellt er fest und durchquert das Wohnzimmer.

»Grey«, sagt Brooke fast flehend.

Er bleibt stehen, dreht sich jedoch nicht zu uns um. »Ich ... Gib mir einfach ein bisschen Zeit, okay? Ich kann das gerade nicht.«

»Bist du sauer?«, flüstert sie, und es klingt so verletzt, dass ich sie unwillkürlich enger an meine Brust ziehe.

Grey wirft ihr über seine Schulter hinweg einen Blick zu. »Nein«, sagt er wenig überzeugend. »Nur ... verwirrt. Gute Nacht.«

Er verlässt das Wohnzimmer und lässt uns mit Columbo allein zurück. Brooke schaut ihm schweigend nach, und ich streiche ihr zögerlich über den Rücken. »Er fängt sich wieder«, versichere ich ihr.

Sie dreht sich zu mir um und vergräbt das Gesicht an meiner Brust. »Oder eben nicht«, murmelt sie.

»Ich bin mir sicher, dass er es tut.«

»Hm.« Sie atmet tief durch und richtet sich auf. »Können wir ins Bett gehen? Ich würde den Tag jetzt gerne beenden.«

Ich nicke und lasse mich von ihr vom Sofa hochziehen. Während wir zum Schlafzimmer gehen, erklingen plötzlich vertraute Tapser hinter uns. Columbo folgt uns durch den Flur und schaut winselnd zu uns hoch, als Brooke die Schlafzimmertür öffnet. Die schaut im Gegenzug mich an. Mit einem ähnlich flehenden Hundeblick wie er.

»Der Arme muss ganz allein im fremden Haus schlafen«, meint sie und entlockt mir damit ein Schmunzeln.

»Lass ihn schon rein«, gebe ich nach. Normalerweise darf Columbo nicht mit im Bett schlafen, weil er dafür zu viel Zeit in irgendwelchen Schlammpfützen verbringt. Aber er ist frisch gebadet und ganz eindeutig auf Liebesentzug. Und ich weiß, wie gut er Brooke tut, also werde ich sicher der Letzte sein, der dagegen argumentiert. Erziehungstechnisch vielleicht kein so kluger Schachzug, aber was weiß ich schon? Und es ist ja auch nicht mein Hund, sondern ihrer. Brooke lässt ihn ins Zimmer, und er hechtet sofort zum Bett. Während wir uns fertig machen und Zähne putzen, wärmt Columbo freudig hechelnd die Decke vor. Kaum dass Brooke sich dazulegt, schmiegt er sich an ihre Seite, bettet den Kopf in ihre Armbeuge und gibt keinen Mucks mehr von sich. Es hat was von einem übergroßen Kuscheltier. Nur dass er mit seinen vierzig Kilo definitiv ein paar Einschränkungen mit sich bringt.

Ich mache das Licht aus und lege mich auf Brookes andere Seite. Sie zieht meinen Arm um ihre Mitte, bis ich mit der Brust an ihrem Rücken liege und wir ein ziemlich skurriles, aber auch ziemlich süßes Dreier-Löffelchen bilden. Ich umarme Brooke, und Brooke umarmt Columbo, der weiterhin so tut, als würde er schon tief und fest schlafen.

Ich streiche Brookes Haare beiseite und küsse sie sanft auf den Nacken. »Nacht«, raune ich und spüre, wie sie bei meiner Stimme leicht erschaudert.

»Gute Nacht«, flüstert sie zurück und schmiegt sich noch ein wenig enger an mich. Und trotz des Stichs in meiner Brust lächle ich.

Überraschenderweise dauert es diesmal nicht lang, bis Brooke eingeschlafen ist. Ich schätze, die Trekkingtour und das Toben mit Columbo am Strand haben doch einiges an Energie gekostet.

Eine Weile versuche ich, ebenfalls zu schlafen. Aber meine Gedanken kehren immer wieder zu dem Gespräch mit Grey zurück. Erst zu dem mit mir und dann zu dem mit Brooke. Normalerweise bin ich niemand, der Leuten hinterherrennt. Nicht, weil ich mich dafür für zu gut halte, eher im Gegenteil. Weil ich doch weiß, dass sie ohne mich besser dran sind. Warum sollte ich ihnen meine Nähe aufzwingen? Aber ich weiß gar nicht mehr, ob ich nun Reue empfinden soll oder doch so etwas wie Wut. Denn die Realisation heute hat mehr gesessen, als ich dachte. Er hat mich nie sein Freund sein lassen. Und das ist irgendwie nicht fair. Ich habe mich die ganzen Jahre lang so verdammt bemüht, für ihn da zu sein, und er hat es keine Sekunde wirklich annehmen können.

Ja. Ich bin tatsächlich sauer auf ihn. Und das ist ein Gefühl, das mir gänzlich fremd geworden ist. Wenn man immer die Schuld bei sich selbst sucht, verliert man irgendwann völlig aus den Augen, dass andere Menschen auch Verantwortung haben. Und vielleicht habe ich doch ein bisschen mehr Respekt verdient, als ich mir zugestanden habe. Ein bisschen mehr Ehrlichkeit.

Ich nehme mein Handy vom Nachttisch, stelle die Helligkeit ganz runter, um Brooke nicht zu wecken, und tippe eine Nachricht.

> Bist du noch wach?

Es dauert nicht lang, bis er antwortet.

> Ja.

Ich kratze mein letztes bisschen Mut zusammen und tippe die nächste.

> Können wir reden?

Diesmal braucht er länger. Dann:

> Okay.

> Treffen wir uns auf der Veranda? Brooke schläft.

Leise lege ich das Smartphone beiseite und stehe aus dem Bett auf. Brooke rührt sich zum Glück nicht. Nur Columbo zuckt im Fast-Dunkeln mit den Ohren und hebt interessiert den Kopf. »Schlaf weiter«, raune ich ihm zu und kraule ihn kurz hinter den Ohren. »Pass auf Brooke auf, ja?«

Er kuschelt sich wieder an ihre Seite, und ich verlasse so lautlos wie möglich das Schlafzimmer.

Grey sitzt bereits auf der Bank auf der Veranda, als ich nach draußen komme. Er hat die Lichterkette angeschaltet, die unter dem kleinen Dach gespannt ist. Der Himmel ist sternenklar. In der Nähe rauscht das Meer.

Ich atme tief durch und lasse mich neben ihn sinken. Wir sehen uns nicht an. Schauen nur hinaus in den dunklen weitläufigen Garten und schweigen eine Weile.

»Wie geht's dir?«, frage ich irgendwann leise. Ich habe noch nicht ganz verstanden, was Brooke ihm da vorhin offenbart hat. Aber dass es ihn ziemlich mitgenommen hat, war offensichtlich.

»Scheiße«, murmelt er.

»Warum genau ...?«

Er atmet tief durch, und einen Moment lang glaube ich, er würde wieder nicht mit mir reden. Dann beginnt er doch. »Ich fühle mich, als hätte ich als Bruder versagt«, gesteht er leise. »Weil sie mir nie irgendwas erzählt hat. Und ich ihr die ganze Zeit über Vorwürfe gemacht hab, ohne es jemals zu hinterfragen.«

Ich lasse seine Worte einen Moment lang auf mich wirken. Versuche, in ihnen nicht zu viele Parallelen zu mir selbst zu sehen. »Du konntest es nicht wissen«, will ich ihn beschwichtigen, doch Grey schüttelt den Kopf.

»Weißt du, was sie in Hāwera zu mir gesagt hat?«, fragt er und wendet sich mir zu. Eine unübersehbare Verzweiflung schwingt in seiner Stimme mit. »Ich hätte sie beschützen müssen«, bringt er hervor. »Ich hätte es merken müssen, Noah. Und sie hatte recht. Es war direkt vor meinen Augen, und ich habe es nicht geschafft, eins und eins zusammenzuzählen. Sie hatte Angst vor dem Kerl, und statt das zu realisieren, habe ich sie dafür fertiggemacht, dass sie den Mund nicht aufmacht.«

»Willst du mir vielleicht mal erklären, was genau passiert ist?«, frage ich vorsichtig. »Ich versteh nämlich nur Bahnhof.«

Grey beugt sich vor und stützt die Unterarme auf den Knien ab. »Brooke war damals mit Talon auf einer Hausparty. Mit siebzehn wohlgemerkt, mitten in der Nacht. War nicht das erste Mal, dass sie sich für so was weggeschlichen hat, und ich hatte genug davon. Ich wollte sie nach Hause holen, aber Talon wollte sie nicht gehen lassen. Er hat sie festgehalten und ihr dabei wehgetan. Also bin ich dazwischen, und schon hat er mir eine verpasst. Es gab eine Schlägerei, die Polizei hat die Party aufgelöst, und natürlich haben Talons Freunde alle behauptet, ich sei auf ihn losgegangen. Und als sie Brooke gefragt haben, hat sie einfach nichts dazu gesagt. Wir haben heftig gestritten, und irgendwann meinte sie, sie ertrage mich nicht mehr, hasse mich und werde deshalb zu Mum ziehen. Anstatt mir zu sagen, dass es an *ihm* liegt …«

Er schüttelt den Kopf.

»Verstehe«, murmle ich.

»Nein, tust du nicht«, widerspricht er mir wütend. »Brooke hat damals mein Leben zerstört. Ich wollte eine Ausbildung bei der Polizei machen. Schon seit ich ein kleiner Junge war. Aber mit dem Eintrag in der Akte haben die mich natürlich nicht mehr genommen. Also blieb nur noch das Studium, in der Hoffnung, dass die Sache nach meinem Abschluss lang genug her ist, damit mich jemand in Erwägung zieht. Denn wenn nicht, dann stehe ich wieder vor einem Trümmerhaufen. Ich hab mich jahrelang gefragt, womit ich es verdient habe, dass sie mir das antut. Wie sie so egoistisch sein konnte, so … böswillig. Und jetzt weiß ich nicht mehr, ob ich noch wütend sein darf. Oder nicht eher wütend auf mich selbst sein müsste oder … keine Ahnung. Es ist überhaupt nichts mehr so, wie ich dachte. Auch mit dir. Das überfordert mich. Ich weiß nicht, wie ich mit euch umgehen soll.«

»Mit mir hat sich doch nichts verändert«, sage ich leise.

»Es hat sich alles verändert, Noah«, erwidert er, und mein Herz zieht sich schmerzhaft zusammen. »Weil du recht hattest. Das war keine richtige Freundschaft. Ich dachte, es wäre eine, aber so einseitig funktioniert das nicht.«

Meine Brust wird mit jedem Wort enger. Das Atmen fällt mir schwer. Ich bringe nicht mal eine Erwiderung heraus. Doch Grey spricht einfach weiter.

»Ich kann nicht von dir immer Ehrlichkeit erwarten und selbst nie wirklich mit dir reden. Aber ich glaube, ich habe bei dir einfach das Gleiche gemacht, was ich schon bei Brooke getan hab. Ich hab eine Rolle übernommen, die mir nicht zusteht. Bei Brooke habe ich versucht, Dad zu ersetzen. Und bei dir ist es irgendwie ähnlich. Nur dass du es mir leichter gemacht hast, weil du dich nicht dagegen gewehrt hast. Ich fühle mich irgendwie für euch verantwortlich. Ich bin der, den man um Rat fragen soll, der einem aus der Scheiße hilft, der immer da ist. Fels in der Brandung oder so. Aber dabei bloß nie über meine eigenen Probleme reden. Kein Wunder, dass das nicht funktioniert hat, wenn ich gar nicht weiß, wie man eine gesunde Freundschaft führt.«

Ich zögere. So habe ich das alles noch nie gesehen, aber wenn ich darüber nachdenke, hat Grey irgendwie recht. Nicht, dass ich ihn direkt als Vaterfigur wahrgenommen hätte. Aber er war immer jemand, zu dem ich aufgesehen habe, und nie jemand, der Hilfe gebraucht hat. Vielleicht hat das mit dazu beigetragen, dass ich mich weiterhin so wertlos fühle. Weil ich nie die Chance hatte, für ihn da zu sein. Ich habe immer nur genommen. Aber nicht, weil ich ihm nichts zurückgeben wollte, sondern weil er nicht nehmen wollte. Das ist der verdammte Unterschied.

»Und was bedeutet das jetzt?«, frage ich vorsichtig.

Grey schaut zu mir rüber und fährt sich seufzend durch die Haare. »Keine Ahnung. Auf jeden Fall, dass ich nicht dir die Schuld für alles geben kann. Das war unfair. Tut mir leid.«

Ich zucke mit den Schultern, weil ich nicht weiß, wie ich darauf antworten soll. Er verzieht den Mund und scheint zu überlegen.

»Wollen wir das mit der Freundschaft noch mal probieren?«, fragt er schließlich. »Aber ich muss dich warnen, ich glaube, ich habe so einige unentdeckte Probleme, die du dann ausbaden musst.«

Erleichterung durchströmt mich. »Damit komm ich klar«, versichere ich ihm. »Ich nehm dich auch mit Problemen. Sofern du denn mit meinen klarkommst …«

»Keine Sorge«, murmelt er, richtet sich auf und legt mir den Arm um. »Ist ja alles nichts Neues. Aber nur damit das klar ist …« Grey mustert mich von der Seite, und ich hebe fragend die Brauen. Sein Gesicht bleibt ernst. »Wenn du Brooke wehtust, rasier ich dir im Schlaf den Kopf.«

Mir entweicht ein Schnauben. »Logisch«, bringe ich hervor. »Ich habe nichts anderes erwartet.«

»Gut.« Er klopft mir etwas unbeholfen auf die Schulter und löst sich dann wieder von mir. Körperliche Zuneigungsbekundungen hat Grey noch schlechter drauf als die verbalen. Aber das ist okay für mich.

»Sicher, dass du kein Problem mit Brooke und mir hast?«, frage ich unsicher.

»Ich weiß, ich wiederhole mich, aber … solang es euch glücklich macht. Ich seh sie lieber mit dir zusammen als mit irgendeinem dahergelaufenen Typen.«

»Und was, wenn es nur Sex ist?«, murmle ich.

Er wirft mir einen finsteren Blick zu. »Ich misch mich da nicht mehr ein«, stellt er klar. »Ihr macht das unter euch aus. Idealerweise leise, ohne dass ich alles mitkriege. Und ich versuche einfach mal, meine Meinung für mich zu behalten. Auch wenn's mir zugegeben etwas schwerfällt.«

»Ist vielleicht Übungssache«, schmunzle ich. »Aber du lernst doch so gern.«

Ich ernte noch einen finsteren Blick, doch er kann sein Schmunzeln dabei nicht ganz verbergen. »Schlauberger«, brummt er. »Was ist jetzt eigentlich mit dieser Wohnung, die du dir angeschaut hast?«, wechselt er das Thema. »Ziehst du da wirklich ein?«

Mir entkommt ein verzweifeltes Keuchen. Die Bruchbude hatte ich völlig verdrängt.

»Ich kann mir die Kaution nicht mal leisten«, gestehe ich. »Und ich glaube, es ist ein ziemliches Gesundheitsrisiko, da zu leben ...«

Grey hebt die Brauen. »Warum?«

»Ich weiß nicht mal, wo ich anfangen soll«, gestehe ich.

»Okay. Zeig mir ein Bild«, fordert er.

»Es gibt keine.«

»Wieso gibt's keine Bilder?«, fragt er misstrauisch. »Die Anzeige hast du doch bestimmt online gefunden?«

»Ja ...«, mache ich gedehnt.

»O Gott«, murmelt Grey. »Lass mich raten, du warst kurz davor, in irgendwas ohne Boden zu ziehen.«

»Ein Boden war drin«, erwidere ich unschuldig. »Sah allerdings aus, als wäre jemand drauf gestorben ...«

»Ja, sorry. Du kannst leider nicht aus der WG ausziehen. Ich kann deinen Mietvertrag nicht auflösen. Mindestlaufzeit ist noch so ein Jahr. Minimum.«

Ich schnaube leise. »Auch wenn der Mieter nächsten Monat eventuell zahlungsunfähig ist und dir Geld für geklaute Flugtickets schuldet?«

Grey zuckt mit den Schultern. »Ich mach die Regeln nicht. Besser, du sagst die Bruchbude ab.« Er zwinkert mir zu und klopft mir auf die Schulter, während er von der Bank aufsteht. Wir lächeln uns an, und einen Moment lang fühlt es sich wieder an wie immer. Vielleicht sogar noch ein bisschen schöner.

»Okay«, lenke ich ein. »Ich ruf morgen an.«

»Gut. Und ich versuche mal, zu schlafen. Brooke scheucht uns morgen sicher wieder durch die halbe Region.«

Ich stöhne auf. »Mir tut jetzt schon alles weh.«

Grey grinst mich an. »Jap. Und es wird noch viel schlimmer. Gute Nacht.«

# brooke

Wir verbringen den Freitag mit einem Museumsbesuch und Kino und den Samstag mit einer Māori-Kulturtour in Waimārama. Mit Noahs Muskelkater müssen wir es etwas ruhiger angehen, und für mich ist es die perfekte Abwechslung von dem Trubel der letzten Tage. Eine kleine Gruppe Māori führt uns und ein paar Touristen durch ihr Reservat und erzählt uns viel über ihre Bräuche, Geschichte und ihre Arbeit heute, die primär daraus besteht, die Kultur ihrer Vorfahren zu bewahren und zugänglich zu machen.

Als wir das Reservat am Nachmittag wieder verlassen, verspüre ich eine allumfassende Dankbarkeit. Nicht nur für diese Erfahrung, sondern für den gesamten Urlaub, den Grey mir so großzügig geschenkt hat. Für dieses kleine bisschen Ablenkung und die Möglichkeit, vielleicht doch alles wieder geradezurücken.

Wir haben noch nicht über Mittwochabend gesprochen. Aber heute Morgen in der Küche hat er mich unerwartet umarmt und mich eine gefühlte Ewigkeit an sich gedrückt. Und vielleicht müssen wir gar nicht sprechen, um uns zu sagen, was wir fühlen. Denn je mehr Zeit ich mit diesem neuen, offeneren Grey verbringe, desto mehr habe ich das Gefühl, ihn zu verstehen.

Es ist immer noch angenehm warm, also fahren wir nur ein paar Kilometer weiter. Von einem Rastplatz aus wandern wir etwa zehn Minuten durch den kühlen Wald und nähern uns dabei immer mehr dem Rauschen von Wasser. Es dauert nicht lang, bis vor uns die Maraetotara Falls auftauchen – zwei übereinanderliegende niedrige Wasserfälle, die in einen kleinen See münden. Alles ist umgeben von hohen Bäumen, die das Gewässer von der Sonne abschirmen und ihm eine heimelige Atmosphäre schenken. Grey und ich waren hier damals mit unseren Eltern. Ich erinnere mich noch gut daran, wie Dad versucht hat, mir im kühlen Wasser das Schwimmen beizubringen, während Grey mit seinem Kinderschnorchel nach Fischen Ausschau gehalten hat. Sogar Mum war hier irgendwie anders. Liebevoller. Glücklicher vielleicht. Und das macht die Erinnerung an diesen Ort nur umso schöner. Ebenso wie die Tatsache, dass wir jetzt noch mal hier sein können.

»Sieht noch genauso aus wie damals«, stellt Grey fest und legt unsere Tasche auf einem halbwegs trockenen Flecken Erde zwischen ein paar Büschen ab. Es gibt nicht wirklich eine freie Fläche, um sich hinzulegen. Das Ufer ist dicht bewachsen und feucht. Aber oben am Wasserfall gibt es ein paar flache Felsen, auf denen man gut sitzen und picknicken kann.

»Ihr habt doch eure Badehosen an, oder?«, versichere ich mich und entledige mich bereits meiner Klamotten. Ich habe meinen Bikini drunter. Schon seit wir heute Morgen beschlossen haben, herzukommen, freue ich mich darauf, hier baden zu gehen.

Noah beäugt ein wenig skeptisch das Wasser, während Grey sich das Shirt über den Kopf zieht.

»Was?«, frage ich belustigt und trete vor ihn. »Angst vor den Krokodilen?«

Noah begegnet meinem Blick und mustert mich tadelnd. »Das war ein Mal. Und es war dunkel.«

»Die können sich echt gut tarnen«, gebe ich zu bedenken.

»Du machst es nicht einfacher«, behauptet er.

Ich stelle mich auf die Zehenspitzen und küsse ihn sanft. »So?«

»Hm.« Er legt seine Arme um mich. »Schon besser ...« Dann küsst er mich erneut. Und diesmal inniger. Da Grey ohnehin Bescheid weiß, haben wir es aufgegeben, tagsüber Abstand zu halten. Wir genießen lieber die begrenzte Zeit, die wir noch haben. Und ich nutze Noahs Nähe schamlos aus, um mich nicht mit dem Gedanken an Auckland auseinanderzusetzen.

Ich seufze auf und lege meine Hände in Noahs Nacken. *Nur Sex*, rufe ich mir wieder in Erinnerung. Und … Küssen, offenbar. Und Kuscheln. Und gelegentliches Händchenhalten. Denn alles davon haben wir heute schon durch. Der Kampf war bereits verloren, als ich gestern in Noahs Armen aufgewacht bin und wir sicher zwanzig Minuten lang rumgemacht haben. So lang, bis Columbo die Schnauze voll hatte und laut schnaufend aus dem Bett gesprungen und zur Tür stolziert ist.

Ich glaube, er wird langsam eifersüchtig. Fragt sich nur, auf wen – Noah oder mich? Denn an ihm hat er auch einen Narren gefressen. Anstatt sich mehr an Greysen zu orientieren …

Hinter uns spritzt es plötzlich. Und bevor ich es schaffe, meine Lippen ganz von Noahs zu lösen, trifft mich bereits ein Schwall eiskaltes Wasser am Rücken.

Ich quietsche auf und wirble herum. Grey ist klammheimlich in den kleinen See gestiegen und grinst uns an. »Kommt ihr rein, oder was?«, zieht er uns auf.

Noah wischt sich prustend Wasser aus dem Gesicht, und Columbo schüttelt sich unzufrieden.

»Na warte!«, rufe ich, löse mich von Noah und klettere die kleine Böschung runter. Das Wasser ist eisig, aber ich ignoriere es und stürze mich stattdessen auf Grey, der lachend vor mir wegschwimmt. Ich werfe mich auf seinen Rücken und versuche, ihn unter Wasser zu drücken, doch er greift nach meinen Armen und lässt sich mit mir rückwärts ins Wasser fallen. Es schlägt über unseren Köpfen zusammen, und ich komme prustend und mit nassen Haaren wieder an die Oberfläche.

Grey hat mich losgelassen und bereits Sicherheitsabstand eingenommen. Er lässt sich lässig von mir wegtreiben und grinst mich an.

»Du Arsch!«, lache ich und schwimme ihm hinterher. Wenigstens ist er auch komplett nass. Nur dass ihm das mit den kurzen Haaren wohl nicht so viel ausmachen wird.

»Kommt ihr?«, ruft er und steuert auf den Wasserfall zu. Ich drehe mich um und winke Noah zu. Er steht noch voll bekleidet am Ufer, aber jetzt zieht er endlich sein Shirt und seine Schuhe aus. Columbo hat sich auf unsere Tasche gelegt und beobachtet uns unbeeindruckt. »Was ist mit dir, Großer?«, höre ich Noah fragen. »Fang das Frauchen.« Er nickt auffordernd zu mir. »Na hopp. Sonst hast du doch auch nichts gegen Baden.«

Noah steigt ins Wasser, doch Columbo scheint noch etwas unentschlossen. Erst als Noah schon bis zur Hüfte drinsteht, springt er plötzlich auf und hechtet ihm platschend hinterher. Noah wartet auf ihn und streicht ihm lachend das nasse Fell aus den Augen, damit er etwas sieht. Dann paddeln sie gemeinsam zu mir.

Wir liefern uns eine kleine Wasserschlacht unter dem Wasserfall, und Columbo hängt sich irgendwann wie ein Äffchen auf Greys Schultern, weil er keine Lust mehr hat zu schwimmen. Nach einer Viertelstunde sind sie die Ersten, die das Wasser wieder verlassen. Grey reibt Columbos Fell mit einem Handtuch trocken und erklimmt dann gemeinsam mit ihm den steilen Pfad, der hoch zu den Felsen führt. Sie verschwinden hinter dem Abhang aus unserem Sichtfeld, und Greys Stimme verliert sich im Rauschen des Wassers.

Vielleicht erkunden sie das Flussufer. Oder Columbo ist durchgebrannt, weil er wieder einen Vogel entdeckt hat, dem er hinterherhechten kann. Nicht dass er ihnen jemals etwas tun würde. Er hat nur irgendwie Freude daran, die armen Tiere zu verstören, glaube ich.

»Sollen wir auch langsam raus?«, fragt Noah. »Deine Lippen sind ganz blau.«

Ich lege ihm die Arme um den Nacken und schlinge meine Beine um seine Hüften. »Gleich«, murmle ich an seinem Mund und küsse ihn. Wenn Grey uns gerade nicht sieht …

Noah seufzt auf und erwidert den Kuss. Er schiebt eine Hand in meine nassen Locken und legt die andere an meine Wange. Ich schmiege mich enger an seinen warmen Körper und versinke in dem Gefühl seiner Nähe. Seinen sanften Berührungen. Seinen vertrauten Lippen.

»Columbo muss heute Nacht bei Grey schlafen«, raunt er zwischen zwei Küssen und lässt seine Hand unter Wasser zu meinem Hintern wandern. »Den können wir später nicht brauchen.«

»Hast du deinen Muskelkater endlich überwunden?«, ziehe ich ihn auf und streiche durch seine Haare. »Du bist heute Mittag noch rumgelaufen wie ein Achtzigjähriger. Also wenn du später genauso performst, erwarte ich schon, dass du mir einen Bentley und ein paar hübsche neue Kleider kaufst. Wie sich das für einen Sugardaddy gehört.«

Noah lacht. »Mit meinem Kontostand könnte ich dir höchstens ein Bild von einem Bentley ausdrucken lassen. Wenn du ganz viel Glück hast, reicht es für einen Hochglanz-Fotodruck. Würde ich mich aber nicht drauf verlassen.«

»Gut, dann musst du mich anders für meine Zeit entschädigen«, feixe ich.

»Ich würde an deiner Stelle mal den Mund nicht zu voll nehmen«, warnt er mich belustigt und kneift mir sanft in den Hintern.

»Ist bisher noch nie vorgekommen«, behaupte ich frech.

Noah schmunzelt und lehnt seine Stirn an meine. Diesmal küsst er mich sanfter. Anders. Er küsst mich so, dass ich mich wieder von Neuem in ihn verliebe, obwohl doch das erste Mal schon falsch war. Was würde passieren, wenn ich es ihm einfach sage? Was würde passieren, wenn ich endlich mal keine Angst mehr hätte? Was würde passieren, würde ich endlich wirklich zu mir selbst stehen, statt nur Konsequenzen vermeiden zu wollen?

Noah löst seine Lippen von meinen und lässt mich los. Er dreht sich um und bietet mir seinen Rücken an. »Na komm«, fordert er mich auf. »Du musst mal aus dem Wasser. Aufsteigen, Spider Monkey.«

»Das ist das zweite Mal, dass du diese Stelle aus *Twilight* zitierst«, erinnere ich mich und schmiege mich an seinen Rücken. »Sollte ich etwas wissen?«

»Hast du nicht gemerkt, dass ich ein dunkles Geheimnis habe?«, fragt Noah gespielt ernst und schwimmt mit mir in Richtung Ufer. »Oder dass ich im Sonnenlicht glitzere?«

»Nein. Aber ich sollte Grey mal fragen, wie dein Zimmer in der WG aussieht. Ob da irgendwelche *Twilight*-Poster hängen.«

»Drei Stück«, behauptet er.

»*Twilight*-Bettwäsche?«, fahre ich fort.

»Zwei Sets.«

»Ein ganzes Regal voller *Twilight*-Sonderausgaben?«

Er lacht, umfasst meine Oberschenkel und steigt mit mir aus dem Wasser. »Jetzt hast du mich.«

Ich schlinge die Arme fester um seinen Hals. »Zeigst du mir deine Sammlung mal?«

»Klar. Du kannst auch gern die Bettwäsche von Nahem betrachten.«

Jetzt bin ich diejenige, die lachen muss. »Der kam so flach, dass er schon wieder gut war.«

»Also haben wir ein Date«, scherzt Noah weiter. Er trägt mich den Abhang hoch zu den Felsen, wo Grey eben mit Columbo verschwunden ist. Offenbar hat er die Tasche mitgenommen. Sie steht einsam in der Sonne, von den beiden keine Spur.

Noah setzt mich ab und packt ein Handtuch aus, das er mir um die Schultern legt. Vorsichtig reibt er meine Arme trocken und schaut mir dabei lächelnd in die Augen.

Ich bleibe wie angewurzelt stehen. Mit einem Mal habe ich einen Kloß im Hals. Weil ich wirklich etwas sagen will, aber verdammt noch mal nicht kann. Obwohl ich es versuche, kommt kein Wort heraus. Und bevor ich mich überwinden kann, ist der Moment vorbei. Noah wickelt mich in den warmen Stoff, wendet sich ab und holt sich selbst ein Handtuch aus der Tasche. Er trocknet sich ab, ohne noch mal zu mir zu schauen. Ohne zu wissen, was ich empfinde.

Aber wahrscheinlich ist das besser so.

Ich atme einmal tief durch und lasse den Moment verstreichen.

# noah

»Ey!« Brookes empörter Aufschrei lässt Columbo aus dem Schlaf schrecken. Wir sitzen zu dritt auf dem Wohnzimmerteppich, vor uns auf dem Couchtisch ein Spielbrett. Da wir uns nicht für einen Film entscheiden konnten, hat Brooke in den Schränken gewühlt und *Zug um Zug* gefunden – ein Brettspiel, bei dem man Bahnstrecken bauen muss, um Punkte zu bekommen. Brooke und ich wollen beide nach Madrid. Aber offenbar hat sie das jetzt erst gemerkt. Nachdem ich ihr ihre Strecke direkt vor der Nase weggeschnappt habe.

»Was denn?«, frage ich grinsend und platziere meine Waggons auf den kleinen Feldern. »Ich muss da durch.«

»Die wollte ich gleich bauen«, beschwert sie sich.

»Ich weiß. Ich hab gesehen, wie du gespart hast.«

Sie funkelt mich an und trinkt einen Schluck von ihrem Rotwein. »Du hast in meine Karten geschaut!«

»Also bitte. Du ziehst immer so, dass sogar Columbo erkennt, welche Farbe auf deinen Karten ist. Und er ist farbenblind.«

»Das stimmt gar nicht«, behauptet sie und hält ihre Handkarten dichter an ihren Körper.

Da wir erst mal die Regeln durchkauen mussten, weil Grey und Brooke das Spiel nicht kannten, sind wir schon eine gute Stunde dabei. Die zwei sind noch etwas unstrukturiert, was ihre Spielweise angeht. Ich hingegen habe einen klaren Vorteil, da wir das Spiel damals im Heim hatten und es eines der wenigen war, die Spaß gemacht haben.

»Du bist dran«, erinnere ich sie feixend. Brooke wirft einen finsteren Blick in ihre Karten, dann einen auf das Spielbrett und zieht schließlich resigniert nach, peinlich darauf bedacht, keinem von uns die Unterseiten der Karten zu offenbaren. Muss sie auch nicht mehr, ich kann mir denken, was ihr Plan ist. Sie versucht jetzt vermutlich, die nächste Strecke vor Madrid zu sichern.

»Grey?«, frage ich.

Dieser starrt mit gerunzelter Stirn auf seine Auftragskarte und reagiert nicht.

»Erde an Greysen«, säuselt Brooke und hebt schon wieder ihr Weinglas an die Lippen.

Missmutig schaut er zu uns auf. »Ich bin in die falsche Richtung gefahren«, stellt er fest.

Brooke lacht auf und verschluckt sich fast. Mir entweicht ein halb belustigtes, halb ungläubiges Schnauben. »Wie hast du das geschafft?«, frage ich.

»Das sieht doch alles gleich aus hier!«, behauptet er. »Kann ich noch umbauen?«

»Ähh, nein?!«, mischt Brooke sich sofort ein. »Außer, Noah baut seinen Zug da auch wieder weg, dann bin ich dafür.«

»Kannst du vergessen«, versichere ich ihr lachend.

Sie kneift die Augen zusammen und mustert mich skeptisch. »Okay. Solang du nicht da langfährst, wo ich gleich langfahre …«

Ich zucke unbeteiligt mit den Schultern. »Ich kann ja gar nicht wissen, wo du gleich langfährst«, behaupte ich.

»Noaaah?« Das Misstrauen ist ihr anzuhören.

»Grey, würdest du jetzt weitermachen?«, frage ich. »Ich muss eine Bahnstrecke bauen.«

Etwas trifft mich im Gesicht und landet klappernd vor mir auf dem Couchtisch. Es ist einer von Brookes Plastikwaggons. Gespielt empört schaue ich sie an. »Hey«, beschwere ich mich.

»Wehe, du baust diese Strecke!« Sie droht mir mit einem weiteren Spielstein.

»Ich habe einen Auftrag.«

»Aber du hast mir schon eine weggeschnappt! Die andere kriege ich, das ist nur fair.«

»Ich würde sagen, fair ist es, dass derjenige die Strecke kriegt, der die richtigen Karten hat, um die Strecke zu bauen.« Ich wedle demonstrativ mit meinen Handkarten.

Brooke schnappt über den Tisch hinweg danach, und ich ziehe sie ihr weg.

»Nichts da«, lache ich. Doch sie krabbelt bereits um den Tisch herum und stürzt sich auf mich. »Hey!«

»Ich will nur mal sehen!«, behauptet sie und greift nach meinen Karten. Ich halte sie außerhalb ihrer Reichweite, doch Brooke klettert auf meinen Schoß und liefert sich eine regelrechte Rangelei mit mir.

Grey steht seufzend auf und nimmt die Weingläser vom Tisch. Brooke kriegt die Karten zu fassen und versucht, sie mir abzunehmen, aber ich halte sie so eisern fest, dass sie selbst mit beiden Händen meine Finger nicht aufbekommt. Seufzend gibt sie auf, lässt sich gegen meine Brust sinken und bettet ihr Kinn auf meiner Schulter.

»Unfair«, beschwert sie sich, scherzhaft beleidigt, und schlingt ihre Arme um mich.

Ich drücke sie an mich und küsse sie auf die Schläfe. »Vielleicht wärst du besser gewesen, hättest du nicht so viel Wein getrunken«, ziehe ich sie auf.

»Vielleicht hast du auch einfach die Regeln schlecht erklärt«, nuschelt sie an meinem Hals.

»Hey«, beschwere ich mich, doch sie löst sich weit genug von mir, um mir einen Kuss auf die Lippen zu drücken, und dreht sich dann in meinen Armen um. Sie lehnt sich an mich, ich vergrabe die Nase in ihrem Nacken, und das Spiel ist für einen Moment vergessen. Dachte ich.

»HA!«, ruft Brooke plötzlich und entreißt mir unerwartet ein paar meiner Karten. Ich habe nicht mehr daran gedacht, sie festzuhalten.

»Wer baut jetzt die Strecke nach Madrid?«, will sie triumphierend wissen, doch im selben Augenblick ertönt ein lautes Klappern. Ich drehe den Kopf und sehe gerade noch, wie Grey mit seinem Knie wieder von dem verwüsteten Spielbrett aufsteht.

»Ups«, macht er unschuldig. »Bin gestürzt.«

Brooke prustet los.

Ich verdrehe belustigt die Augen.

»Das heißt dann wohl, ich habe gewonnen«, verkündet sie und streckt auffordernd ihre Hand nach dem Weinglas aus, das Grey weiterhin festhält. Er reicht es ihr widerwillig, und sie trinkt es leer.

»Also beim Wetttrinken belegst du auf jeden Fall den ersten Platz«, bemerkt Grey und lässt sich hinter uns aufs Sofa sinken. »Der Rest steht unentschieden, würde ich sagen. Was machen wir jetzt? Doch noch einen Film?«

»Eher Serie«, meine ich. »Ist schon recht spät.« Morgen früh fahren wir zurück nach Auckland. Grey will zeitig los, damit wir schon mittags zurück sind und nicht abends irgendwo im Stau stehen. Das momentane Wetter ist perfekt für Familienausflüge am Wochenende.

»Uh! Wahrheit oder Pflicht«, schlägt Brooke freudig vor.

»Nein«, geben Grey und ich gleichzeitig zurück.

»Waruuuum?«, jammert sie. »Das wäre sicher lustig.«

»Ich glaub, ich will deine Wahrheiten lieber nicht hören«, murmelt Greysen. »Und du meine wohl genauso wenig.«

Brooke verzieht das Gesicht. »Du musst ja keine Sexfragen stellen, du Schwein.«

Ich lache auf.

Grey verdreht die Augen. »Ich möchte auch nicht wissen, welche Drogen du schon alle genommen hast, wie oft du irgendwo eingebrochen bist und wem du als Teenie im Schlaf alles kleine Pimmel ins Gesicht gemalt hast.«

»Pass lieber auf, dass ich dir keinen Pimmel ins Gesicht male«, brummt Brooke und verschränkt die Arme.

»Ich sperre einfach ab«, verkündet Grey.

Ich hingegen hebe die Brauen. »Muss ich Angst haben?«, frage ich. »Nur wenn du mich ärgerst«, säuselt Brooke und küsst mich auf die Wange.

»Hat er doch eben«, wirft Greysen ein.

Sie stockt. »Stimmt. Jetzt, wo du es sagst …«

»Du hast ja trotzdem gewonnen«, lenke ich ab.

Greysen schnaubt.

Brooke tätschelt mir den Handrücken. »Gut gerettet, Noah.«

»Vielleicht sollten wir einfach ins Bett«, schlägt Grey vor. »Den Rausch ausschlafen …« Er wirft Brooke einen vielsagenden Blick zu.

»Ooooder … wir machen das nicht«, kontert sie. »Haben wir noch Wein?«

Grey steht seufzend auf und geht die Weinflasche aus der Küche holen.

»Alles okay?«, raune ich Brooke ins Ohr und streiche ihr über die Arme.

»Hm?«, fragt sie. »Klar. Wieso sollte es das nicht sein?«

»Du hast in den letzten drei Tagen mehr getrunken als in den letzten drei Monaten zusammen. Ich mach mir Sorgen.«

Sie schüttelt stur den Kopf. »Mir geht's gut.«

Das glaube ich keine Sekunde. Vor allem, weil Brooke in den letzten Tagen kein Wort mehr über Talon verloren hat. Ich kann mir nicht vorstellen, dass die geplante Rückkehr morgen ihr nichts ausmacht. Und ihr Trinkverhalten gerade spricht auch eine ganz andere Sprache.

»Sicher, dass wir nicht schon ins Bett sollen?«, schlage ich leise vor und drücke ihr einen Kuss auf die Schläfe.

»Ich will noch ein bisschen Zeit mit Grey verbringen«, behauptet sie. »Wenn du schlafen willst, kannst du ja schon mal rübergehen.«

Mein erster Instinkt ist es, den Kopf zu schütteln, dann halte ich doch inne. Grey und Brooke haben nur noch diese zwei Abende zusammen und bisher kaum miteinander geredet. Weil ich die ganze Zeit da bin. Anfangs noch als Puffer, aber den brauchen sie jetzt nicht mehr. Vielleicht wäre es tatsächlich gut, die beiden für eine

Weile allein zu lassen. »Klingt gut«, sage ich also und schiebe sie vorsichtig von meinem Schoß. »Bis später.« Ich küsse sie noch einmal sanft und stehe auf.

Grey wirft mir einen Blick über seine Schulter zu. Er füllt gerade Chips in eine Schüssel. Offenbar hat er sich schon mit einem längeren Abend abgefunden. »Gehst du schon schlafen?«

»Ja. Irgendwer muss Dornröschen ja morgen wecken«, scherze ich und schaue zu Brooke, die mir grinsend die Zunge rausstreckt. »Gute Nacht.«

»Nacht«, kommt es von beiden zurück, und ich lasse sie im Wohnzimmer allein.

# brooke

Ich schaue Noah nach und kämpfe gegen das Bedürfnis an, ihm doch zu folgen. Nicht weil ich es vermeiden will, mit Grey allein zu sein. Sondern weil ich mich jede Minute, die ich von Noah getrennt bin, nach seiner Nähe sehne. Das macht auch mein leicht angeheiterter Zustand nicht besser. Oder die Tatsache, dass wir morgen zurück nach Auckland fahren und ich jetzt schon nicht weiß, wie ich damit umgehen soll.

Grey lässt sich seufzend wieder aufs Sofa sinken und reicht mir ein Glas Wein. Er kommentiert es gar nicht weiter. Stattdessen greift er nach der Fernbedienung.

»Setzt du dich her?«, will er wissen, und ich raffe mich vom Boden auf.

»Müssen wir das Spiel nicht noch aufräumen?«, frage ich, setze mich aber trotzdem zu ihm.

Mein Bruder zuckt mit den Schultern. »Mache ich morgen früh.« Er legt mir zögerlich einen Arm um, wirkt dabei aber, als würde er jeden Moment vom Sofa aufspringen wollen. »Ist das komisch?«, fragt er skeptisch.

Ich schüttle den Kopf und lehne mich an seine Seite. »Gar nicht.«

»Okay. Und … wie geht's dir?«

Seufzend schaue ich zu ihm auf. »Ich dachte, wir reden nicht darüber.«

»Ich will ja nur wissen, ob du okay bist«, verteidigt er sich, und mir entkommt ein leises Schnauben.

»Bin ich natürlich nicht«, rutscht es mir heraus. Missmutig lege ich den Kopf auf Greys Schulter, damit ich ihn nicht mehr anschauen muss. »Aber das ist in Ordnung«, fahre ich leiser fort. »Ich hab mich dran gewöhnt.«

Er atmet tief durch. »Das ist nichts, woran man sich gewöhnen sollte, Brooke«, gesteht er schließlich, und meine Kehle wird eng.

»Ich weiß …«

»Ich mach mir Sorgen. Noah kann nicht ewig mit dir in Auckland bleiben, das weißt du. Er kann nicht die Lösung für das Problem sein. Verstehst du, was ich meine?«

Missmutig richte ich mich auf und stelle mein Weinglas auf dem Couchtisch ab. »Vielleicht kann er nicht dauerhaft die Lösung sein, aber gerade ist er es schon«, widerspreche ich.

»Und was ist danach?«

»Danach hat Talon hoffentlich aufgegeben und fährt wieder nach Hause«, erwidere ich frustriert und schlinge die Arme um mich selbst. »Darüber mache ich mir Gedanken, wenn es so weit ist, okay?«

Wenn *ich* so weit bin. Ich weiß, dass Grey recht hat, aber immer, wenn ich versuche, über das Thema nachzudenken, macht irgendetwas in mir dicht.

»Okay«, lenkt Greysen ein und hebt ergeben die Hände. »Aber versprich mir, dass du mir Bescheid sagst, wenn irgendwas passiert.«

»Mach ich.«

»Gut. Und vielleicht wäre es auch besser, wenn wir Mum davon erzählen, einfach damit da jemand ist, der …«

»Nein«, unterbreche ich ihn.

»Warum nicht?«

»Es juckt sie sowieso nicht.«

»Das stimmt doch nicht, Brooke. Ich bin sicher, was auch immer zwischen euch los war, lässt sich klären.«

Doch ich schüttle nur energisch den Kopf. Je mehr ich über Mum nachdenke, desto weniger vermisse ich sie. Und auch wenn gerade alles scheiße ist, bin ich irgendwie froh, jetzt diesen Abstand zu ihr zu haben. »Sie war diejenige, die mich nicht akzeptieren konnte«, erinnere ich Grey. »Und solange sie sich dafür nicht aufrichtig entschuldigt, ist es okay für mich, sie nicht mehr in meinem Leben zu haben. Manchmal ist es vielleicht besser, getrennte Wege zu gehen. Man muss nicht jede Beziehung reparieren, nur weil man verwandt ist. Nicht, wenn es so sehr wehtut.«

»Bei uns tut es doch auch weh«, erwidert er irritiert. »Was ist der Unterschied?«

Ich presse die Lippen zusammen und sammle mich einen Moment lang, bevor ich mich wieder ihm zuwende. »Bei uns tut es weh, weil Scheiße passiert ist. Nicht, weil wir grundlos scheiße waren.«

»Vielleicht hatte sie auch ihre Gründe«, gibt er zu bedenken.

»Keine guten.«

»Okay.«

Ein bedrücktes Schweigen hüllt uns ein. Aber ich wüsste nicht, was ich noch sagen soll, ohne mich dabei komplett zu verstellen. Mit Mum abzuschließen – zumindest vorerst –, fühlt sich richtig an, auch wenn es wehtut. Und das muss schon etwas heißen, oder nicht?

»Ich schätze, solang Noah bei dir ist, muss ich mir keine Sorgen machen«, murmelt Grey irgendwann. »Außer um ihn vielleicht.«

»Glaubst du, er macht einen Fehler, wenn er bei mir bleibt?«, frage ich zögerlich. »Für sich? Er verpasst doch viel zu viel Uni.«

»Er wird schon wissen, was er tut. Vermutlich ist ihm die Uni einfach nicht so wichtig wie du.«

»Er mag sie auch nicht, oder?«

»Das musst du ihn selbst fragen«, erwidert Grey ruhig. »Ich glaube, er würde lieber was anderes studieren. Aber erfahrungsgemäß ist Noah nicht besonders gut darin, zu dem zu stehen, was er wirklich will. Also wird das wohl niemals passieren.«

Ich schlucke. Vorsichtig lehne ich mich wieder zurück, kuschle mich an Greys Seite. »Du hast letztens gesagt, Noah würde mich lieben«, erinnere ich mich leise. »Damit meintest du platonisch, oder?«

Greys Antwort lässt auf sich warten. Unsicher schaue ich zu ihm hoch, doch er weicht meinem Blick aus. »Das musst du auch ihn fragen«, verkündet er. »Ich will mich da nicht einmischen.«

»Du mischst dich nicht ein«, behaupte ich.

»Offenbar doch, wenn du mir solche Fragen stellst. Ich dachte, ihr hättet das geklärt.«

»Haben wir auch«, schwindle ich.

Jetzt schaut er mich doch an und hebt skeptisch eine Braue. »Einen Scheiß habt ihr«, stellt er leicht belustigt fest.

»Wir haben einen Deal.«

»Ihr habt eine Beziehung auf Zeit, Brooke.«

Ich hole bereits Luft, um etwas zu erwidern, doch Grey fällt mir ins Wort.

»Ich mische mich nicht ein«, wiederholt er. »Ihr klärt das schon. In Auckland hast du ja noch genug Zeit, um ihm zu sagen, was du fühlst.«

Mir entweicht ein empörtes Keuchen, aber die Widerworte, die ich ihm entgegenbringen wollte, bleiben aus. Mir fällt nichts ein, was ich entgegnen könnte. Zumindest nichts, was nicht gelogen wäre. Hitze steigt mir in die Wangen.

»Woher weißt du das?«, beschwere ich mich.

Grey schmunzelt. »Das sieht man doch. Ehrlich gesagt hab ich keine Ahnung, wie ich es den Sommer über nicht merken konnte.«

Meine Kehle ist mit einem Mal wie zugeschnürt. »Sag ihm nichts, okay?«

»Keine Sorge. Ein zweites Mal verplappere ich mich nicht.«

Fragend schaue ich ihn an, doch er zwinkert mir nur zu und hält mir die Chipsschüssel entgegen. »Irgendwelche Serienwünsche?«

»*Gilmore Girls?*«, schlage ich vor.

»O Gott, das gibt's noch? Das hast du mit dreizehn immer geschaut.«

»Das wird nie langweilig«, versichere ich ihm und knabbere einen Chip. Aber Greys Worte gehen mir nicht aus dem Kopf. *Ein zweites Mal.* Und das erste Mal hat er sich dann wohl verplappert, als er mir gesagt hat, was Noah empfindet, oder?

Nein.

Nein, nein, nein. Ich muss diesen Gedanken ganz schnell wieder aus meinem Kopf kriegen.

Zusammen mit dieser nervigen Hoffnung.

# noah

Als ich aufwache, ist es im Zimmer noch dunkel. Doch vor den Fenstern verfärbt sich der Himmel bereits gräulich-blau, und ein Lichtspalt fällt durch die halb offene Badezimmertür zu mir. Müde reibe ich mir die Augen und taste die Matratze neben mir ab. Sie ist noch warm.

Brooke ist schon vor Stunden ins Bett gekommen. Ich bin kurz aufgewacht, als sie sich unter der Decke an mich gekuschelt hat, und dann recht schnell wieder weggedämmert. Was sie jetzt auf den Beinen macht, ist mir allerdings ein Rätsel. Wir haben noch ewig Zeit, bis Grey loswill. Und es klingt, als würde sie sich gerade die Zähne putzen. Hoffentlich musste sie sich nicht übergeben. Wer weiß, wie viel Wein sie noch getrunken hat. Fünf Stunden Autofahrt mit einem Kater sind auf jeden Fall nicht angenehm.

Ich schäle mich aus dem Bett und durchquere das Zimmer. Leise klopfe ich gegen die angelehnte Tür und schiebe sie vorsichtig auf.

Brooke legt gerade die Zahnbürste beiseite und spült sich den Mund aus. Sie hat ihre Haare hochgebunden und trägt eins meiner T-Shirts zum Schlafen. Ich trete hinter sie und schlinge meine Arme um ihren Körper.

»Was machst du auf den Beinen?«, raune ich ihr ins Ohr.

»Ich konnte nicht schlafen. Tut mir leid, ich wollte dich nicht wecken.«

Ich küsse sie auf den Nacken und spüre, wie sich dabei Gänsehaut auf ihren Armen ausbreitet. »Das stört mich nicht«, murmle ich auf ihre Haut.

Sie lehnt sich mit dem Rücken an meine Brust, und einen Moment lang stehen wir nur eng umschlungen vor dem Spiegel. Ich schließe die Augen, atme ihren Duft ein und versuche, das Gefühl von Brooke in meinen Armen zu verinnerlichen, damit ich nie wieder vergesse, wie sich ihre Nähe anfühlt. Damit ich für immer ein Stück von ihr bei mir habe, wenn wir irgendwann schmerzhafte Geschichte sind.

»Noah?«, flüstert sie.

»Hm?«, frage ich sanft und schaue auf. Ich begegne ihrem Blick im Spiegel. Ihre Miene ist unleserlich, und ein nervöses Kribbeln gesellt sich zu den Schmetterlingen in meiner Magengrube.

»Kannst du wirklich noch in Auckland bleiben?«

»Klar«, sage ich sofort. »Solange du willst.«

»Aber du kriegst sicher Ärger mit der Uni«, murmelt sie. »Ich will nicht, dass du meinetwegen Probleme bekommst.«

»Das ist echt nicht so schlimm«, versichere ich ihr.

»Warum nicht?«

Mir fällt nicht sofort eine verträgliche Antwort ein. Und Brooke hakt bereits nach. »Warum meintest du letztens, die Uni sei nicht so wichtig?«

»Es sind doch nur ein paar Vorlesungen.« Gedanklich winde ich mich. »Nichts, was man nicht nachholen könnte.«

»Aber du bist jetzt auch bald fertig. Das ist viel Stoff, den du verpasst, oder nicht?«

Ich verziehe das Gesicht. Mir will keine weitere Lüge über die Lippen. Und Brooke schaut mich so unsicher an, dass ich nicht anders kann, als ihr die Wahrheit zu sagen. Eine Wahrheit, die ich mir selbst noch nicht so ganz eingestanden hatte. »Ehrlich gesagt glaube ich sowieso, dass ich das Semester wiederholen muss«, sage ich leise.

Sie legt ihre Hände warm auf meine Unterarme, hält sie fest. »Aber wieso denn?«

Seufzend vergrabe ich das Gesicht an ihrer Schulter. »Weil ich nichts verstehe, alles hasse und mich gerade einfach nicht dazu aufraffen kann, meinen Rückstand aufzuholen.«

Brooke lehnt ihre Wange gegen meinen Kopf. »Warum hasst du es denn?«

»Weil es überhaupt nicht das Richtige für mich ist«, gestehe ich.

»Und warum machst du es dann?«

Ich zögere. Wieder eine Wahrheit, die ich mir bisher nicht eingestehen wollte. Und jetzt eigentlich immer noch nicht. »Ich bin fast fertig«, erinnere ich sie. »Jetzt abzubrechen wäre Quatsch.«

»Warum? Willst du denn danach was in die Richtung arbeiten?«

»Wollen nicht«, gestehe ich. »Aber ...« Scheiße. Mir fällt keine sinnvolle Begründung ein.

»Was soll das Aber?«, hakt Brooke nach. »Wenn du damit ohnehin nichts machen willst, dann bringt es dir doch gar nichts. Dann mach doch gleich das, was du willst, statt dich damit abzuquälen.«

»Das sagst du so leicht«, seufze ich.

Sie löst sich vorsichtig von mir und dreht sich in meinen Armen um. Fragend schaut sie mir ins Gesicht. »Was daran ist schwierig?«

»Ich kann es mir nicht leisten, einfach abzubrechen und was anderes zu studieren«, erkläre ich. »Außerdem haben meine Pflegeeltern mir das Studium finanziert, und wenn ich jetzt abbreche, habe ich ihr Geld verschwendet.«

Brooke runzelt die Stirn. »Haben sie das gesagt?«

»Nein. Müssen sie ja auch nicht, das ist logisch.«

»Irgendwie nicht«, widerspricht sie mir. »Sie finanzieren dir das Studium doch nicht, damit du ihnen ein Zeugnis mit nach Hause bringst. Sondern damit es dir gut geht. Und wenn das nicht der Fall ist ...«

Ich schüttle bereits den Kopf. »Ich kann das nicht bringen. Dass sie mich überhaupt aufgenommen haben, obwohl ich so ein hoffnungsloser Fall war, war schon zu viel verlangt.«

»Du tust so, als wäre es etwas Schlechtes, dich bei sich zu haben«, stellt Brooke fest.

Ich presse die Lippen zusammen.

»Ganz ehrlich, ich weiß nicht viel über Eltern. Meine sind ein bisschen … schwierig. Und ich kenne auch deine Pflegeeltern nicht. Aber diese Leute haben sich doch aktiv dazu entschieden, dich aufzunehmen. Sie *wollen* dir helfen. Sie sind wahrscheinlich froh, wenn du sie brauchst, immerhin geht's darum doch beim Elternsein, oder?«

Ich schaffe es nicht mehr, Brookes Blick standzuhalten. Das Gespräch legt viel zu schnell viel zu viele wunde Punkte frei. Meine Augen brennen verdächtig.

»Noah?«, fragt sie vorsichtig.

Ich schlucke. »Die drei Familien davor hatten sich auch aktiv für mich entschieden«, sage ich leise. »Das hat sie nicht davon abgehalten, mich wieder abzugeben, als es schwierig wurde.«

»Oh, Noah …« Brooke legt ihre Hände an meine Wangen und bringt mich sanft dazu, sie anzusehen. Ich blinzle hektisch. »Das ist ihr Pech, nicht deins«, versichert sie mir leise, stellt sich auf die Zehenspitzen und haucht einen Kuss auf meine Lippen. »Du bist perfekt so, wie du bist«, flüstert sie.

Ich atme tief durch und schiebe meine Hände in ihren Nacken. Mein Herz platzt fast vor lauter unterdrückten Emotionen. Allen voran der verdammten Liebe, die ich für diese Frau empfinde. Wie kann sie mich so sehen? Obwohl ich gegangen bin. Obwohl ich Fehler an Fehler reihe und ihr nicht ansatzweise das gebe, was sie verdient hat.

Ich küsse Brooke erneut, diesmal drängender, und drücke sie sanft gegen den Waschtisch. Sie gibt sich mir ganz hin, schlingt ihre Arme um meinen Nacken und lässt zu, dass ich sie auf den Waschbeckenrand hebe.

»Ist das deine Art, das Thema zu wechseln?«, fragt sie atemlos, irgendwo zwischen Küssen und meinen Händen unter ihrem Shirt.

»Das ist meine Art, dir zu sagen, dass du auch perfekt bist«, raune ich an ihrem Mund und dränge mich zwischen ihre Beine.

Brooke stöhnt leise auf und hebt die Arme, damit ich ihr das Shirt ausziehen kann. Ich küsse mich ihren Hals hinab bis zu ihren nackten Brüsten, sauge an einem ihrer Nippel, und sie vergräbt die Finger in meinen Haaren.

Irgendwie schaffe ich es, ihr die Schlafhose von den Hüften zu schieben, ohne sie von dem Waschtisch aufstehen zu lassen oder meine Lippen von ihrer nackten Haut zu lösen. Brooke drückt den Rücken durch, als mein Mund tiefer wandert, über ihren Bauch und schließlich ihren Venushügel. Mein heißer Atem trifft auf ihre feuchte Mitte, und sie lehnt sich zurück, bis sie gegen den Spiegel hinter sich stößt.

Ich frage nicht nach, ob das bequem ist. Brookes Finger in meinen Haaren drängen mich weiter zwischen ihre Beine, und obwohl ich sie noch nicht mal wirklich berührt habe, seufzt sie schon leise meinen Namen.

Ich gehe vor ihr auf die Knie und umfasse ihre Oberschenkel. Mit einem sanften Ruck ziehe ich Brookes Hüften bis ganz an die Kante des Waschtisches und umkreise ihre Klit mit meiner Zunge.

Sie bäumt sich auf. Ihr Geschmack breitet sich in meinem Mund aus, während ich anfange, sie zu lecken. Ich schaue zu ihr auf und beobachte, wie sie sich mit jeder noch so kleinen Bewegung meiner Zunge mehr hingibt. Brooke hat die Augen geschlossen. Sie beißt sich auf die Lippe, um ihr Stöhnen zu unterdrücken, und dennoch entkommt ihr immer wieder eines. Sie krallt die Fingernägel in meine Kopfhaut und treibt mich damit weiter an. Meine Knie tun weh vom Badezimmerboden, mein Schwanz ist fast schmerzhaft hart, und trotzdem widme ich mich ganz ihr. Dringe mit zwei Fingern in sie ein, während ich an ihrer Klit sauge, und bringe sie langsam, aber sicher um den Rest ihrer Selbstbeherrschung.

Als sie kommt, kann sie ihr Stöhnen endgültig nicht mehr unterdrücken. Mein Name hallt von den Wänden des Badezimmers und jagt Gänsehaut über meine Arme. Ich lecke sie weiter, bis sich ihr Körper wieder entspannt, reize ihren Orgasmus auf die letzte Sekunde aus. Dann richte ich mich auf und küsse mich ihren Oberkörper empor, bis ich bei ihren warmen, weichen Lippen ankomme.

Brookes Atem geht zittrig. Ihre Brust hebt und senkt sich hektisch, ihr Herz pocht heftig genug für uns beide. Und dennoch küsst sie mich so drängend, als hinge ihr Leben davon ab.

»Fick mich«, haucht sie zwischen zwei Küssen auf meine Lippen und krallt die Finger in mein Shirt. »Bitte, Noah.«

Mir entweicht ein Keuchen. Ich hebe Brooke kurzerhand hoch und trage sie ins Schlafzimmer. Sie schlingt die Beine um meine Hüften und hält sich an mir fest, während ich die Kondompackung aus dem Nachttisch hole. Ihr nackter Körper schmiegt sich an meinen. Und selbst durch den Stoff meiner Jogginghose spüre ich, wie sie ihre Mitte an meiner Erektion reibt.

Ich packe das Kondom aus und befördere Brooke rückwärts auf die Matratze. Sie atmet hörbar aus und lacht erstickt. Unterdessen ziehe ich mir mein Shirt über den Kopf.

»Auf die Knie«, fordere ich rau und steige aus meiner Hose.

Brooke gehorcht, und ich klettere hinter ihr aufs Bett. Während ich mir mit einer Hand das Kondom überrolle, greife ich mit der anderen in ihren Zopf und bringe sie so sanft dazu, sich aufzurichten, bis sie vor mir kniet. Ich ziehe ihren Oberkörper an meine Brust, schlinge meine Arme um sie und schiebe meine Erektion zwischen ihre Schamlippen, jedoch ohne dabei in sie einzudringen. Mit einer Hand massiere ich Brookes Brüste. Die andere lasse ich zwischen ihre Beine wandern. Ich fange wieder an, sie zu reiben, und spüre, wie sie dabei noch feuchter wird als ohnehin schon. Sie kommt mir mit ihren Hüften entgegen, und die Reibung an meinem Schwanz bringt mich fast dazu, meine Pläne über Bord zu werfen und doch sofort in sie einzudringen.

Stattdessen küsse ich ihren Hals. Genieße es, wie sich ihr Stöhnen zunehmend mit meinem eigenen vermischt, und ertrinke langsam, aber sicher in der Liebe, die ich für diese Frau empfinde.

Ich bin kurz davor, es einfach zu sagen.

Nur drei beschissene Worte.

Freiheit und zugleich Zerstörung.

»Bitte«, keucht Brooke. Sie windet sich bereits unter der Berührung meiner Finger, kurz vor einem zweiten Orgasmus. Ich schiebe ihre Beine mit meinem Knie weiter auseinander und dringe langsam in sie ein. Ihr Stöhnen ist so laut, dass es definitiv das Zimmer verlässt. Sie lässt den Hinterkopf gegen meine Schulter sinken. Ich lege ihr eine Hand auf den Mund, ziehe mich wieder aus ihr zurück und dringe diesmal tiefer in sie ein. Brookes unterdrücktes Stöhnen wird zu einem Wimmern, während ich sie immer härter nehme und dabei weiter ihre Klit reibe. Hitze entsteht zwischen unseren Körpern. Ein leichter Schweißfilm bedeckt Brookes Haut und sorgt dafür, dass die losen Strähnen aus ihrem Zopf in ihrem Nacken kleben.

Ich gebe ihren Mund frei, küsse ihre Wange, und als hätte sie meine stille Bitte gehört, dreht sie den Kopf und küsst mich. Fast gleichzeitig kommt sie. Ihre Lippen stocken mitten in der Bewegung, und ich genieße das Gefühl ihres abgehackten Atems, der dabei meine Unterlippe streift. Wie sich Brookes Körper um meinen Schwanz zusammenzieht und sie anschließend nur noch weicher gegen meine Brust sinkt.

Ich küsse sie weiter. Koste auch diesen Orgasmus voll aus, bevor mich wenig später mein eigener übermannt und ich mit ihr in meinen Armen komme.

Nur widerwillig ziehe ich mich aus ihr zurück. Löse meine Lippen von ihren. Gebe sie aus meiner Umarmung frei.

Brooke sinkt auf die Matratze und dreht sich schwer atmend auf den Rücken. Ihr Blick findet meinen, und ein seliges Lächeln hebt ihre Mundwinkel.

»So perfekt bin ich also?«, fragt sie atemlos, und wieder jagt mir Gänsehaut über die Arme.

»Noch viel perfekter als das«, raune ich und ziehe die Decke über ihren nackten Körper. »Aber um das darzustellen, bräuchten wir die ganze Nacht, und ich fürchte, dann würdest du mich spätestens auf halber Strecke nach Auckland hassen.«

»Das wäre es wert«, behauptet Brooke schmunzelnd und kuschelt sich tiefer in die Kissen.

Und wie es das wäre.

Zeit mit Brooke zu verbringen, egal auf welche Art, wäre jedes Opfer wert. Nur mein verdammtes Selbstwertgefühl will das einfach nicht verstehen.

Ich entsorge schnell das Kondom, dann klettere ich zu Brooke unter die Decke. Sie schmiegt sich an mich, als wäre es das Normalste der Welt. Als sollten wir uns nicht konstant fragen, was wir hier eigentlich tun. Als wären wir wirklich das Pärchen, für das mein Herz uns hält.

Und ich küsse sie. Streichle ihr über den nackten Rücken. Tue weiterhin so, als wäre das alles kein verdammtes Problem.

Brookes Herzschlag beruhigt sich allmählich. Seufzend löst sie ihre Lippen von meinen und vergräbt das Gesicht an meinem Hals. Ich atme ihren Duft ein, schließe die Augen und versuche, meine Gedanken zu beruhigen. Aber in meinem Kopf dreht sich noch alles. Das Durcheinander an Gefühlen bringt mich mehr aus der Ruhe, als der Sex eben es getan hat.

»Noah?«, flüstert Brooke kaum hörbar.

»Hm?«, raune ich und streiche ihr gedankenverloren durch die Haare.

Sie zögert. Und die Stille dehnt sich aus. Wird unerwartet schwer.

»Ich glaube, ich will nicht zurück nach Auckland.«

Damit habe ich irgendwie schon gerechnet. Drei Tage reichen nicht, um so ein Erlebnis zu verarbeiten. Und selbst wenn ich bei ihr bin – mit Talon im Nacken kann sie sich gar nicht sicher fühlen.

»Dann kommst du mit zu uns«, schlage ich vor. »Du kannst in der WG wohnen, bis es dir wieder besser geht.«

»Nein, Noah …« Sie löst sich ein Stück weit von mir und schaut mir ins Gesicht. In dem schwachen Zwielicht kann ich ihre Miene nur schwer ausmachen, der gequälte Ausdruck entgeht mir dennoch nicht. »Du verstehst nicht. Ich will gar nicht mehr zurück …«

Ich brauche einen Moment, um diese Information zu verarbeiten. Um irgendwie angemessen zu reagieren.

»Wegen Talon?«, frage ich vorsichtig.

Brooke schüttelt den Kopf. »Wegen allem. Ich bin damals nach Auckland geflüchtet, um ihm zu entkommen. Aber ich wollte nie dorthin. Ich wollte nie zu Mum. Und in all den Jahren hat es sich nie wie zu Hause angefühlt. Nicht einen einzigen Tag lang. Ich war immer so fremd in dieser Stadt. Als würde ich da nicht hingehören. Und ich dachte, das ist vielleicht einfach normal für mich. Dass ich nirgendwohin passe. Aber selbst in Hāwera ging es mir besser als dort, obwohl Grey und ich nur gestritten haben und ich die ganze Zeit von den Erinnerungen an früher erdrückt wurde. Und die letzten Tage mit Grey und dir haben mir gezeigt, wie es sich eigentlich anfühlen sollte. Und dass ich mich sehr wohl an einem Ort richtig fühlen kann.«

»Verstehe …« Das kenne ich nur zu gut. Mir geht es ähnlich wie ihr. Ich habe auch ein ganzes Leben lang nach einem Ort gesucht, an dem ich mich zu Hause fühlen kann. Der mich so annimmt, wie ich bin. Nur bin ich noch nicht so weit wie Brooke. Obwohl ich diesen Ort bei ihr und Greysen gefunden habe, schaffe ich es noch nicht, ihn auch für mich zu akzeptieren. »Und was ist jetzt dein Plan?«, frage ich sanft.

Brooke zögert. »Vielleicht studiere ich ja einfach in Wellington weiter«, sagt sie leise. »Dann wäre ich in Greys Nähe. Und in deiner …«

»In dem Fall bleibt mein Angebot bestehen, dass du erst mal bei uns wohnen kannst.«

»Meinst du, Grey hat nichts dagegen?«

»Wieso sollte er? Ihr kommt schon miteinander klar. Und du kannst in meinem Zimmer schlafen, da störst du ihn sowieso nicht.«

»Und dich auch nicht?«, fragt sie vorsichtig.

»Wie gesagt, ich bin für dich da«, versichere ich ihr.

Brooke atmet tief durch. Ihr Zögern fühlt sich seltsam bedeutungsschwer an. Es setzt sich in meinen Knochen fest, bringt mein Herz wieder zum Rasen. Dabei hat sie doch gar nichts gesagt. Ich habe nur das irrationale Gefühl, dass …

»Und was, wenn ich den Deal gebrochen habe?«

… sie gleich alles zerstören könnte.

Mein Atem stockt. Jeder klare Gedanke wird aus meinem Kopf gewischt, wird ersetzt von einem monotonen Dröhnen aus Zweifeln und Selbsthass.

Sie meint es nicht so, wie ich denke, oder? Ich breche dieser Frau jetzt nicht das Herz. Weil sie nichts für mich empfindet. Weil Brooke nicht so naiv ist, jemandem wie mir mit ihren Gefühlen zu vertrauen. Weil sie das hier viel besser kann als ich. Stärker ist. Reifer. Vernünftiger. Und weil sie doch längst gemerkt hat, was für ein Wrack ich bin. Dass ich ihr nicht guttue, ihr Leben nur komplizierter mache, sie zwangsweise enttäuschen werde.

»Noah?« Ihre Stimme ist nur noch ein Hauchen.

Ich starre sie an. Halte ihrem Blick stand und versuche verzweifelt, einen vollständigen Satz zu formulieren.

»Wie meinst du das?«, bringe ich heraus.

Sie schluckt. »Der Deal war, dass es nur Sex ist, oder nicht?«, fragt sie kaum hörbar.

»Ja.«

Ich spüre, wie Brooke ihre Hand an meinem Rücken zur Faust ballt. Wie sich ihr ganzer Körper in meinen Armen verspannt, während sie die Worte sagt, von denen ich seit Wochen träume und die ich doch nie hören wollte.

»Für mich ist es mehr als Sex, Noah.«

Keine Worte.

Schon wieder.

»Ich glaube, ich liebe dich«, fügt sie zaghaft hinzu und legt mich damit endgültig in Trümmer. Ich kann nicht mehr atmen. Weiß nicht mal, was ich gerade empfinde. Ich habe Brooke verloren. Hier und jetzt, mit diesem Geständnis. Weil sie jetzt offiziell mehr will, als ich ihr jemals bieten kann.

»Noah, sag was«, bittet sie. Ihre Stimme klingt zittrig.

»Ich weiß nicht, was«, gestehe ich.

Auf einmal blinzelt Brooke Tränen weg. »Oh«, haucht sie, weicht meinem Blick aus und windet sich aus meinen Armen. Sie richtet sich auf und reibt sich die Augen, doch die Tränen laufen ihr bereits über die Wangen, tropfen von ihrem Kinn. »Sorry«, schnieft sie, und ihr entweicht ein ersticktes Lachen, das schmerzhaft verzweifelt klingt. »Geht gleich wieder. Ich bin nur …«

*Verletzt*, führe ich den Satz für sie in Gedanken zu Ende. Ich habe sie verletzt.

»Tut mir leid«, bringe ich hervor. »Aber …«

»Schon gut«, unterbricht sie mich heiser. »Du musst es nicht erklären. Ich wusste es ja, also alles okay.« Sie steigt aus dem Bett, wischt sich mit den Handballen über die Wangen und fischt eine Jogginghose aus ihrem Koffer. Überfordert beobachte ich sie dabei, wie sie sich auch ein Shirt und einen Pulli überzieht. Erst bei den Socken schaffe ich es, nachzufragen.

»Was machst du?«

»Ich geh eine Runde mit Columbo«, erklärt sie schniefend.

»Es ist sechs Uhr früh.«

»Passt schon. Ich kann sowieso nicht mehr schlafen.« Mit diesen Worten verlässt sie das Schlafzimmer und zieht fast lautlos die Tür hinter sich zu.

# brooke

Ich hätte mir eine dickere Jacke anziehen sollen. Ich sitze etwas oberhalb des Strandes im Gras und schaue auf den Horizont, der sich allmählich pink und orange färbt. Über meinem Kopf thront noch der tiefblaue Sternenhimmel. Der kühle Wind, der vom Meer her zu mir hochweht, lässt mich schon nach wenigen Minuten frösteln, und auch Columbos Wärme an meiner Seite hilft wenig dagegen. Aber wenigstens lenkt mich das von dem Schmerz ab, den mein gebrochenes Herz in meiner Brust verursacht.

Warum war ich so naiv, Greys Worten Bedeutung zuzuschreiben? Warum musste ich unbedingt mehr wollen, obwohl ich doch schon so viel hatte?

*Vielleicht, weil du mit dem, was du hattest, nie glücklich geworden wärst*, behauptet mein Unterbewusstsein, doch ich schiebe es wütend beiseite.

Ich bin doch glücklich. Ob Noah mich jetzt liebt oder nicht …

Zumindest war ich glücklich, als ich mir noch einreden konnte, dass er das auch wirklich tut. Als da noch mehr Glück als Schmerz war, wenn ich ihn angeschaut habe.

Habe ich es jetzt ruiniert?

Ist es endgültig kaputt, weil ich ihm gestanden habe, dass ich es nicht schaffe, mich an unsere Abmachung zu halten?

Schritte ertönen hinter mir, aber ich bringe es nicht über mich, mich umzudrehen. Sie halten ein paar Meter entfernt, und ich kann

Noahs Zögern förmlich spüren. Kann sein Gesicht vor mir sehen, ohne ihn dafür anschauen zu müssen.

»Darf ich mich setzen?«, fragt er leise.

»Okay«, flüstere ich gegen den Wind an.

Er kommt näher. Langsam setzt er sich neben mich, zwischen uns eine Lücke, die da nicht hingehört und trotzdem sein muss. Doch plötzlich spüre ich, wie sich etwas Warmes um meine Schultern legt. Noahs Jacke hüllt mich in seinen vertrauten Duft und sorgt dafür, dass ich sofort wieder Tränen in den Augen habe.

»Ich wollte nicht, dass du frierst«, murmelt er und stützt seine Unterarme auf seine angezogenen Knie.

Wir schauen uns nicht an. Ich halte meinen Blick auf den Horizont fixiert und versuche, mich nicht aufzulösen.

»Und ich wollte auch nicht, dass du dich verliebst«, fügt er hinzu.

»Das wollte ich auch nicht«, krächze ich und ziehe seine Jacke enger um mich. »Aber ich hatte leider keine Wahl.«

»Ich weiß.« Er atmet tief durch. »Ich kenne das Gefühl. Und ich bin in den letzten Wochen mehr als einmal daran verzweifelt.«

Mir entweicht ein ersticktes Schnauben.

Ach so. Warum habe ich daran nicht gedacht? Natürlich liebt er eine andere. Vielleicht jemanden aus der Uni. »Wer auch immer sie ist, sie sollte sich glücklich schätzen«, lasse ich ihn wissen.

Noah stockt. »Sie wirkt gerade eher ziemlich verletzt«, gesteht er dann leise.

Verwirrt schaue ich zu ihm rüber. Ich kann nicht verhindern, dass dabei Hoffnung in mir aufkeimt. Doch Noahs Gesichtsausdruck macht sie wieder zunichte. Falls er mit diesen Worten wirklich mich meint, sind sie dennoch keinesfalls das Geständnis, das ich hören wollte.

Eher im Gegenteil.

»Kannst du vielleicht mal Klartext reden?«, frage ich schniefend, und er atmet tief durch.

»Weißt du noch, was ich dir ganz am Anfang gesagt habe?«, will er wissen. »Bevor das zwischen uns angefangen hat.«

Ich schnaube. »Dass du kein Mann für mehr als eine Nacht bist?«, rate ich. Dieser Satz hängt mir bis heute nach. Weil ich immer noch nicht verstanden habe, warum er ihn so betont hat, wenn wir danach doch unzählige gemeinsame Nächte hatten.

»Genau.«

»Und was soll mir das jetzt sagen?«

»Dass es egal ist, was wir füreinander empfinden. Weil ich nicht dafür geeignet bin, mit irgendwem eine Beziehung einzugehen. Ich bin viel zu kaputt dafür. Ich liebe dich auch. Aber das ändert leider nichts.«

Mir entkommt ein schmerzerfülltes Keuchen. Der Satz schneidet mir ins Herz. Tief. Und die Klinge bleibt dort stecken. »Warum sagst du mir das dann?«, fahre ich ihn an und blinzle neue Tränen weg. Ich verstehe gar nichts mehr. Es tut einfach nur noch weh.

Noah bleibt ruhig, auch wenn seine Augen ebenfalls feucht sind. »Weil ich nicht will, dass du denkst, es läge irgendwie an dir. Ich bin das Problem, Brooke.«

»Klar«, stoße ich aus. »Laber doch nicht so einen Mist. Wenn ich die Richtige wäre, wäre das egal.«

Doch er schüttelt den Kopf. »Die Richtige für was?«, schießt er zurück. »Die Richtige, um von mir verletzt zu werden?«

»Das ja offensichtlich schon, denn das machst du schon die ganze Zeit!«, entfährt es mir.

»Ich hab dir die ganze Zeit klar gesagt, woran du bist«, erinnert er mich.

»Und es tut trotzdem weh, dass du mich nicht willst!«

»Ich will dich«, erklärt er und treibt die Klinge damit noch tiefer. »Aber du hast jemand Besseren verdient. Jemanden, der weniger kaputt ist. Jemanden, auf den du dich wirklich verlassen kannst.«

»Warum musst du das sagen?«, flüstere ich.

»Weil es die Wahrheit ist«, wiederholt er.

Ich schüttle den Kopf und wische mir die Tränen von den Wangen. »Warum kannst du nicht stattdessen sagen, dass du für mich dieser Jemand sein wirst? Warum geht das nicht? Wenn du mich doch liebst …«

»Weil ich es noch nie geschafft habe, dieser Jemand zu sein, Brooke«, erwidert er leise.

Mir entkommt ein Schluchzen. »Das stimmt nicht«, stoße ich aus. »Für mich warst du dieser Jemand schon die ganze Zeit, Noah. Und ich kann mich doch auf dich verlassen! Du bist für mich nach Auckland geflogen. Du warst immer für mich da. Du ...«

Er atmet zittrig ein und tastet vorsichtig nach meiner Hand. »Brooke ... Ich kann das einfach nicht. Wenn ich nur daran denke, dass du dich auf mich verlässt, kriege ich Panik. Ich habe mein Leben lang Menschen enttäuscht, und ich will nicht, dass du dich in die Liste einreihst.«

»Das ist also dein Problem«, stelle ich erstickt fest, verschränke aber trotzdem meine Finger mit seinen. »Du denkst, du bist nicht gut genug. Du denkst, du hättest keine Liebe verdient, und deswegen stößt du alle von dir. Deine Pflegeeltern. Mich. Und vielleicht irgendwann auch Grey.«

Er erwidert nichts mehr. Stattdessen senkt er den Blick und mustert Columbo, der eine seiner Pfoten auf Noahs Fuß gelegt hat.

»Okay«, bringe ich erstickt heraus. »Ich kann dich ja auch nicht zwingen.«

»Es tut mir leid«, meint er leise. »Ich wünschte, es wäre anders ...«

»Sag so was nicht«, flüstere ich. »Das macht mir nur Hoffnung.«

»Okay.« Ich sehe, wie er gegen seine Tränen anblinzelt. Verdammt, er meint das wirklich alles ernst, oder? Dass er mich liebt? Dass er es nicht kann. Was für eine Scheiße ...

»Vielleicht gehe ich dann besser«, flüstert er und macht Anstalten, meine Hand loszulassen, doch ich umfasse seine nur umso fester.

»Ich will nicht, dass du gehst«, stelle ich leise klar. »Ich brauche dich trotzdem. Weil ohne dich ...« Neue Tränen laufen über meine Wange, und Columbo lehnt sich winselnd gegen meine Beine. »Ohne dich weiß ich gar nicht mehr, was ich machen soll, Noah.« Ich schlucke. »Können wir einfach so tun, als hätte ich nichts gesagt? Können wir zu unserer Freundschaft zurück? Bitte ... Ich schaff das nicht ohne dich.« Ich lehne mich gegen seine Schulter. Er streicht mir mit dem Daumen über den Handrücken und lehnt seinen Kopf gegen meinen.

»Okay«, meint er erstickt. »Ich versuch's.«

»Danke ...«

Wir schweigen. Ich halte den Blick auf den Sonnenaufgang geheftet und versuche, den Schmerz zu verarbeiten, der mir noch immer in der Brust sitzt. Versuche, mich an den Gedanken zu gewöhnen, dass Noah mich liebt, aber nicht lieben will. Ich sollte auf Abstand gehen. Mich von ihm distanzieren, weil das wirklich nicht gut enden kann. Weil ich es verdient hätte, dass er seine Gefühle für mich akzeptiert. Weil ich jemanden verdient hätte, der für mich seine Ängste überwindet.

Aber ich verstehe sie seltsam gut. Ich weiß genau, wie er sich fühlt. Wie hilflos ihn diese Angst macht. Was für eine Hürde sie wirklich darstellt. Weil ich schon so oft etwas Ähnliches empfunden habe.

»Darf ich trotzdem vorübergehend bei euch wohnen?«, flüstere ich.

Noah schluckt. »Klar. Es hat sich ja nichts verändert, richtig?«

Ich atme tief durch. »Richtig.«

# KAPITEL 29

# noah

Nachdem Brooke Greysen heute Morgen erzählt hat, dass sie nicht nach Auckland zurückwill, haben sie beschlossen, auf dem Weg nach Wellington einen Zwischenstopp bei ihrem Dad einzulegen. Dem geht es mittlerweile wohl wieder gut genug, um sich um Columbo zu kümmern. Und so ist dieser direkt zurück in seinem vertrauten Zuhause, statt wieder bei uns in der kleinen Wohnung sitzen zu müssen, die mit Brookes Anwesenheit nur noch enger wird. Außerdem hat Brooke dort noch einige Klamotten, mit denen sie die Zeit überbrücken kann, bis wir ihre Sachen aus der Wohnung in Auckland holen. Falls es dieses *Wir* dann wirklich noch gibt, denn nach unserem Gespräch gestern Abend bin ich mir nicht sicher, wie lang unser Zusammenleben gut gehen wird. Ob ich nicht doch lieber ausziehen sollte, damit Brooke bei Grey wohnen kann. Ob Abstand nicht besser wäre …

Doch das sind erst mal Probleme für die Zukunft. Denn ich merke Brooke an, dass der Zwischenstopp ihr trotz der Vorfreude auf das Wiedersehen mit ihrem Dad auch Angst macht. Vermutlich denkt sie das Gleiche wie wir. Talon könnte mittlerweile wieder zurück sein. Und auch wenn er vermutlich nichts von unserem kurzen Aufenthalt mitbekommen wird, ist es doch entgegen jeder Vernunft, nun zu ihm zu fahren statt weg von ihm.

Die Fahrt nach Hāwera verläuft in beklommenem Schweigen. Grey versucht sich des Öfteren an Small Talk, nicht ahnend, was

Brooke und ich uns heute Morgen für Geständnisse gemacht haben. Dass etwas nicht stimmt, merkt er sicher. Aber ausnahmsweise spricht er es nicht an, sondern konzentriert sich nach einer Weile einfach aufs Fahren.

Wir kommen am frühen Nachmittag an, und Columbo beginnt schon am Ortseingang, freudig mit dem Schweif zu wedeln. Ich glaube, er hat sein Zuhause vermisst, und das kann ich gut nachvollziehen. Ich erwische mich selbst immer wieder dabei, wie ich mich in die unbeschwerte Zeit hier in Hāwera zurücksehne. Als Brooke und ich unsere Probleme noch wirklich ignorieren konnten und trotzdem so etwas wie eine Beziehung geführt haben.

Es war so einfach damals.

Warum wird es so viel härter, sobald man der Sache einen Namen geben will? Warum wehrt sich alles in mir dagegen, sobald ich mich committen muss?

Aber immerhin bestätigt sich damit meine Vermutung.

Brooke hat jemand Besseren verdient als mich.

Kaum dass Grey den Wagen auf dem Hof geparkt hat und wir aussteigen, stürzt Columbo aus meiner geöffneten Tür und rennt laut kläffend davon. Er verschwindet hinter dem Haus in der Wiese und dreht eine große Runde, bis er hinter dem Hühnerstall wieder aus dem Gebüsch geprescht kommt. Die Hühner flüchten gackernd vor ihm, und Columbo bellt sie durch den Zaun hindurch an. Vermutlich soll es eine Begrüßung sein. Ich bin mir aber nicht ganz sicher, ob sie die verstehen.

»Wie er sich freut«, murmelt Brooke schmunzelnd. Sie und Grey stehen vor dem Wagen und beobachten Columbo belustigt.

»Bis er merkt, dass du ohne ihn wieder fährst«, gibt Grey zu bedenken.

Sie stößt ihn in die Seite. »Mach mir kein schlechtes Gewissen.«

»Nur die Wahrheit«, behauptet er. »Dich mag er am liebsten. Aber Wellington hasst er leider.«

»Ja, das ist nichts für ihn«, gibt sie zu. »Ich schätze, ich muss ihn einfach öfter besuchen.«

»Ich kenne da noch jemanden, der sich darüber freuen würde«, tönt eine Männerstimme über den Hof. Wir drehen uns um. Mr. Edmonds steht auf der Veranda seines Hauses und lächelt uns an. Ich habe ihn noch nicht persönlich getroffen, erkenne ihn aber von den Fotos im Haus wieder.

Er kommt die kleine Treppe zu den beiden runter. Sein Gang wirkt dabei noch ein wenig steif, doch das scheint ihn gar nicht zu kümmern. Brooke kommt ihm entgegen und fällt ihm um den Hals. Sie umarmen sich, und anschließend wird Greysen ähnlich herzlich begrüßt. Ich stehe da wie angewurzelt und beobachte das Bild, das sich mir bietet. Ein Ziehen breitet sich in meiner Brust aus. Sie wirken glücklich. Versöhnt. Da ist so viel Liebe, obwohl noch so viel schmerzhafte Vergangenheit zwischen ihnen steht.

Ich hätte so was auch gern.

Verdammt, ich *könnte* es haben. Würde ich mich trauen, es anzunehmen.

Ein kläffender grauer Blitz sprengt den friedlichen Moment. Columbo kommt durch den Hof auf die drei zugeschossen, wirbelt dabei jede Menge Staub auf und springt Mr. Edmonds an. Drei halb empörte, halb belustigte Protestrufe erklingen, und schon wird auch Columbo in ihre Mitte geschlossen. Ich schiebe die Hände in die Hosentasche und lasse den Blick über den Hof schweifen. Das Gefühl der warmen Nostalgie ist verschwunden. Ich fühle mich hier genauso fehl am Platz wie kurz vor meiner Abreise damals. Wie ein Versager, der keinen Platz im Leben findet, weil er nicht den Mut dazu hat.

»Noah!« Greys Stimme zieht meine Aufmerksamkeit auf sich. Ich drehe mich zu ihnen um und sehe, wie sie zu viert vor der Veranda stehen und erwartungsvoll zu mir rüberschauen. Grey winkt mich zu sich, und ich setze mich widerwillig in Bewegung. Brooke schenkt mir ein zaghaftes Lächeln, und ihr Dad tritt mir entgegen, um mir die Hand zu reichen. Ich ergreife sie.

»Das ist also der Mann, der meine zwei Streithähne hier den Sommer über auseinandergehalten hat«, grüßt er mich freundlich. »Ich bin Nigel.«

»Noah«, stelle ich mich unnötigerweise vor. »Freut mich sehr.«

»Und mich erst! Kommt rein, ich hab gekocht. Ihr habt sicher Hunger nach der Fahrt, oder?«

Wir folgen Nigel ins Haus, und ich versuche, mir meine Wehmut nicht allzu sehr anmerken zu lassen. Das hier ist schön. Besonders für Brooke und Grey, die das erste Mal seit Jahren harmonisch Zeit zu dritt mit ihrem Dad verbringen können. Nur ich passe verdammt noch mal nicht rein. Und das hört einfach nicht auf wehzutun.

## KAPITEL 30

# brooke

Das Bild von Dad, Grey und mir gemeinsam an unserem Küchentisch geht einfach nicht in meinen Kopf. Ich weiß nicht, wann wir das letzte Mal so zusammensaßen, ohne uns anzuschreien. Ohne voneinander enttäuscht zu sein. Ohne dass ich mir gewünscht habe, irgendwo anders zu sein.

Ich hatte jahrelang das Bedürfnis, zu flüchten. Nicht, dass es einen Ort gegeben hätte, an dem ich lieber gewesen wäre. Aber mein Zuhause hat sich längst nicht mehr wie eins angefühlt. Im Gegensatz zu jetzt.

Heute liegt ein Schleier aus Nostalgie über unserer Küche. Ich genieße jede Sekunde, die wir hier sitzen. Versuche, jedes von Greys und Dads Worten in mich aufzusaugen. Und muss mir gleichzeitig Mühe geben, nicht ständig zu Noah zu schauen.

Er sitzt zu meiner Linken und fühlt sich sehr offensichtlich fehl am Platz. Am Gespräch beteiligt er sich nur, wenn Dad ihn etwas fragt, und jedes Mal reibt er sich dabei verlegen den Nacken. Ich weiß nicht, ob es an der Sache zwischen uns liegt oder an der Gesamtsituation. Aber so oder so stört es mich, dass er sich nicht wohlfühlt. Ich finde, er gehört hier ebenso dazu. Für mich sind er, Grey und ich irgendwie eine große Familie. Also warum sollten Dad und Noah nicht auch eine Familie werden können? Sie würden sich sicher verstehen.

O Mann …

Ich muss aufhören, mir eine Zukunft mit diesem Mann vorzustellen. Dann würde mir vielleicht auch weniger daran liegen, dass er mit meinem Vater bondet, den er ohnehin nie wiedersehen wird.

»Also«, setzt Dad an, der soeben den vierten und letzten Kaffee an den Tisch bringt. Wir haben schon aufgegessen, und zum Nachtisch hat er Kuchen besorgt. An Fürsorglichkeit hat es Dad zum Glück nie gemangelt. Verantwortungsbewusstsein war das, womit er – und somit auch wir – unsere Probleme hatten. »Und ihr wart also im Urlaub?«, fragt er. »Einfach so während der Vorlesungszeit? Ist alles okay?«

Sofort wird meine Kehle eng. Doch Grey nimmt mir die Antwort ab, bevor ich in Erklärungsnot geraten kann.

»Wir haben irgendwie alle ein paar Tage Ruhe gebraucht«, erklärt er. »Um uns wieder zusammenzuraffen.«

»Also ist euer Streit geklärt?«, fragt Dad mit einem warmen Lächeln. »Zwischen allen?« Sein Blick trifft Noah, der verhalten nickt.

»Das freut mich. Dann habt ihr sicher viel zu erzählen. Aber bevor ich's vergesse, Brooke. Ich soll dir noch etwas ausrichten.« Dads Miene verfinstert sich, und sofort beschleunigt sich mein Herzschlag. Ein unangenehmes Gefühl kriecht mir den Nacken hoch und setzt sich als dunkle Vorahnung in meinem Hinterkopf fest.

»Von?«, bringe ich erstickt hervor.

Und Dad sagt genau das Wort, das ich nicht mehr hören wollte. Erst recht nicht aus seinem Mund. »Talon. Er ist heute Morgen hier aufgetaucht. Sagt, er muss unbedingt mit dir reden … Ich wusste nicht, ob ich es dir sagen soll, aber dachte mir, ich kann es ja auch nicht einfach geheim halten, also … Jetzt weißt du Bescheid. Seine Nummer steht auf dem Notizblock beim Telefon, falls du sie willst.«

Auf Dads Satz folgt ein bedrückendes Schweigen. Ich spüre Noahs und Greys Blicke auf mir, bringe es aber nicht über mich, sie anzusehen. Wie in Trance stehe ich von meinem Platz auf, verlasse die Küche und gehe rüber zu dem kleinen Telefontischchen im Flur. Ich starre auf die Nummer, die Dad fein säuberlich auf einem der Notizzettel aufgeschrieben hat. Die gleiche, mit der Talon mich in den letzten Wochen wieder und wieder kontaktiert hat. Und in mir bricht irgendwas, das schon hundertmal gebrochen war. Etwas, das ich in den vergangenen Tagen mühselig wieder zusammengeklebt habe und das doch nie wieder ganz wird. Und vielleicht ist es Zeit, genau das zu akzeptieren.

Eine Berührung an meinem Arm lässt mich zusammenzucken. Doch es ist nur Grey, der mir gefolgt ist und mir vorsichtig über den Rücken streicht. »Alles gut?«, raunt er. Hinter ihm sehe ich Noah im Türrahmen auftauchen. Er mustert mich besorgt, und ich erwische mich dabei, wie ich mich lieber in seine Arme werfen würde statt in Greys. Nicht dass die Berührung meines Bruders nicht tröstlich wäre. Aber Noah ist Noah. Und seine Nähe heilt einfach anders.

»Ich schreibe ihm«, beschließe ich.

»Was?«, sagen beide wie aus einem Mund.

Panik kriecht mir in jede Faser meines Körpers. Und trotzdem ist meine Entscheidung gefallen. »Ich will mit ihm reden«, stoße ich aus.

»Du bist ihm nichts schuldig«, erinnert Grey mich. »Zeig ihn einfach an und …«

Ich schüttle bereits den Kopf. »Ich will damit abschließen. Und anders geht es nicht.«

Grey starrt mich an, als würde er an meiner Zurechnungsfähigkeit zweifeln. Aber Noah kommt näher, sein Blick ohne jegliche Wertung. »Können wir helfen?«, fragt er. »Sollen wir mitkommen?«

Ich bringe ein Nicken zustande. Denn allein treffe ich mich sicher nicht mit Talon. Ich vertraue ihm nicht. Ich vertraue nicht mal mir selbst, wenn er in meiner Nähe ist. Aber hier sind zwei Männer, von denen ich weiß, dass sie mich beschützen werden. Vor allem, was kommen mag. Und mit ihnen an meiner Seite ist es vielleicht weniger unerträglich. Zumindest hoffe ich das sehr.

Keine halbe Stunde später stehen wir im Park, unweit von dem Ort, an dem Talon mich damals in der Silvesternacht gefunden hat. Ich weiß noch, wie panisch ich damals vor ihm geflüchtet bin. Mir war alles egal, Hauptsache, ich kam von ihm weg. Hauptsache, die Erinnerungen holen mich nicht ein. Doch nun warte ich genau hier darauf, dass er mich findet. Der Gedanke ist so skurril, dass ich ihn gar nicht richtig verarbeiten kann. Niemals hätte ich gedacht, so etwas mal freiwillig zu tun. Wobei ich mich frage, ob es wirklich freiwillig ist. Oder ob Talon mich nicht doch mit seinem Verhalten zu dieser Konfrontation gezwungen hat. Ob er gewonnen hat, einfach nur, weil ich hier bin.

Grey legt den Arm um meine Schultern, und ich wende den Blick vom Park ab, vergrabe das Gesicht an seiner Brust. Eine flüchtige, zurückhaltende Berührung an meinem Unterarm versichert mir, dass Noah auch noch da ist. Vorsichtig hebe ich den Kopf ein wenig und schaue zu ihm hoch. Der Blick seiner grünen Augen ist beruhigend, aber das traurige Lächeln auf seinen Lippen erinnert mich an heute Morgen. Daran, dass es vorbei ist zwischen uns. Und das schaffe ich gerade nicht, also schaue ich schnell wieder weg.

»Wir sollen also nichts sagen?«, versichert Greysen sich.

»Erst mal nicht«, murmle ich.

»Okay.«

»Ihr seid nur das Back-up«, krächze ich. »Ich schaffe das allein.« Glaube ich zumindest …

»Falls du dich umentscheidest, sag Bescheid.«

Ich schlucke. »Mhm.«

»Er ist da«, ertönt es plötzlich von Noah.

Sofort verdichtet sich die Anspannung zwischen uns. Greys Umarmung wird fester, doch ich löse mich aus ihr, um mich wieder dem Park zuzuwenden. Eine vertraute Gestalt kommt zwischen den Sträuchern den Weg entlang auf uns zu. Und wüsste ich es nicht besser, würde ich sagen, Talon ist noch größer geworden. Noch bulliger. Noch angsteinflößender.

Widerwillig trete ich von Noah und Grey weg und komme ihm entgegen. Sein finsterer Gesichtsausdruck bringt mich fast zum Umdrehen, also entferne ich mich nur ein paar Schritte von meiner Begleitung. Und Talon hat genug Verstand, um mit einigem Abstand vor mir stehen zu bleiben.

Statt einer Begrüßung deutet er mit dem Kinn hinter mich und mustert Noah und Grey finster. »Was machen die zwei hier? Ich dachte, du wolltest reden.«

Tief atme ich durch. Ich kann das. Nur ein Mal noch. Nach diesem Gespräch wird er mich in Ruhe lassen. Er muss einfach. Denn dann ist alles gesagt und alles vorbei. »Nein, *du* wolltest reden, Talon«, erwidere ich zittrig. »Noah und Grey sind zu meiner Sicherheit dabei.«

»Zu deiner Sicherheit?«, fragt er fast spöttisch. »Du tust, als hätte ich dir irgendwas angetan.«

»Du bist in meine Wohnung eingebrochen.«

Talon schnaubt. »Ich bin nicht eingebrochen. Du hast mir die Tür aufgemacht, schon vergessen?«

Mein Herz rast immer schneller. Wut und Panik brodeln in mir, doch ich halte sie in Schach. Wenn ich nicht ruhig bleibe, dann bleibt er es erst recht nicht. »Du warst aber nicht eingeladen. Du hättest nicht mal meine Adresse haben dürfen. Das ist Stalking.«

»Komm mal wieder runter«, fordert er. »Ich wollte nur mit dir reden. Du bist mir Antworten schuldig, nachdem du damals einfach abgehauen bist.«

»Ich bin dir gar nichts schuldig!«, entkommt es mir.

»Und wie du das bist«, beharrt er. »Wenn meine Freundin über Nacht verschwindet, will ich verdammt noch mal wissen, was das soll.«

»Ich dachte, ich hätte mehr als deutlich gemacht, dass ich es dir nicht erklären will.«

»Dann erwarte auch nicht, dass ich damit abschließe, Brooke.«

Ich kann kaum denken, so sehr zerfrisst mich das Chaos an Gefühlen in meiner Brust. Aber irgendwie kriege ich trotzdem noch

Wörter heraus. Welche, die schon so lang in mir brodeln, dass nicht mal Talons Anwesenheit sie noch kleinkriegt. »Doch, genau das erwarte ich von dir, wenn ich dir deutlich mache, dass ich keinen Kontakt mehr will!«

»Du hattest kein Recht, mich einfach aus deinem Leben zu streichen!«, behauptet er weiter. »Es war alles gut! Wir waren verliebt! Ich hab dir verdammt noch mal nichts getan!«

»Du hast mir *alles* getan, Talon!«, schreie ich und erschrecke mich über meine eigene Lautstärke. »Und du warst auch nicht verliebt in mich! Du wolltest lediglich, dass ich dir gehöre!«

»Jetzt werd nicht hysterisch«, knurrt er, und meine Wut schäumt noch mehr über.

»Hör einfach auf, mir nachzustellen!«, fordere ich so ruhig wie möglich. »Ich will nicht mehr von dir angerufen werden!«

»Du hast keine Ahnung, was du willst«, behauptet er. »Und für mich ist das hier noch nicht zu Ende. Wir müssen nicht jetzt drüber reden.« Er wirft einen Blick hinter mich zu Noah und Grey. »Wir können das zu zweit machen, in aller Ruhe. Du sagst mir, wann du das Gefühl hattest, dass ich dich schlecht behandelt habe, und wir schaffen das aus der Welt. Das, was wir hatten, war gut, Brooke. Das weißt du doch auch. Wir kriegen das wieder hin. Gib uns noch eine Chance.«

Er macht es schon wieder. Er spricht mir mein eigenes Erleben ab, meine Meinung, meinen Wert. Er trichtert mir Wahrheiten ein, die es nur in seiner verdrehten Realität gibt, zieht seine Schlinge wieder enger um meinen Hals. Er will mich zurück. Aber nicht als Brooke, sondern als die wehrlose, gebrochene Marionette, die er damals hatte. Weil er dachte, ich würde für immer ihm gehören, und nicht damit klarkommt, dass ich mich befreit habe.

»Ich sagte, ich will keinen Kontakt mehr zu dir«, sage ich, Wort für Wort, jedes mit Nachdruck betont. »Lass mich in Ruhe, Talon. Es ist vorbei, und ich falle nicht mehr auf deine Lügen und Manipulationen rein.«

»Was für Lügen und Manipulationen?«, wiederholt er aufgebracht. »Du hast sie doch nicht mehr alle, Brooke. Hat er dir das eingeredet?« Er nickt in Greysens Richtung. »Ich hab dir doch gesagt, er will uns auseinanderbringen. Bestimmt er neuerdings über dein Leben?«

Aus dem Augenwinkel sehe ich, wie Grey einen Schritt auf uns zu macht, und gleichzeitig mache ich einen zurück. Im selben Moment setzt Talon mir nach, greift nach meinem Handgelenk, bekommt es zu fassen und hält mich fest. Die Erinnerung an die Party damals überrollt mich. Ich sehe förmlich vor mir, wie Greysen sich wieder zwischen uns drängt, um mich zu beschützen, und Talon auf ihn losgeht. Wie alles von vorn losgeht, statt endlich zu enden.

»Lass mich los«, sage ich scharf und bedeute Grey und Noah gleichzeitig mit einer Handbewegung, zurückzubleiben.

»Wenn du dich endlich beruhigst!«

Ich halte Talons Blick stand. Funkle ihn an. Schlucke die Angst endgültig hinunter und lasse all meine Wut der vergangenen Jahre an ihrer Stelle die Kontrolle übernehmen. »Ich. Bin. Ruhig«, erwidere ich eisig. »Und ich sage das nur noch ein einziges Mal, Talon. Ich will nie wieder etwas von dir hören. Du hast mich nie geliebt. Nur die Kontrolle, die du über mich hattest. Und ich habe dich auch nie geliebt. Du hast mir nur eingeredet, dass es Liebe ist. Aber das ist vorbei. Endgültig. Lass. Mich. In. Ruhe.«

»Was redest du da?«, fährt er mich an.

Ich versuche, ihm mein Handgelenk zu entreißen, doch er umklammert es nur noch fester.

»Du bist komplett irre geworden, merkst du das? Du brauchst echt Hilfe, Brooke.«

Ich spüre die Worte einsickern, obwohl ich weiß, dass ich sie nicht glauben darf. Spüre, wie der Griff seiner Finger immer fester wird, statt sich zu lockern. Und erst jetzt realisiere ich, dass dieses Gespräch nicht das ist, für was ich es hielt.

Ich dachte, es könnte die Lösung sein. Dass alles danach ein Ende hat. Dass das Problem die ganze Zeit über nur darin bestand, dass ich nicht ausgesprochen habe, was ich wirklich denke.

Selbst ohne wirklich Kontakt zu mir zu haben, hat Talon mir das Gefühl gegeben, es wäre meine Schuld, dass er mich nicht in Ruhe lässt.

Aber ist es nicht. Er wird nicht aufhören, egal, was ich sage. Verdammt, er hätte schon vor Jahren aufhören können, wenn er mich dafür genug respektieren würde, aber meine Meinung und meine Wünsche sind ihm schlichtweg egal.

Nein, das hier ist nicht die Lösung. Aber es war dennoch nötig. Für mich. Um mir bewusst zu werden, dass es keinen anderen Weg mehr gibt, als mir Hilfe zu suchen.

»Grey, Noah?«, frage ich mit leicht zittriger Stimme, und sofort spüre ich ihre Nähe in meinem Rücken. Talon zieht wütend die Brauen zusammen, doch ich hebe das Kinn. »Ich möchte jetzt gehen. Aber Talon lässt mich nicht.«

Sein Griff lockert sich kaum merklich, doch nicht genug, um mich zu befreien. Talon mustert erst Grey, dann Noah und rümpft die Nase.

»Was wollt ihr jetzt machen?«, fragt er. »Mich verprügeln?«

»Müssen wir nicht«, behauptet Grey. »Ich hab eben Dad geschrieben, dass er die Polizei rufen soll.«

Talon schnaubt. Endlich lässt er mein Handgelenk los, doch er baut sich stattdessen vor Greysen auf und stößt diesen vor die Brust. »Du hältst dich auch für den Schlausten, was?«

Ich schnappe nach Luft und will dazwischengehen, aber Noah hält mich zurück. Greysen rührt sich nicht. Er lässt zu, dass Talon ihn noch mal stößt, weicht einen Schritt zurück und bietet ihm dann einfach weiter die Stirn. »Na los«, fordert er ihn auf. »Schlag mich noch mal. Mal schauen, wie es diesmal ausgeht. Ich würde an deiner Stelle aber nicht davon ausgehen, dass hier jemand für dich aussagt.«

Talon verzieht den Mund, sagt jedoch nichts mehr. Ein letztes Mal stößt er Greysen von sich, diesmal so heftig, dass dieser

**238**

stürzt. Dann wendet er sich ab und geht ohne einen Blick zurück davon.

Noah lässt mich los, und gemeinsam gehen wir neben Grey auf die Knie. Der hat sich bereits wieder halb aufgerappelt und schaut Talon mit hassverzerrter Miene nach.

»Wichser«, murmelt er, klopft sich den Dreck von den Händen und lässt sich von uns auf die Beine helfen.

»Alles okay?«, will Noah wissen.

Ich selbst bringe keinen Ton mehr heraus. All meine Worte gingen grade für das Gespräch mit Talon drauf. Und jetzt plötzlich brennen mir Tränen in den Augen, und ich kriege keine Luft mehr.

»Mir geht's gut«, versichert Grey mir. »Hey.« Er zieht mich an sich und drückt mir einen Kuss aufs Haar. »Alles wird gut. Du hast das toll gemacht, kleine Schwester.«

Mir entweicht ein Schluchzen, doch nun spüre ich weitere Hände an meinem Rücken. Noahs. Er kommt zögerlich näher und umarmt mich von der anderen Seite, bis ich völlig geborgen zwischen den beiden stehe. Die Tränen kommen. Die Panik mit ihnen. Grey und Noah halten mich, trösten mich. Und diesmal dauert es nur ein paar Minuten, bis ich wieder atmen kann. Ich weiß, dass es größtenteils an ihnen liegt. Aber ein bisschen vielleicht auch daran, dass ich stärker geworden bin. Und allmählich sickert in meinen Kopf die Tatsache ein, dass ich Talon eben die Stirn geboten habe. Ich habe es wirklich geschafft.

Noah löst sich langsam wieder von mir und reicht mir ein Taschentuch. Grey legt seinen Arm um meine Schultern und lotst mich in Richtung des Ausgangs. »Komm. Ab nach Hause.«

»Was ist mit der Polizei?«, frage ich schniefend und wische mir die letzten Tränen von den Wangen.

»War ein Bluff«, versichert er mir. »Und Dad habe ich auch nichts gesagt. Das ist immer noch deine Entscheidung.«

Der Rückweg bis zum Hof tut gut. Ich nutze den Fußweg und unser andächtiges Schweigen, um mich zu sammeln, meine Gedanken zu sortieren und mir einen Plan zurechtzulegen. Zurück im Haus empfängt Dad uns mit einer Mischung aus Neugier und Besorgnis. Er hat ziemlich sicher schon vorhin bemerkt, dass etwas nicht stimmt. Doch es ist nicht seine Art, nachzubohren. War es noch nie. Wenn man Dad etwas anvertrauen will, ist es immer am besten, auf ihn zuzugehen. Und genau das sollte ich endlich tun.

»Könntet ihr uns kurz allein lassen?«, bitte ich Grey und Noah. Mein Herz beginnt wieder zu rasen, und meine Hände werden schwitzig, doch ich habe meine Entscheidung längst getroffen. Vielleicht schon heute Morgen, bevor wir losgefahren sind. Oder womöglich bereits, als ich angefangen habe, Grey von Talon zu erzählen.

Ich hatte Dad viel zu lang nicht in meinem Leben, weil ich nicht mehr wusste, wie das geht. Und ich will, dass sich das endlich ändert. Weil ich nicht ihn *und* Mum verlieren kann, und weil ich weiß, dass er mich verstehen würde. Aber dafür muss er erfahren, was mit mir los ist. Und was damals eigentlich das Problem war.

Grey und Noah mustern mich besorgt, verlassen aber protestlos wieder das Haus. Dad schaut ihnen irritiert nach und widmet sich dann mir.

»Was ist los?«, fragt er mit einem gezwungen lockeren Unterton. »Hab ich was angestellt?«

Ich schüttle den Kopf und atme tief durch. Columbo kommt aus der Küche getrottet und schmiegt sich winselnd an mein Bein. »Nein, Dad«, versichere ich ihm. »Aber ich muss dir was erzählen. Etwas sehr Schwieriges.«

Meine Kehle wird mit jedem Wort enger.

Dad runzelt die Stirn. »Okay«, sagt er zögerlich. Dann ergreift er entschlossen meine Hand und drückt meine Finger. »Setz dich hin. Ich höre zu.«

Noch einmal atme ich ein. Wieder aus. Bemühe mich um Beherrschung.

»Kannst du währenddessen einfach nichts sagen?«, bitte ich ihn. Dad presst die Lippen zusammen und tut so, als würde er sie mit einem unsichtbaren Schlüssel absperren, den er anschließend demonstrativ in seine Hosentasche schiebt.

Mir entkommt ein ersticktes Lachen. Und auf einmal weiß ich mit schmerzlicher Sicherheit, dass ich das Richtige tue.

Also fange ich endlich an zu erzählen.

## KAPITEL 31

# noah

»Meinst du, sie sagt's ihm?«, fragt Grey und stellt eine Dose Cola vor mir auf dem Verandatisch ab. Wir haben uns nach draußen gesetzt, und er hat uns Getränke aus der Garage geholt, während Brooke mit ihrem Dad bespricht, was auch immer sie zu besprechen hat.

Ich zucke mit den Schultern, nehme mir die Dose und spiele am Verschluss herum. Grey setzt sich mir gegenüber auf einen der Stühle, öffnet sein Getränk aber ebenso wenig. »Keine Ahnung«, murmle ich. »Kann schon sein. Sie ist momentan ja sehr offen.« Wie sie mir heute Morgen eindrücklich demonstriert hat. Scheiße, ich habe ihr Geständnis immer noch nicht verarbeitet. Genauso wenig wie die Tatsache, dass sie Talon gerade die Stirn geboten hat. Einfach so. Ich bin so verdammt stolz auf sie, dass ich das Gefühl habe, ich müsste gleich platzen. Und gleichzeitig tut es weh, dass jetzt so viel zwischen uns steht und ich das Gefühl habe, als könnte ich so nicht mehr für sie da sein.

»Hm«, macht Grey nachdenklich, ohne weiter auf meine Anspielung einzugehen. »Wahrscheinlich ist es gut, wenn sie ihm die Wahrheit sagt. Diese ewigen Geheimnisse machen nur alles noch viel schlimmer.«

»Manchmal macht die Wahrheit es aber auch schlimmer«, bemerke ich und umfasse die Coladose fester. Ich glaube, ich hätte lieber nicht gewusst, dass Brooke mich liebt. Weil dann unser Deal noch funktioniert hätte. Weil sie dann noch an meiner Seite wäre. Es war alles einfacher, als ich mir einreden konnte, sie würde mich nicht wollen. Es hat mir eine Ausrede gegeben, mich nicht mit meinen Gefühlen auseinanderzusetzen, weil es ja ohnehin unmöglich erschien, dass meine Wünsche je in Erfüllung gehen.

»Okay«, seufzt Grey, beugt sich vor und stützt die Ellbogen auf seinen Oberschenkeln ab. Erwartungsvoll hebt er die Brauen. »Raus mit der Sprache. Was ist zwischen euch passiert?«

Widerwillig schaue ich zu ihm hoch. »Wie kommst du darauf, dass etwas passiert ist?«

Grey schüttelt schnaubend den Kopf. »Du glaubst nicht ernsthaft, ich hätte die komische Stimmung zwischen euch nicht bemerkt?«

»Du hast auch nicht bemerkt, dass zwischen uns mehr war als Freundschaft«, gebe ich zu bedenken.

»Das war Ignoranz«, gesteht er. »Kommt nicht wieder vor. Also?«

Nachdenklich drehe ich die Coladose zwischen den Fingern. Einen Moment lang zögere ich.

Bisher konnte ich Grey immer alles erzählen, aber über Gefühle haben wir noch nie gesprochen. Weil ich mich immer davor gehütet habe, welche zu entwickeln, und vor dem kleinsten Anzeichen von Zuneigung geflüchtet bin. Aber dass das diesmal nicht geklappt hat, ist wohl ohnehin nicht mehr zu leugnen. Und vielleicht löst es ja etwas von der Schwere, die mein Herz belagert, wenn ich Grey alles erzähle.

»Brooke hat mir gesagt, dass sie mich liebt.«

»Oh«, macht er überrumpelt. »Schon?«

»Du wusstest es?«, frage ich irritiert.

»Ich hab's gestern erraten«, gesteht er. »Wir haben kurz darüber geredet, aber sie wollte nicht, dass ich dir was sage.«

Wow. So viel zu ihrer momentanen Offenheit.

»Aber dann hat sie sich wohl umentschieden«, fährt er fort. »Und warum redet ihr jetzt nicht mehr miteinander? Du liebst sie doch auch.«

Er sagt es mit einer solchen Selbstverständlichkeit. Als wäre es völlig selbstverständlich, dass ich das tue, und ich frage gar nicht erst, woher er auch das weiß. Vielleicht war es wirklich offensichtlich. Vielleicht kennt er mich zu gut, als dass ich es vor ihm hätte verbergen können.

»Wir reden noch miteinander«, widerspreche ich, um der Frage auszuweichen.

»Small Talk ist nicht gleich reden, Noah«, erwidert er skeptisch. »Ihr wirkt wie ausgetauscht, alle beide. Also, was ist das Problem?«

»Was wohl?«, frage ich und schaue ihn wieder an. »Ich bin das Problem, Grey.«

Sein irritierter Blick macht mich fertig. Als wüsste er nicht, wovon ich rede.

»Erklär mir das«, fordert er ernsthaft.

»Ich kann nicht mit Brooke zusammen sein«, erwidere ich verbittert. »Ich bin nicht beziehungsfähig. Früher oder später werde ich es ruinieren und sie verletzen. Das will ich nicht.«

Er schnaubt. »Woher willst du das denn wissen, wenn du es noch nicht mal probiert hast?«

»Es war schon immer so.«

»Noah ...« Er lächelt fast schon mitleidig. »Dinge ändern sich. Und Menschen ändern sich erst recht. Das ist nicht ernsthaft deine Begründung, um meiner Schwester einen Korb zu geben, oder?«

Ich presse die Lippen zusammen und schweige. Was soll ich auch sonst noch sagen? Außer: Doch. Genau das ist meine Begründung.

Grey reibt sich seufzend über das Gesicht. »Okay. Darf ich mal ganz ehrlich sein und dir etwas sagen, das ich schon lange denke, du aber nicht hören willst?«, fragt er.

»Mach«, murmle ich. »Schlimmer kann es grade sowieso nicht mehr werden.«

Grey schüttelt den Kopf und hält meinen Blick fest. Sein Gesicht ist ernst. »Du brauchst 'ne Therapie, Noah. Dieser ganze Scheiß aus deiner Jugend verschwindet nicht von allein. Erst recht nicht, wenn du immer wieder zulässt, dass er dich zurückhält.«

Mir entweicht ein Keuchen.

Einen Moment lang weiß ich nicht, was ich sagen soll. Mein erster Impuls ist Trotz. Das wollte ich wirklich nicht hören, verdammt.

»Wo hält er mich denn angeblich noch zurück?«, erwidere ich leicht genervt.

Greys Brauen wandern wieder nach oben, als könnte er nicht glauben, dass ich diese Frage ernsthaft stelle. »Noah, du sprichst so gut wie nie mit deinen Pflegeeltern und studierst *Wirtschaft.*«

»Was ist an Wirtschaft jetzt schlecht?« Ich gehe bewusst nur darauf ein. Für die andere Diskussion habe ich keinerlei Gegenargumente. Zumindest keine, die Grey durchgehen lassen würde.

»Nichts per se«, meint dieser. »Bis auf die Tatsache, dass du es hasst.«

»Das hat nichts mit meiner Vergangenheit zu tun, sondern damit, dass ich nicht mehr abbrechen kann, ohne haufenweise Studiengebühren in den Sand zu setzen.«

»Ach so«, spottet Grey. »Galt das Argument im ersten Semester auch schon? Oder in der Einführungswoche damals, als du zu mir meintest, du hasst es jetzt schon? Warum hast du dir nicht von vornherein was anderes ausgesucht, hm?«

»Manchmal weiß man es eben nicht besser«, schieße ich zurück.

»Und manchmal merkt man es und ändert dann trotzdem nichts, weil einen die Angst zurückhält. Das bist du, Noah. Manchmal glaube ich, du willst unglücklich sein. Weil du nie gelernt hast, mit Glück klarzukommen, ohne dabei auch Panik zu empfinden. Weißt du, wie oft ich mich schon gefragt hab, warum du überhaupt mit mir befreundet bist? Du lässt sonst niemanden an dich ran. Und es liegt nicht dran, dass du gern allein bist. Sondern daran, dass du nichts anderes kennst als Einsamkeit. Und dass es dir eine Scheißangst macht, Nähe zu Leuten aufzubauen.«

»Weil ich sie immer enttäusche«, entfährt es mir.

»Und?« Er spuckt mir das Wort regelrecht entgegen. »Noah, das ist normal! Schau mich doch an! Schau Brooke an! Schau dir meinen Dad an! Weißt du, wie oft wir uns schon enttäuscht haben? Und trotzdem sitzen wir jetzt hier. Trotzdem erzählt sie ihm jetzt, was mit ihr los ist. Trotzdem wird er sie danach in den Arm nehmen und sie trösten und für sie da sein. Niemand erwartet Perfektion von dir. Brooke schon gar nicht. Offenheit, ja. Dass sie dir vertrauen kann, sicherlich. Aber solang du für deine Fehler einstehst und sie wieder geraderückst, sehe ich keinen Grund, warum das zwischen euch nicht funktionieren sollte. Und sie vermutlich genauso wenig. Weil du sie glücklich machst.«

Ich atme tief durch und lehne mich in meinem Stuhl zurück. Missmutig starre ich meine ungeöffnete Coladose an und versuche, Worte zu finden, die Greys Aussage widerlegen. Nicht, weil ich unbedingt recht haben will. Im Gegenteil. Seine Version klingt so viel besser. Aber da ist endloses Chaos in meinen Gedanken. Ich kriege dieses seltsame Konzept von Vergebung nicht in den Kopf. Wenn ich in meiner Vergangenheit einen Fehler gemacht habe, wurde ich immer dafür bestraft. Wenn ich jemanden enttäuscht habe, wurde ich fallen gelassen. Und wenn ich vertraut habe, dann wurde ich verletzt. Grey ist die eine Ausnahme. Na ja ... Und meine Pflegeeltern. Immerhin sind sie immer noch für mich da, obwohl ich ihnen nie etwas zurückgebe.

Und Brooke ...

Ja, irgendwie auch Brooke.

Brooke ganz besonders, denn von allen, die noch geblieben sind, habe ich sie am meisten verletzt.

Vielleicht sind meine Fehler wirklich nicht so endgültig, wie ich immer dachte.

Aber was, wenn genau dieser Ansatz der falsche ist? Wenn er am Ende wieder alle verletzen wird?

Vor allem mich selbst ...

»Hey«, meint Grey sanft, und ich hebe den Blick.

Er lächelt mich mitfühlend an. Und seine Augen erinnern mich so sehr an Brookes, dass mir fast Tränen kommen. Ich vermisse sie jetzt schon. Ihre Nähe. Ihr Lachen. Die Tatsache, dass sie mir vertraut hat. Dass ich bei ihr etwas wert war, das ich allein nicht sein kann. Weil ich ihr endlich etwas geben konnte. Mich beweisen konnte.

»Denk vielleicht einfach mal drüber nach«, schlägt Grey vor. »Aber ich bin auf jeden Fall für dich da, okay?«

»Danke«, bringe ich hervor.

Er schüttelt den Kopf. »Ist selbstverständlich, Noah. Wird Zeit, dass du dich daran gewöhnst. Und vielleicht musst du auch mal drüber nachdenken, ob du wirklich nur uns beschützen willst oder nicht doch eher dich selbst. Macht nämlich auch einen ganz schönen Unterschied.«

Ich will gerade protestieren, als die Haustür geöffnet wird. Grey und ich drehen die Köpfe. Mr. Edmonds – oder eher Nigel, wie ich ihn nennen soll – tritt zu uns nach draußen. Brooke folgt ihm, ihr Gesichtsausdruck eine unleserliche Maske. Sie begegnet meinem Blick, und ich hebe fragend die Brauen, doch sie schüttelt nur mit einem schwachen Lächeln den Kopf. Ich schätze, das soll bedeuten, dass alles okay ist. Aber irgendwie sieht sie trotzdem aus, als könnte sie eine Umarmung gebrauchen. Und wäre ich heute Morgen nicht so feige gewesen, könnte ich ihr die jetzt geben.

»Wir müssen kurz was erledigen«, verkündet Nigel. »Ihr passt auf den Hof auf, ja?«

»Was denn?«, fragt Grey verwirrt.

Doch sein Vater antwortet ihm nicht. Er winkt nur ab, legt Brooke einen Arm um und führt sie die Verandatreppe runter zu seinem Jeep. »Bis später. Jungs.«

»Bis später«, erwidert Greysen leicht missmutig. Er schaut dabei zu, wie sie ins Auto steigen und davonfahren. Dann dreht er sich wieder mir zu. »Weißt du, was sie machen?«

»Nope«, erwidere ich ehrlich. Die Sorgenfalten auf Greysens Stirn werden im Gegenzug nur noch tiefer. »Vielleicht besorgen sie dir einen Aggressionsbewältigungskurs«, witzle ich.

Er schnaubt. »Oder dir einen Therapieplatz.«

»Autsch«, beschwere ich mich.

»Hey, wer im Glashaus sitzt … Oder eher in *meinem* Haus.«

»Streng genommen ist das das Haus deines Dads.«

»Sei nicht so kleinlich.« Er öffnet seine Limodose. »Das ist mein Job.«

# damals

Es muss ein Scherz sein.

Das denke ich schon seit Tagen, und auch jetzt sitzt mir die Vermutung noch im Nacken. Weil es einfach keinen Sinn ergibt.

Ich bin fast volljährig. Eigentlich ein hoffnungsloser Fall, was Pflegefamilien angeht, denn wer will einen Teenie bei sich aufnehmen, der in ein paar Monaten tun und lassen kann, was er will, und eine ganze Akte voller Enttäuschungen mit sich bringt?

Trotzdem sitze ich jetzt hier, an einem fremden Esstisch, in einem fremden Haus, das eben großspurig als Zuhause bezeichnet wurde. Mir gegenüber sitzen David und Ellie. Er Anfang vierzig. Sie Ende dreißig. Beide haben Lachfältchen um die Augen. Zwischen uns steht eine Auflaufform mit Lasagne. Sie haben gefragt, was ich gern esse, und es war das Erste, was mir einfiel. Und obwohl es schön ist, dass sie sich das gemerkt und auch noch eingeplant haben, liegt mir das Essen schwer im Magen.

Die ganze Zeit frage ich mich, wie lang es diesmal hält. Ob ich wohl noch mal im Heim lande oder ob sie es doch aushalten, bis ich achtzehn bin, um mich dann auf die Straße zu setzen. Ich frage mich, wie lang sie noch so nett sein werden. Wie lang sie mich noch mögen. Wie lang es dauert, bis ich sie enttäusche und auch diese Chance verspiele.

Es ist meine letzte, das weiß ich. Und vielleicht ist es ein Zeichen, dass ich überhaupt noch eine bekommen habe, denn ehrlich gesagt dachte ich längst, dass ich keine mehr kriegen würde. Trotzdem kann ich mich nicht dazu durchringen, wieder zu hoffen. Es tut zu sehr weh. Weil letztendlich die Person, die ich am meisten enttäusche, immer ich selbst bin. Und ich mir selbst nicht mehr vertraue. Schon selbst nicht mehr glaube, dass ich diese Chancen noch verdient habe.

David räuspert sich plötzlich und zieht meine Aufmerksamkeit weg von meinem kaum angerührten Teller. Unsicher schaue ich zu ihm auf und begegne seinem Blick. Seine Augen wirken warm, aber Gänsehaut kriecht mir über die Arme.

»Wir wollten noch etwas klarstellen«, beginnt Ellie ruhig, und in mir zieht sich alles zusammen. »Gleich zu Beginn, auch wenn es vielleicht zu früh für solche Gespräche ist. Aber uns ist wichtig, dass du das weißt.«

Die Lasagne in meinem Magen wird zu regelrechten Felsbrocken. Hier kommen sie, die ersten Erwartungen und Bedingungen. Ich habe es schon so oft gehört. Wenn du in diesem Haus leben willst, dann …

Ich schlucke gegen die Enge in meiner Kehle an, lasse meine Gabel sinken und ringe mich zu einem vorsichtigen »Okay« durch.

David lächelt weiter. Ellie strahlt mit ihm um die Wette. Aber mir kriecht Angst den Nacken hinauf.

»Es dauert nicht mehr lang, bis du achtzehn wirst«, stellt sie fest. *Und wenn es so weit ist, packst du wieder deine Koffer*, vervollständigt mein Kopf ihren Satz.

»Aber wir möchten nicht, dass deine Zeit hier ein festes Verfallsdatum hat«, spricht Ellie weiter und lässt mich stutzen. »Du kannst auch länger bei uns wohnen, wenn es dir denn gefällt. Auch wenn du uns nicht kennst, verstehen wir uns als deine Familie. Und das heißt, dass wir dich unterstützen, ganz egal, was ist. Solang du das möchtest, werden wir für dich da sein. Das Zimmer gehört ganz dir.«

Ich starre die beiden an, nicht sicher, ob ich mich verhört habe. Warum sollten sie wollen, dass ich länger bleibe als nötig? Sie wissen nicht, worauf sie sich eingelassen haben, oder? Es hat ihnen einfach niemand gesagt, wie ich bin.

»Du musst es natürlich nicht sofort entscheiden«, versichert David mir, der mein Schweigen offenbar als Ablehnung versteht. »Bis dahin ist noch jede Menge Zeit. Wir wollten nur, dass du dir keine Sorgen um die Zukunft machen musst. Bei dir ist gerade so viel im Umbruch, das ist sicher sehr überfordernd. Aber das hier wird immer ein sicherer Hafen für dich sein.«

*Versprochen?*, frage ich fast. Denn ich glaube ihm kein Wort. Vertraue ihm kein bisschen. Doch Davids und Ellies Lächeln schwinden nicht. Mein Schweigen macht sie weder wütend noch enttäuscht. Sie nehmen es einfach an und essen weiter, als wäre nichts gewesen. Und ich merke, dass ich ihnen glauben will. Vertrauen will. Weil Jeremy damals recht hatte. Ich habe die Hoffnung eben doch noch nicht aufgegeben. Und vielleicht gibt es für mich ja wirklich noch eine Chance auf eine Familie …

# brooke

Die kleine Polizeiwache hat etwas Bedrückendes an sich. Oder vielleicht liegt es auch nur an dem tonnenschweren Gewicht, das mir auf der Brust sitzt, seit ich vorhin meine Entscheidung getroffen habe.

Irgendwie fühlt es sich selbst hier noch nicht real an. Ich hätte nie damit gerechnet, mal den Mut aufbringen zu können, Fremden von Talon zu erzählen. Erst recht nicht der Polizei. Weil ich weiß, was es bedeutet. Dass ich alles wieder hervorwühlen muss, all die schmerzhaften Erinnerungen, all die Scham, all die Schuldgefühle, die er mir eingeredet hat. Und weil ich weiß, dass es ab hier nur noch frustrierender wird. Weil das Gesetz immer aufseiten des Täters steht, wenn es um Gewalt an Frauen geht, sei es nun physische oder psychische. Weil man immer an meiner Zurechnungsfähigkeit zweifeln wird, immer sein Wort über meins stellen wird, immer nach mehr Beweisen oder triftigeren Gründen fragen wird.

Aber das soll mich nicht davon abhalten, es trotzdem zu versuchen. Grey hatte recht, das hat mir die Begegnung im Park bewiesen. Solang ich mich nicht wehre und zumindest versuche, Talon mit allen Mitteln Einhalt zu gebieten, wird er nicht aufhören, mich zu belästigen. Jetzt müssten mir meine Füße nur noch gehorchen, statt mich hier wie angewurzelt im Türrahmen stehen zu lassen …

Die Frau hinter dem Schalter am anderen Ende des kleinen Raums mustert uns neugierig. Dad legt mir seinen Arm um, drängt mich aber nicht zum Weitergehen. Er wartet geduldig, und ich bin froh, ihn mitgenommen zu haben. Irgendwie hat es sich richtig angefühlt, dass er dabei ist. Jetzt kann er endlich die Rolle übernehmen, die er damals nie hatte. Jetzt kann er für mich da sein, mich beschützen, mir den Rücken stärken. So, wie es die ganze Zeit schon hätte sein sollen.

Ich atme tief durch und durchquere den Eingangsraum. Dad begleitet mich, und vor dem Schalter bleiben wir beide stehen.

»Hallo, Nigel«, grüßt uns die Dame freundlich, doch eine Mischung aus Neugierde und Besorgnis schwingt in ihrer Stimme mit. »Hi, Brooke. Wie kann ich euch beiden helfen?«

Dad schaut mich von der Seite an, und auch der Blick der Polizistin heftet sich nun auf mich. Obwohl sie weiß, wer ich bin, kommt sie mir nur vage bekannt vor. Vermutlich habe ich sie in meiner Kindheit öfter im Café gesehen oder so. Irgendwie macht es das nicht einfacher. Im Gegenteil. Das hier ist nichts Anonymes, nichts Privates mehr. Bald weiß es eine Person mehr in der Stadt, und vielleicht werden es bald noch viel mehr sein.

Trotzdem sammle ich meinen Mut zusammen. Dad hat auf der Fahrt gefragt, ob er für mich das Reden übernehmen soll, aber irgendwie würde das ja auch nicht helfen. *Ich* muss das jetzt sagen. Damit ich es endlich überwinden kann.

»Ich würde gern Anzeige gegen meinen Ex-Freund erstatten«, bringe ich hervor und ignoriere dabei mein rasendes Herz. »Und ich möchte noch zu einem früheren Vorfall aussagen. Zu der Schlägerei damals zwischen ihm und meinem Bruder.«

Die Polizistin lässt sich nicht anmerken, was sie denkt. »Sekunde«, bittet sie mich nur und tippt etwas in ihren PC. »Edmonds, oder?«

»Genau.« Das Wort klingt atemlos, und Dad drückt beschwichtigend meine Schulter.

»Der Vorfall von vor etwa zweieinhalb Jahren?«, fragt die Frau nach und schaut mich wieder an.

Ich nicke.

Sie lächelt sanft. »In Ordnung. Sollen wir das gleich besprechen? Ich habe gerade Zeit. Es wird aber ein bisschen länger dauern.«

Erleichterung durchströmt mich. »Das macht nichts. Gleich ist gut.«

»Alles klar.« Sie steht auf. »Dann kommt mal mit. Ihr könnt es euch schon mal bequem machen, und ich hole uns noch eben einen Kaffee. Oder lieber Tee?«

»Tee klingt gut«, bringe ich hervor.

»Einen Kaffee für mich, bitte«, kommt es von Dad.

»Okay.« Sie führt uns durch einen kleinen Flur und öffnet uns die Tür zu einem spärlich eingerichteten Verhörzimmer. »Dauert nur einen Moment.«

Sie lässt uns allein, und wir setzen uns zögerlich auf die grauen Plastikstühle hinter einem schlichten Tisch. Der Raum ist trostlos. Aber ich schätze, dieser Ort ist auch keiner, um Trost zu finden, sondern um den Schmerz zu akzeptieren. Und ihn dann hinter sich zu lassen.

»Soll ich gleich draußen warten?«, fragt Dad leise.

Ich schüttle den Kopf und greife nach seiner Hand. »Ich möchte, dass du alles weißt«, sage ich, so fest ich kann. »Sofern du das willst.«

Dad nickt und ringt sich ein Lächeln ab. »Natürlich will ich das. Das wollte ich immer, Brooke. Auch wenn es manchmal vielleicht nicht so gewirkt hat.«

## KAPITEL 33

# noah

Greysens Worte lassen mich nicht mehr los. Ebenso wenig wie Brookes. Sie hallen immerzu in meinem Kopf nach und werfen immer neue Fragen auf.

*Warum kannst du nicht sagen, dass du für mich dieser Jemand sein wirst?*

Ja, warum nicht? Bin ich wirklich so eingeschränkt von meiner Vergangenheit, dass sie mich davon abhält, die Person zu sein, die ich sein will? Denn wenn ich ehrlich bin, habe ich mich selbst irgendwo in der Odyssee aus Heimen und Pflegefamilien verloren. Der Noah, der ich gern wäre, will anderen helfen. Und er hat keine Angst davor, von ihnen gebraucht zu werden. Keine Angst, dass sie sich auf ihn verlassen. Und erst recht keine Angst, verlassen zu werden. Oder zumindest keine so starke, dass er vor allem zurückschreckt, was ihn auch nur ansatzweise glücklich machen könnte.

Der Noah, der ich gern wäre, ist nicht mehr einsam und erst recht kein Einzelgänger. Und er ist vor allem nicht so feige, sich seine eigenen Wünsche auszuschlagen.

Ich stehe am Strand und sehe Columbo dabei zu, wie er ein Loch im nassen Sand buddelt. Nach dem Gespräch mit Greysen habe ich entschieden, eine kleine Abschiedsrunde mit dem Hund zu drehen. Immerhin werden wir ihn morgen hierlassen, und dann sehe ich ihn vielleicht nie wieder. Der Gedanke ist traurig. Columbo ist mir ans Herz gewachsen. Er steht für einen Sommer, der alles verändernd

**255**

war. Und zudem kann man diesen kleinen Clown auch unmöglich nicht lieben.

Ich nehme noch einen tiefen Atemzug von der salzigen Meeresluft und ziehe mein Handy aus der Tasche. Die Nummer ist auf Kurzwahl, obwohl ich sie nie benutze. Das sagt doch schon alles, oder? Ich glaube, Grey hat recht. Ich brauche eine Therapie.

Ich lausche auf das Freizeichen und hefte meinen Blick dabei auf den Horizont. Klarer Himmel. Die Wellen sind ruhig. Nur in meinem Inneren brodelt es.

Gerade als ich schon fürchte, es würde niemand drangehen, ertönt ein Klacken. »Noah?«, fragt eine vertraute Stimme.

»Hey, David«, erwidere ich und muss gegen den Kloß in meinem Hals anschlucken. Das hier ist schwieriger, als ich dachte. Aber was habe ich auch erwartet? Dass ich all meine Probleme mit dem Wählen einer Nummer überwunden kriege?

»Was gibt's?«, fragt mein Ziehvater warm, wenn auch etwas besorgt. Er ist offensichtlich nicht daran gewöhnt, dass ich ihn anrufe. Er rechnet vermutlich damit, dass ich ihn gleich nach Geld frage oder ihm irgendeine Straftat gestehe.

Mir entkommt ein Schnauben bei dem Gedanken. Denn das sähe ihm so wenig ähnlich, dass es einfach völlig skurril ist. Was ist nur los mit mir?

»Ähm …« Mein Herz rast. Mir ist heiß. Ich weiß gar nicht mehr, was ich fragen wollte, weil die Panik meinen Kopf leer fegt. Die Panik vor seiner Zurückweisung, das wird mir jetzt klar. Davor, mich ihm zu öffnen und dann auf Ablehnung zu stoßen. »Darf ich dich mal um einen Rat fragen?«, weiche ich aus.

»Klar.« Nun klingt David erst recht überrascht.

Ich habe Tränen in den Augen. Scheiße.

»Meinst du, Wirtschaft passt zu mir?«

David zögert. »Wenn du so fragst, hast du deine Antwort doch schon, oder?«, meint er vorsichtig. »Gefällt dir das Studium nicht?«

»Nicht besonders«, gestehe ich widerwillig. »Aber jetzt noch zu wechseln, wäre ja Quatsch.«

»Nicht, wenn es dich glücklich macht«, behauptet er zu meiner Überraschung. Kein Wort zum Geld. Oder dazu, dass ich doch fast fertig bin und es einfach durchziehen soll. »Was möchtest du denn lieber machen?«

»Keine Ahnung … Ich hab nie darüber nachgedacht.«

»Dann mach das doch mal. Wir halten dir den Rücken frei.«

»Einfach so?«, rutscht es mir heraus.

»Natürlich. Dafür sind wir doch deine Eltern geworden. Pflegeeltern, meine ich.«

»Aber ihr habt so viel Geld in ein Studium verschwendet, das ich jetzt hinwerfen will …«

»Für uns ist das keine Verschwendung«, beharrt er. »Für uns ist es etwas Schönes, dir solche Möglichkeiten zu eröffnen. Und wir wüssten sowieso nicht, wohin damit. Also mach dir deswegen keine Sorgen.«

»Okay … Danke.«

»Nicht dafür, Noah.«

Ich presse das Handy ans Ohr und beobachte Columbo. Er hat es sich in dem gebuddelten Loch gemütlich gemacht und wälzt sich fröhlich auf dem Rücken.

Mein Herz tut weh.

Aber irgendwie ist es ein guter Schmerz.

»Gibt's noch etwas anderes, worüber du reden willst?«, fragt David sanft.

Ich schlucke. »Glaubst du, ich wäre ein guter Partner für jemanden?«, bringe ich hervor.

»Natürlich«, erwidert er sofort. Ohne auch nur den Hauch eines Zweifels in der Stimme. »Warum solltest du das nicht sein?«

»Weil ich mich wertlos fühle«, gestehe ich leise. »So, als hätte ich niemanden an meiner Seite verdient. Weder sie noch euch noch Greysen.«

»Noah.« Davids Stimme wird noch wärmer. Und ich brauche einen Moment, um zu realisieren, dass es Zuneigung ist, die seine Worte färbt. In jedem einzelnen mitschwingt. Mich langsam wieder zusammensetzt. Zuneigung für mich. »Ich sage dir jetzt mal was, und du musst mir versprechen, dass du es dir merkst, ja?«

»Okay«, bringe ich heraus.

»Man muss sich Menschen nicht verdienen. Niemals. Jeder hat ein Recht auf Liebe. Auch du. Manchmal passt es in einer Beziehung und manchmal nicht. Manchmal muss man sich mehr anstrengen, manchmal muss man Fehler ausbügeln. Aber Liebe in ihrer Essenz ist bedingungslos. Wenn jemand dich liebt, dann mit den Fehlern und mit den Zweifeln. Verstehst du, was ich meine?«

Meine Sicht verschwimmt. Columbo ist nur noch ein verwaschener grauer Fleck im dunklen Sand, und ich blinzle sinnlos gegen meine Tränen an. »Glaube schon«, schniefe ich und wische mir mit dem Handrücken über die Augen.

»Ich glaube, sie sollte sich glücklich schätzen, dass du dir solche Gedanken um sie machst«, fährt er fort. »Das zeigt nur, wie fürsorglich du bist.«

Ich atme zitternd ein. »Ich habe sie aber schon verletzt.«

»Vielleicht hat sie dir aber ja auch schon verziehen.«

»Keine Ahnung …«

»Der beste Weg ist immer Reden. Aussprechen, was man fühlt. Mit offenen Karten spielen. Anders funktioniert es nicht.«

»Ich versuch's.«

»Du wirst das schon hinkriegen, Junge. Wir glauben an dich.«

Fuck, warum tut das so weh? Warum fühlt es sich an, als würde irgendwas in mir zerreißen? Ich unterdrücke ein gequältes Keuchen, und gleichzeitig überwältigen mich die Tränen jetzt vollends. Ein Mal mutig sein … Ist es so schwer?

»Hey … Dad?«, bringe ich heraus.

David stockt. Einen Moment lang tritt Stille in der Leitung ein, und meine Angst schnürt mir die Luft ab. Dann höre ich ihn zittrig einatmen.

»Ja, mein Junge?«, fragt er, und ich meine, auch ihn weinen zu hören. Ein leises Schniefen dringt zu mir durch.

»Ist es zu früh, um für Weihnachten zu planen?«

Ihm entweicht ein ersticktes Lachen. »Definitiv nicht. Deine Mutter würde sich freuen.«

*Mutter. Mein Junge.*

Der Schmerz in meiner Brust wandelt sich. Wird wärmer. Schöner. Wird ... richtig.

»Ich bin ab morgen wieder in der Stadt«, erzähle ich ihm atemlos. »Vielleicht kann ich ja in den nächsten Tagen mal vorbeikommen?«

»Unbedingt.«

»Am Mittwoch?«

»Ich trag's gleich in unseren Kalender ein«, verspricht er. Er klingt immer noch gerührt.

»Okay. Ich muss jetzt leider los. Aber dann sehen wir uns ja bald.«

»Wir freuen uns schon. Mach's gut, Noah.«

Ich muss lächeln. »Bis dann, Dad.«

Diesmal genieße ich das Wort mehr. Sage es bewusster. Sage es mit mehr Überzeugung und weniger Angst in der Stimme.

Ich habe das verdient. Diese Familie. Keine Ahnung, wie, aber ich versuche trotzdem, es zu akzeptieren.

Ich lege auf, schiebe das Handy in meine Jackentasche und wische mir die letzten Tränen aus dem Gesicht. Dann trete ich zu Columbo heran, der in seiner Kuhle liegt, alle viere von sich gestreckt, und freudig hechelnd zu mir hochschaut.

»Sorry, Kumpel«, sage ich. Fragend legt er den Kopf schief. »Wir müssen leider zurück. Ich hab noch was Wichtiges zu erledigen.«

⌒

Der Jeep holt mich ein, als ich bereits wieder auf dem Hof bin. Nigel parkt vor der Veranda, und als er aussteigt, lasse ich Columbo von der Leine. Sofort springt er auf sein Herrchen zu und lässt sich den Kopf kraulen, doch ich habe nur Augen für Brooke, die soeben die Beifahrertür öffnet. Sie sieht mitgenommen aus, aber irgendwie auch glücklich. Was auch immer die beiden gemacht haben, ich glaube, es war gut für sie. Und das freut mich.

Als sie mich erblickt, stockt sie. Ich bin ein paar Meter vom Wagen entfernt stehen geblieben und vergrabe unsicher die Hände in den Taschen meiner Jacke. Vielleicht ist es zu spät. Ich habe es jetzt immerhin zweimal ruiniert. Aber David – *Dad* – hat trotzdem recht. Man muss sagen, was man fühlt. Oder in meinem Fall gestehen, was man *wirklich* fühlt, statt sich hinter Ausreden zu verstecken.

Nigel wirft uns einen interessierten Blick zu, doch dann geht er mit Columbo ins Haus und lässt uns allein. Brooke zögert einen Moment, dann kommt sie auf mich zu. Sie bleibt direkt vor mir stehen und mustert mein Gesicht.

»Hast du geweint?«, fragt sie.

»Ja.«

»Warum?«

»Verschiedene Gründe. Aber einer davon ist der, dass ich dich nicht verlieren will.«

Brooke presst die Lippen zusammen und schluckt. »Du verlierst mich doch nicht«, erinnert sie mich. »Wir haben ausgemacht, dass alles so bleibt wie bisher, schon vergessen?«

»Das will ich aber nicht.« Ich nehme die Hände aus den Taschen und balle sie an meinen Seiten zu Fäusten. »Ich will eine Beziehung mit dir. Das wollte ich schon die ganze Zeit, Brooke. Aber meine Angst hat mich zurückgehalten. Angst davor, nicht genug zu sein und wieder allein zu enden, nachdem ich gerade gelernt hatte, Hoffnung zu haben. Aber selbst wenn das passiert, ist es mir egal. Weil ich es wenigstens versuchen will. Ich will uns eine Chance geben. Ich will weiter dieser Jemand für dich sein, der dir Halt gibt. Wenn du mich noch willst …«

Sie atmet tief durch. »Natürlich will ich das noch, Noah. So was verschwindet nicht einfach. Aber vorhin hast du noch gesagt, dass du das niemals können wirst. Und jetzt auf einmal doch?«

»Ich weiß. Ich hab zu lang gebraucht, um es zu erkennen, und das tut mir leid.«

»Und wie lang, bis du vielleicht wieder erkennst, dass du es doch nicht kannst?«, fragt sie zögerlich.

Ich zucke mit den Schultern. Meine Brust wird eng. Es ist zu spät. Ich habe sie zu oft von mir gestoßen, um sie an meiner Seite zu behalten.

»Keine Ahnung«, gestehe ich. »Ein Teil von mir denkt das immer noch. Aber ich will ihn nicht mehr gewinnen lassen. Und alles, was ich dir versprechen kann, ist, dass ich weiter gegen diese Angst kämpfe. So gut ich kann. Ich habe nur ehrlich keine Ahnung, *wie* gut das ist.«

Brooke seufzt leise. »Danke für deine Ehrlichkeit«, flüstert sie, und ich ringe mir ein schmerzhaftes Lächeln ab.

»Zumindest die kann ich dir immer zusichern. Egal, was zwischen uns ist.«

Sie mustert mich nachdenklich. »Und du bist dir jetzt sicher? Mit uns?«

Schon wieder keimt in mir Hoffnung auf. Gibt sie mir doch noch eine Chance?

»Ich war mir noch nie mit irgendwas so sicher wie mit dir«, sage ich ehrlich.

Sie lächelt schwach. »Hör auf zu schleimen.«

»Ehrlichkeit, schon vergessen? Abbestellen kann man die leider nicht.«

Brooke entweicht ein Lachen. Dann schüttelt sie den Kopf. »Ich hab Talon angezeigt.«

Ich stocke. Das hat sie gemacht? Und sie steht hier und lässt mich über meine belanglosen Komplexe reden? »Wie geht's dir damit?«, frage ich besorgt.

»Besser«, sagt sie. »Befreiter. Aber … ich bin auch kaputt, weißt du? Sehr sogar. Ich habe auch Ängste. Und wenn du deine gewinnen lässt, wie soll ich dann an deiner Seite meine bekämpfen?«

»Verstehe …«

»Aber … Du hast mir schon die ganze Zeit geholfen, gegen sie anzukommen, weißt du? Und wenn du mich auch dir helfen lassen würdest, dann …« Sie zögert.

»Dann?«, frage ich hoffnungsvoll.

»Dann wäre das vielleicht alles gar nicht so hart«, schließt sie.

Ich starre sie an und versuche, ihre Worte zu verarbeiten. Nach ein paar Sekunden gebe ich auf. Mein Kopf ist zu wirr. »Was heißt das jetzt?«, frage ich.

»Das heißt …« Brooke tritt an mich heran und löst sanft meine verkrampften Fäuste. Sie verschränkt ihre Finger mit meinen und hält meinen Blick. »Dass ich es gerne versuchen würde. Weil ich dich auch liebe. Und weil ich selbst ziemlich gut weiß, dass Menschen manchmal dritte Chancen brauchen.« Sie stellt sich auf die Zehenspitzen, und ich beuge mich zu ihr hinunter, bis ich ihren warmen Atem auf meinen Lippen spüre. »Und weil du ziemlich perfekt für mich bist. Und süß. Und gut im Bett.«

Ich muss lachen. »Wow. Und ich hab mich schon gefragt, wann aus dir so eine Romantikerin geworden ist.«

Brooke grinst, lässt meine Hände los und legt ihre dafür in meinen Nacken. Sie küsst mich, und ich schließe meine Arme um sie, ziehe sie an meine Brust.

»Du bist auch ziemlich perfekt für mich«, raune ich an ihren Lippen. »Wenn auch ein bisschen frech.«

Sie lacht leise. »Als würde dir das nicht gefallen …«

»Ich habe nie was Gegenteiliges behauptet.«

# brooke

> **Greysen:**
> Notfall-WG-Besprechung in einer halben Stunde?

> **Brooke:**
> ??

> **Noah:**
> Notfall?

> **Brooke:**
> Was ist los?

> **Greysen:**
> Passt euch das zeitlich?

> **Brooke:**
> Hallo? Beantworte die Frage!

> **Noah:**
> Ja, passt.

> **Brooke:**
> Was für ein Notfall??

> **Greysen:**
> Bis später 😉

> **Brooke:**
> Was soll jetzt der Zwinkersmiley?

> **Brooke:**
> Hallo??

> **Brooke:**
> Ihr ignoriert mich jetzt nicht ernsthaft beide!

> **Noah:**
> Bin gleich daheim, zünd nichts an 😉

> **Brooke:**
> Sehr lustig!

Unzufrieden starre ich auf unseren WG-Gruppenchat und warte darauf, dass entweder Grey oder Noah sich dazu erbarmen, noch etwas zu schreiben. Ich bin sehr verwirrt. In den paar Monaten, die ich jetzt hier wohne, hatten wir regelmäßig Abende, um unser WG-Leben zu besprechen, Greysens heiß geliebte Putzpläne festzulegen oder über größere Anschaffungen wie unseren neuen Fernseher zu diskutieren. Einen Notfall gab es dabei bisher noch nie. Erst recht nicht so kryptisch angekündigt. Ich denke nicht, dass es etwas Schlimmes ist. Nicht bei der Menge an Zwinkersmileys. Aber seit Greys erster Nachricht sitze ich trotzdem wie auf heißen Kohlen, und die Tatsache, dass Noah irgendwie mehr zu wissen scheint als ich, mir aber nicht auf meine Privatnachrichten antwortet, macht es nicht besser.

Seit seiner letzten Nachricht sind etwa zehn Minuten vergangen. Ich habe sie genutzt, um eine Reihe an GIFs und Stickern in den Gruppenchat zu spammen. Darunter ist das GIF von Mr. Bean, der sich am Rande eines gelb blühenden Blumenfelds zu Tode langweilt, und ein Sticker von Columbos Hintern, auf den Noah nachträglich total krakelig ein genervtes Augenpaar gemalt hat, sodass es zusammen mit seiner Rute als Nase ein Gesicht darstellt. Immer noch keine Reaktion. Ich suche gerade nach dem nächsten Kunstwerk, das ich posten könnte, als ich höre, wie jemand die Haustür aufsperrt.

Sofort springe ich auf und eile in den Flur. Ich stoße beinahe mit Noah zusammen, der wohl nicht damit gerechnet hat, dass ich direkt vor seiner Nase auftauche.

»Hilfe«, stößt er lachend aus und fasst sich ans Herz. »Hast du mir aufgelauert?«

Ich funkle ihn an. »Du hast nicht mehr geantwortet.«

»Ich saß auf dem Fahrrad«, erinnert er mich schmunzelnd. »Außerdem hab ich keine Antworten. Ich weiß auch nicht, was Grey vorhat.«

Ich hebe skeptisch die Brauen. »Als ob.«

»Er hat mich nicht eingeweiht«, versichert er mir und schließt die Haustür hinter sich.

»Aber du hast eine Vermutung!«

Noahs Lächeln wird breiter. »Ja. Und wenn es das ist, was ich denke, musst du dir wirklich keine Sorgen machen.«

»Verrat's mir!«, fordere ich und lege meine Hände auf seine Schultern. »Lass mich nicht so leiden!«

Noah lacht, nimmt mein Gesicht zwischen seine Hände und beugt sich zu mir runter. »Nope«, raunt er an meinen Lippen, und ich kann nicht anders, als ihn zu küssen. Kurz zumindest. Bevor ich mich wieder von ihm löse und einen unzufriedenen, leicht übertriebenen Schmollmund ziehe.

»Ach komm.« Noah legt mir seinen Arm um und schiebt mich in die Küche. »Du ahnst es sicher auch.«

Statt einer Erwiderung beiße ich mir auf die Unterlippe. Natürlich habe ich eine Vermutung, worum es gehen könnte. Aber ich traue mich nicht, die auszusprechen, weil ich das Glück nicht herausfordern will. Und vielleicht sagt auch Noah deswegen nichts weiter dazu.

»Wie war dein Tag?«, fragt er, während er sich einen Kaffee aus der Maschine lässt. Ich schiebe die Gedanken an Grey für einen Moment beiseite.

»Gut«, sage ich ehrlich. »Uni war okay, und ich habe mit Kaia telefoniert. Sie überlegt, ob sie ihren Master hier in Wellington machen soll.«

»Wirklich?« Noah wirkt freudig überrascht.

»Jap«, bestätige ich und spüre, wie ich dabei ganz von selbst zu strahlen beginne. »In Palmerston North ist ihr das Meer zu weit weg. Und hier gibt es deutlich bessere Kursangebote.«

»Und außerdem bist du hier«, fügt Noah hinzu, zieht mich an seine Seite und drückt mir einen Kuss auf die Schläfe.

»Schleimer«, murmle ich belustigt, lasse mich aber dennoch gegen ihn sinken und schlinge die Arme um seine Mitte. »Wie war's bei dir?«

Er schnaubt leise. »Ich hatte heute Spaß in der Uni«, erzählt er mit einem gespielt ungläubigen Unterton. »Irgendwas stimmt da nicht.«

Ich grinse ihn an. »Ich glaube, das ist einfach der kleine Sozialarbeiter in dir, der jetzt Freiheit wittert.«

Noah zuckt mit den Schultern. »Er war ja lang genug eingesperrt.«

Ich ziehe sein Gesicht zu mir heran, um ihn zu küssen, und Noah erwidert es, ohne zu zögern. Es hat ein paar Wochen gedauert, bis er sich ganz an den Gedanken gewöhnt hatte, dass wir in einer ernsthaften Beziehung sind. Mittlerweile ist da aber keine Spur mehr von seiner Angst. Ich bin nicht so naiv, zu glauben, dass sie wirklich ganz weg ist, aber dass sie sich gerade nicht mehr äußert, werte ich als gutes Zeichen. Ebenso wie die Tatsache, dass das neue Studium ihm so viel Spaß macht. Und die Leidenschaft, mit der Noah mich nach wie vor an sich presst, wann immer ich ihm nah genug komme.

Er löst seine Lippen von meinen, nur um sich stattdessen von meinem Hals ausgehend meinen Kiefer entlangzuküssen. »Ich liebe dich«, raunt er mir schließlich ins Ohr, und eine angenehme Gänsehaut breitet sich auf meinen Armen aus.

»Ich liebe dich auch«, murmle ich und schließe zufrieden die Augen. Genieße einen Moment lang einfach nur seine Nähe. Das ist etwas, wovon ich nie genug haben werde. Obwohl ich jeden Morgen in Noahs Armen aufwache, vermisse ich ihn immer spätestens ab Mittag wieder. Ich glaube, wir holen gerade die Verliebte-Teenies-Phase nach, die wir beide nie wirklich hatten. Sehr zu Greys Leidwesen, der mittlerweile nur noch die Augen verdreht und das Zimmer verlässt, wenn er uns knutschend auf der Couch entdeckt.

»Sollen wir schon mal Pizza bestellen?«, fragt Noah. »Grey ist sicher gleich …«

Er bringt den Satz nicht zu Ende, weil genau in diesem Moment die Haustür aufgesperrt wird. Einzig und allein Noahs Umarmung hält mich davon ab, Grey ebenso zu überfallen wie ihn vorhin. Bis ich mich von Noah losgemacht habe, hat mein Bruder bereits seine Schuhe ausgezogen.

»Was für ein Notfall?«, begrüße ich ihn.

Grey begegnet flüchtig meinem Blick, schmunzelt und schiebt sich dann an mir vorbei in die Küche.

»Greysen!«, jammere ich. »Mach's nicht so spannend! Was ist passiert?«

»Ach …« Er holt in aller Seelenruhe drei Gläser aus dem Schrank, während Noah und ich ihn wie gebannt mustern. »Vorhin kam ein Anruf«, beginnt er, nimmt seinen Rucksack vom Rücken und öffnet ihn. Er redet nicht weiter.

»Von wem?«, dränge ich.

Noah reibt sich über den Hinterkopf.

»Von der Polizei«, verkündet Grey und zieht breit grinsend eine Flasche Sekt aus seinem Rucksack hervor. »Ich hab den Job.«

»Ich wusste es!«, kreische ich, springe Grey an und falle ihm förmlich um den Hals. Er lacht, fängt mich mit einem Arm auf und stellt mit dem anderen die Flasche ab. Erleichterung durchströmt mich. So verdammt losgelöst habe ich mich seit Jahren nicht mehr gefühlt. Denn zum ersten Mal seit Ewigkeiten ist alles irgendwie in Ordnung. Noah geht es gut. Ich habe wieder ein Zuhause, in dem ich mich wohlfühle. Seit der Anzeige kam kein Wort von Talon. Und mein Fehler von damals kann endlich in Vergessenheit geraten.

»Mach auf«, fordere ich, kaum dass ich Grey sämtliche Luft aus den Lungen gedrückt habe. Aufgeregt halte ich ihm die Sektflasche hin. »Wir müssen anstoßen.« Erwartungsvoll hebe ich eins der Wassergläser an. Sektgläser gibt es in der WG nicht. Das sollten wir dringend mal ändern. Ich möchte mehr Gründe zum Feiern.

»Glückwunsch«, verkündet jetzt auch Noah und zieht Grey in eine Umarmung. »Ich sag ja, sie können dich unmöglich nicht nehmen.«

Grey verdreht gespielt genervt die Augen, lächelt aber.

»Der Sekt!«, erinnere ich ihn ungeduldig.

Er mustert mich skeptisch. »Ich hab den eben im Rucksack hergetragen. Wenn ich den jetzt aufmache, kannst du danach die ganze Küche putzen.«

»Das ist mir so egal«, verkünde ich.

»Er ist warm«, gibt Grey zu bedenken.

»Er schmeckt uns sowieso nicht«, erinnert Noah ihn.

»Es geht ums Feeling«, füge ich hinzu. »Korken knallen lassen und so. Den Moment genießen.«

Noah und ich werfen uns einen schelmischen Blick zu, der auch Grey nicht entgeht.

»Hey, ich kann den Moment genießen!«, behauptet er. »Aber wenn der Moment gerade so ungünstig ist …«

»Gib uns den verdammten warmen Sekt, Grey«, fordert Noah gespielt ernst, und Grey atmet schnaubend aus. Er schiebt mich ein Stück von sich und macht sich am Verschluss des Korkens zu schaffen.

»Na schön«, meint er, und wieder ist da dieses breite, glückliche Grinsen auf seinen Lippen. »Ihr habt es so gewollt.«

ENDE

# CONTENT NOTE

Diese Reihe enthält potenziell triggernde Inhalte:

Toxische Beziehung
Emotionaler Missbrauch
Physische Übergriffigkeit in der Beziehung
Gaslighting
Stalking